感悟名家经典

多鼠斋杂谈

老舍◎著

三环出版社
SANHUAN PUBLISHING HOUSE

图书在版编目（CIP）数据

多鼠斋杂谈 / 老舍著. -- 海口 : 三环出版社（海南）有限公司, 2024. 8. --（感悟名家经典）. -- ISBN 978-7-80773-271-6

Ⅰ. I267.1

中国国家版本馆 CIP 数据核字第 2024UZ4056 号

感悟名家经典　多鼠斋杂谈

GANWU MINGJIA JINGDIAN DUO SHU ZHAI ZATAN

著　　者　老　舍
责任编辑　刘金玲
责任校对　朱静楠
装帧设计　立丰天
出版发行　三环出版社（海口市金盘开发区建设三横路 2 号）
　　　　　　邮　编　570216　　邮　箱　sanhuanbook@163.com
社　　长　王景霞　　**总 编 辑**　张秋林
印刷装订　三河市金兆印刷装订有限公司
书　　号　ISBN 978-7-80773-271-6
印　　张　13
字　　数　250 千字
版　　次　2024 年 8 月第 1 版
印　　次　2024 年 8 月第 1 次印刷
开　　本　787 mm × 960 mm　1/16
定　　价　68.00 元

关于作者

老舍（1899—1966）原名舒庆春，字舍予。满族人，生于北京。1918 年毕业于北京师范学校。1924 年起先后任英国伦敦大学东方学院中文讲师以及齐鲁大学、山东大学教授。1938 年任中华全国文艺界抗敌协会总务部主任。1946 年应邀与曹禺赴美国讲学。新中国成立后回国，先后担任中国文联和中国作协副主席兼北京文联主席，并被北京市人民政府授予“人民艺术家”称号。1966 年“文革”中不堪凌辱，投太平湖自尽。主要作品有：长篇小说《老张的哲学》《赵子曰》《骆驼祥子》等，中篇小说《月牙儿》《我这一辈子》，短篇小说集《赶集》《樱海集》等，话剧剧本《龙须沟》《茶馆》等。

目　录

一些印象（一、二、三）

一

到济南来，这是头一遭。挤出车站，汗流如浆，把一点小伤风也治好了，或者说挤跑了；没秩序的社会能治伤风，可见事儿没绝对的好坏；那么，“相对论”大概就是这么琢磨出来的吧？

挑选一辆马车。“挑选”在这儿是必要的。马车确是不少辆，可是稍有聪明的人便会由观察而疑惑，到底那里有多少匹马是应当雇八个脚夫抬回家去？有多少匹可以勉强负拉人的责任？自然，刚下火车，决无意去替人家抬马，虽然这是善举之一；那么，找能拉车与人的马自是急需。然而这绝对不是容易的事儿，因为：第一，那仅有的几匹颇带“马”的精神的马，已早被手急眼快的主顾雇了去。第二，那些“略”带“马气”的马，本来可以将就，那怕是只请他拉着行李——天下还有比“行李”这个字再不顺耳，不得人心，惹人头皮疼的？而我和赶车的在辕子两边担任扶持，指导，劝告，鼓励，(如还不走)拳打脚踢之责呢。这凭良心说，大概不能不算善于应付环境，具有东方文化的妙处吧？可是，“马”的问题刚要解决，“车”的问题早又来到：即使马能走三里五里，坚持到底不摔跟头；或者不幸跌了一交，而能爬起来再接再厉；那车，那车，那车，是否能装着行李而车底儿不哗啦啦掉下去呢？又一个问题，确乎成问题！假使走到中途，车底哗啦啦，还是我扛着行李（赶车的当然不负这个责任），在马旁同行呢？还是叫马背着行李，我再背着马呢？自然是，三人行必有我师，陪着御者与马走上一程，也是有趣的事；可是，花了钱雇车，而自扛行李，单为证明“三人行必有我师”，是否有点发疯？至于马背行李，我再负马，事属非常，颇有古代故事中巨人的风度，是！可有一层，我要是被压而死，那马是否能把行李送到学校去？我不算什么，行李是不能随便掉失的！不为行李，起初又何必雇车呢？小资产阶级的逻辑，不错；但到底是逻辑呀！第三，别看马与车各有问题，马与车合起来而成的“马车”是整个的问题，敢情还有惊人的问题呢——车价。一开首我便得罪了一位赶车的，我正在向那些马国之鬼，和那堆车之骨骼发呆之际，我的行李突然被一位御者抢去了。我并没生气，反倒感谢他的热心张罗。当他把行李往车上一放的时候，一点不冤人，我确乎听见哗啦一声响，确乎看见连车带马向左右摇动者三次，向前后进退者三次。“行啊？”我低声的问御者。“行？”他十足的瞪了我一眼。“行？从济南走到德国去都行！”我不好意思再怀疑他，只好以他的话作我的信仰；心里想：“有信仰便什么也不怕！”为平他的气，赶快问：“到——大学，多少钱？”他说了一个数儿。我心平气和的说：“我并不是要买贵马与尊车。”心里还想：“假如弄这么一份财产，将来不幸死了，遗嘱上给谁承受呢？”正在这么想，也不知怎的，我的行李好像被魔鬼附体，全由车中飞出来了。再一看，那怒气冲天的御者一扬鞭，那瘦病之马一掀后蹄，便轧着我的皮箱跑过去。皮箱一点也没坏，只是上边落着一小块车轮上的胶皮；为避免麻烦，我也没敢叫回御者告诉他，万一他叫“我”赔偿呢！同时，心中颇不自在，怨自己“以貌取马”，那知人家居然能掀起后蹄而跑数步之遥呢。

幸而 ×× 来了，带来一辆马车。这辆车和车站上的那些差不多。马是白色的，虽然事实上并不见得真白，可是用“白马之白”的抽象观念想起来，到底不是黑的，黄的，更不能说一定准是灰色的。马的身上不见得肥，因此也很老实。缰，鞍，肚带，处处有麻绳帮忙维系，更显出马之稳练驯良。车是黑色的，配起白马，本应黑白分明，相得益彰；可是不知济南的太阳光为何这等特别，叫黑白的相配，更显得暗淡灰丧。

行李，×× 和我，全上了车。赶车的把鞭儿一扬，吆喝了一声，车没有动。我心里说：“马大概是睡着了。马是人们最好的朋友，多少带点哲学性，睡一会儿是常有的事。”赶车的又喊了一声，车微动。只动了一动，就又停住；而那匹马确是走出好几步远。赶车的不喊了，反把马拉回来。他好像老太婆缝补袜子似的，在马的周身上下细腻而安稳的找那些麻绳的接头，慢慢的一个一个的接好，大概有三十多分钟吧，马与车又发生关系。又是一声喊，这回马是毫无可疑的拉着车走了。倒叫我怀疑：马能拉着车走，是否一个奇迹呢？

一路之上，总算顺当。左轮的皮带掉了两次，随掉随安上，少费些时间，无关重要。马打了三个前失，把我的鼻子碰在车窗上一次，好在没受伤。跟 ×× 顶了两回牛儿，因为我们俩是对面坐着的，可是顶牛儿更显着亲热；设若没有这个机会，两个三四十的老小伙子，又焉肯脑门顶脑门的玩耍呢。因此，到了大学的时候，我摹仿着西洋少女，在瘦马脸上吻了一下，表示感谢他叫我们得以顶牛的善意。

二

上次谈到济南的马车，现在该谈洋车。

济南的洋车并没有什么特异的地方。坐在洋车上的味道可确是与众不同。要领略这个味道，顶好先检看济南的道路一番；不然，屈骂了车夫，或诬蔑济南洋车构造不良，都不足使人心服。

检看道路的时候，请注意，要先看胡同里的；西门外确有宽而平的马路一条，但不能算作国粹。假如这检查的工作是在夜里，请别忘了拿个灯笼，踏一脚黑泥事小，把脚腕拐折至少也不甚舒服。

胡同中的路，差不多是中间垫石，两旁铺土的。土，在一个中国城市里，自然是黑而细腻，晴日飞扬，阴雨和泥的，没什么奇怪。提起那些石块，只好说一言难尽吧。假如你是个地质学家，你不难想到：这些石是否古代地层变动之时，整批的由地下翻上来，直至今日，始终原封没动；不然，怎能那样不平呢？但是，你若是个考古家，当然张开大嘴哈哈笑，济南真会保存古物哇！看，看哪一块石头没有多少年的历史！社会上一切都变了，只有你们这群老石还在这儿镇压着济南的风水！

浪漫派的文人也一定喜爱这些石路，因为块块石头带着慷慨不平的气味，且满有幽默。假如第一块屈了你的脚尖，哼，刚一迈步，第二块便会咬住你的脚后跟。左脚不幸被石洼囚住，留神吧，右脚会紧跟着滑溜出多远，早有一块中间隆起，稜而腻滑的等着你呢。这样，左右前后，处处是埋伏，有变化，假如那位浪漫派写家走过一程，要是幸而不晕过去，一定会得到不少写传奇的启示。

无论是谁，请不要穿新鞋。鞋坚固呢，脚必磨破。脚结实呢，鞋上必来个窟窿。二者必居其一。那些小脚姑娘太太们，怎能不一步一跌，真使人糊涂而惊异！

在这种路上坐汽车，咱没这经验，不能说是舒服与否。只看见过汽车中的人们，接二连三的往前蹿，颇似练习三级跳远。推小车子也没有经验，只能理想到：设若我去推一回，我敢保险，不是我——多半是我——就是小车子，一定有一个碎了的。

洋车，咱坐过。从一上车说吧。车夫拿起“把”来，也许是往前走，也许是往后退，那全凭石头叫他怎样他便得怎样。济南的车夫是没有自由意志的。石头有时一高兴，也许叫左轮活动，而把右轮抓住不放；这样，满有把坐车的翻到下面去，而叫车坐一会儿人的希望。

坐车的姿式也请留心研究一番。你要是充正气君子，挺着脖子正着身，好啦：为维持脖子的挺立，下车以后，你不变成歪脖儿柳就算万幸。你越往直里挺，它们越左右的筛摇；济南的石路专爱打倒挺脖子，显正气的人们！反之，你要是缩着脖子，懈松着劲儿，请要留神，车子忽高忽低之际，你也许有鬼神暗佑还在车上，也许完全摇出车外，脸与道旁黑土相吻。从经验中看，最好的办法是不挺不缩，带着弹性。像百码决赛预备好，专候枪声时的态度，最为相宜。一点不松懈，一点不忽略，随高就高，随低就低，车左亦左，车右亦右，车起须如据鞍而立，车落应如鲤鱼入水。这样，虽然麻烦一些，可是实在安全，而且练习惯了，以后可以不晕船。

坐车的时间也大有研究的必要，最适宜坐车的时候是犯肠胃闭塞病之际。不用吃泄药，只须在饭前，喝点开水，去坐半小时上下的洋车，其效如神。饭后坐车是最冒险的事，接连坐过三天，设若不生胃病，也得长盲肠炎。要是胃口像林黛玉那么弱的人，以完全不坐车为是，因没有一个时间是相宜的。

末了，人们都说济南洋车的价钱太贵，动不动就是两三毛钱。但是，假如你自己去在这种石路上拉车，给你五块大洋，你干得了干不了？

三

由前两段看来，好像我不大喜欢济南似的。不，不，有大不然者！有幽默的人爱“看”，看了，能不发笑吗？天下可有几件事，几件东西，叫你看完而不发笑的？不信，闭上一只眼，看你自己的鼻子，你不笑才怪；先不用说别的。有的人看什么也不笑，也对呀，喜悲剧的人不替古人落泪不痛快，因为他好“觉”；设身处地的那么一“觉”，世界上的事儿便少有不叫泪腺要动作动作的。噢，原来如此！

济南有许多好的事儿，随便说几种吧：葱好，这是公认的吧，不是我造谣生事。听说，犹太人少有得肺病的，因为吃鱼吃的多；山东人是不是因为多嚼大葱而不患肺病呢？这倒值得调查一下，好叫吃完葱的士女不必说话怪含羞的用手掩着嘴：假如调查结果真是山西河南广东因肺病而死的比山东多着七八十来个（一年多七八十,一万年要多若干？），而其主因确是因为口中的葱味使肺病菌倒退四十里。

在小曲儿里，时常用葱尖比美妇人的手指，这自然是春葱，决不会是山东的老葱，设若美妇人的十指都和老葱一般儿粗（您晓得山东老葱的直径是多少寸），一旦妇女革命，打倒男人，一个嘴巴子还不把男人的半个脸打飞！这决不是济南的老葱不美，不是。葱花自然没有什么美丽，葱叶也比不上蒲叶那样挺秀，竹叶那样清劲，连蒜叶也比不上，因为蒜叶至少可以假充水仙。不要花，不看叶，单看葱白儿，你便觉得葱的伟丽了。看运动家，别看他或她的脸，要先看那两条完美的腿，看葱亦然。（运动家注意。这里一点污辱的意思没有；我自己的腿比蒜苗还细，焉敢攀高比诸葱哉！）济南的葱白起码有三尺来长吧；粗呢，总比我的手腕粗着一两圈儿——有愿看我的手腕者，请纳参观费大洋二角。这还不算什么，最美是那个晶亮，含着水，细润，纯洁的白颜色。这个纯洁的白色好像只有看见过古代希腊女神的乳房者才能明白其中的奥妙，鲜，白，带着滋养生命的乳浆！这个白色叫你舍不得吃它，而拿在手中颠着，赞叹着，好像对于宇宙的伟大有所领悟。由不得把它一层层的剥开，每一层落下来，都好似油酥饼的折叠；这个油酥饼可不是“人”手烙成的。一层层上的长直纹儿，一丝不乱的，比画图用的白绢还美丽。看见这些纹儿，再看看馍馍，你非多吃半斤馍馍不可。人们常说——带着讽刺的意味——山东人吃的多，是不知葱之美者也！

反对吃葱的人们总是说：葱虽好，可是味道有不得人心之处。其实这是一面之词，假若大家都吃葱，而且时常开个“吃葱竞赛会”，第一名赠以重二十斤金杯一个，你看还敢有人反对否！

记得，在新加坡的时候，街上有卖榴莲者，味臭无比，可是土人和华人久往南洋者都嗜之若命。并且听说，美国维克陶利亚女皇吃过一切果品，只是没有尝过榴莲，引为憾事。济南的葱，老实的讲，实在没有奇怪味道，而且确是甜津津的。假如你不信呢，吃一棵尝尝。

注：此文原有七八段，后几段多是描写济南之美，因不甚幽默，所以删去。读者幸勿谓仆与济南来不及也。——作者。

（原载1930年10月至1931年2月《齐大月刊》第一卷第一、二、四期）

更大一些的想象（济南通信）

要领略济南的美，根本须有些诗人的态度。那就是说：你须客气一点，把不美之点放在一旁，而把湖山的秀丽轻妙地放在想象里浸润着；这也许是看风景而不至于失望的普通原则。反之，你没有这诗意的体谅，而一个萝卜一个坑的去逛大明湖，趵突泉等，先不用说别的，单是人们口中的葱味，路上吱吱妞妞小车子的轮声，与裹着大红袜带的小脚娘们，要不使你想悬梁自尽，那真算万幸。单听济南人说话，谁也梦想不到它有那么美，那么甜，那么清凉的泉水；而济南泉水的甜美清凉确是事实，你不能因济南话难听而否认这上帝的恩赐。好吧，你随我来吧，假如你要对济南下公平的判断，一个公平的判断，永不会使济南损失一点点的光荣。

比如你先跟我上大明湖的北极阁吧，一路之上（不论是由何处动身），请你什么也不看不听，假如你不愿闭上眼与堵上耳，你至少应当决定：不使路上的丑恶影响到最终的判断。你还要必诚必敬的默想着，你是去看个地上的仙境。

到了，看！先别看你脚下的湖；请看南边的山。看那腰中深绿，而头上淡黄的千佛山；看后面那个塔，只是那么一根黑棍儿似的，可是似乎把那一群小山和那片蓝而含着金光的天空联成一体，它好像表现着群山的向上的精神。再往西看，一串小山都像带着不同的绿色往西走呢。远处，只见天边上一些蓝的曲线，随着你的眼力与日光的强弱，忽隐忽现，使你轻叹一声：山，伟大图画中的诗料。到北极阁后面来看，还有山呢，那老得连棵树也懒得长的历山，那孤立不倚的华山，都是不太高不太矮，正合适作个都城的小绿围屏；济南在这一点上像意大利的芙劳伦思。你看到这几乎形成一个圆圈的小山，你开始，无疑的，爱济南了。这群小山不像南京的山那样可怕，不像北平的西山北山那样荒伟的在远处默立，这些小山“就”在济南围墙的外边，它们对济南有种亲切的感情，可以使你想到它们也许愿到城里来看看朋友们。不然，它们为什么总像向城里探着头看呢。

看完了山，请你默想一会儿：山是不错，但是只有山，不能使济南风景像江南吧；水可是不易有的，在中国的北方。这么想罢，请看大明湖吧。自然，现在的湖已成了许多水沟，使你大失所望。我知道，所以我不请你坐小船去游湖，那些名胜，什么历下亭咧，铁公祠咧，都没有什么可看；那些小船既不美，又不贱，而且最恼人的是不划不摇不用篙支不用纤拉，而以一根大棍硬“挺”的驶船方法。这些咱们全不去试验，我只请你设想：设若湖上没有那些蒲田泥坝，这湖的面积该有多大？设若湖上全种着莲花，四围界以杨柳，是不是一种诗境？这不是不可能的；本来这湖是个“湖”，而是被人工作成了许多“水沟”；上帝给济南一些小山，也给它一个大湖，人工胜天，生把一个湖改成沟，这是因穷而忘了美的结果，不是自然的过错。

城在山下，湖在城中。这是不是一个美女似的城市？你再看，或者说再想，那城墙假如都拆去，而在城河的岸旁，杨柳荫中修上平坦的马路，这是不是个仙境？看那城河的水，绿，静，明，洁，似乎是向你说：你看看我多么甜美！那水藻，一年四季老是那么绿，没有法形容，因为它们似乎是暗示出上帝心中的“绿”便是这样的绿。河岸上，柳荫下，假如有些美于济南妇女的浣纱女儿，穿着白衫或红袄，像些团大花似的，看着自己的倒影，一边洗一边唱！

这是看风景呢，还是作梦呢？一点也不是幻想；假如这座城在一个比中国人争气的民族手里，这个梦大概久已是事实了。我决不愿济南被别人管领；我希望中国人应当有比编几副对联或作几首诗（连大明湖上的游船都有很漂亮的对联，可惜没有湖！）更大一些的想象。我请你想象，因为只有想象才足以揭露出济南的本来面目。济南本来是极美的，可惜被人们给糟蹋了。

（原载 1932 年 5 月《华年》第一卷第四期）

济南的药集（济南通信）

今年的药集是从四月廿五日起，一共开半个月——有人说今年只开三天，中国事向来是没准儿的。地点在南券门街与三和街。这两条街是在南关里，北口在正觉寺街，南头顶着南围子墙。

喝！药真多！越因为我不认识它们越显着多！

每逢我到大药房去，我总以为各种瓶子中的黄水全是硫酸，白的全是蒸馏水，因为我的化学知识只限于此。但是药房的小瓶小罐上都有标签，并不难于检认；假若我害头疼，而药房的人给我硫酸喝，我决不会答应他的。到了药集，可是真没有法儿了！一捆一捆，一袋一袋，一包一包，全是药材，全没有标签！而且买主只问价钱，不问名称，似乎他们都心有成“药”；我在一旁参观，只觉得腿酸，一点知识也得不到！

但是，我自有办法。桔皮，干向日葵，竹叶，荷梗，益母草，我都认得：那些不认识的粗草细草长草短草呢？好吧，长的都算柴胡，短的都算——什么也行吧，看那柴胡，有多少种呀；心中痛快多了！

关于动物的，我也认识几样：马蜂窝，整个的干龟，蝉蜕，僵蚕，还有椿蹦儿。这末一样的药名和拉丁名，我全不知道，只晓得这是椿树上的飞虫，鲜红的翅儿，翅上有花点，很好玩，北平人管它们叫椿蹦儿；它们能治什么病呢？还看见了羚羊，原来是一串黑亮的小球；为什么羚羊应当是小黑球呢？也许有人知道。还有两对狗爪似的东西，莫非是熊掌？犀角没有看见，狗宝，牛黄也不知是什么样子，设若牛黄应像老倭瓜，我确是看见了好几个貌似干倭瓜的东西。最失望的是没有看见人中黄，莫非药铺的人自己能供给，所以集上无须发售吧？也许是用锦匣装着，没能看到？

矿物不多，石膏，大白，是我认识的；有些大块的红石头便不晓得是什么了。

草药在地上放着，熟药多在桌上摆着。万应锭，狗皮膏之类，看看倒还漂亮。

此外还有非药性的东西，如草纸与东昌纸等；还有可作药用也可作食品的东西，如山楂片，核桃，酸枣，莲子，薏仁米等。大概那些不识药性的游人，都是为买这些东西来的。价钱确是便宜。

我很爱这个集：第一，我觉得这里全是国货；只有人参使我怀疑有洋参的可能，那些种柴胡和那些马蜂窝看着十二分道地，决不会是舶来品。第二，卖药的人们非常安静，一点不吵不闹；也非常的和蔼，虽然要价有点虚谎，可是还价多少总不出恶声。第三，我觉得到底中国药（应简称为“国药”）比西洋药好，因为“国药”吃下去不管治病与否，至少能帮助人们增长抵抗力。这怎么讲呢？看，桔皮上有多么厚的黑泥，柴胡们带着多少沙土与马粪；这些附带的黑泥与马粪，吃下去一定会起一种作用，使胃中多一些以毒攻毒的东西。假如桔皮没有什么力量，这附带的东西还能补充一些。西洋药没有这些附带品，自然也不会发生附带的效力。那位医生敢说对下药有十二分的把握么？假如药不对症，而药品又没有附带物，岂不是大大的危险！“国药”全有附带物，谁敢说大多数的病不是被附带物治好的呢？第四，到底是中国，处处事事带着古风：咱们的祖先遍尝百草，到如今咱们依旧是这样，大概再过一万八千年咱们还是这样。我虽然不主张复古，可是热烈的想保存古风的自大有人在，我不能不替他们欣喜。第五，从今年夏天起，我一定见着马蜂窝，大蝎子，烂树叶，就收藏起来；人有旦夕祸福，谁知道什么时候生病呢！万一真病了，有的是现成的马蜂窝等，挑选一个吃下去，治病是其一，没人说你是共产党是其二。

逛完了集，出了巷口，看见一大车牛马皮，带着毛还没制成革，不知是否也是药材。

（原载 1932 年 6 月 11 日《华年》第一卷第九期）

夏之一周间

我与学界的人们一同分润寒假暑假的“寒”与“暑”，“假”字与我老不发生关系似的。寒与暑并不因此而特别的留点情；可是，一想及拉车的，当巡警的，卖苦力气的，我还抱怨什么？而且假期到底是假期，晚起个三两分钟到底不会耽误了上堂；暂时不作铜铃的奴隶也总得算偌大的自由！况且没有粉笔面子的“双”薰——对不起，一对鼻孔总是一齐吸气，还没练成“单吸”的工夫，虽然作了不少年的教员。

整理已讲过的讲义，预备下学期的新教材，这把“念读写作，四者缺一不可”的工夫已作足。此外，还要写小说呢。教员兼写家，或写家兼教员，无论怎样排列吧，这是最时行的事。单干哪一行也不够养家的，况且我还养着一只小猫！幸而教员兼车夫，或写家兼屠户，还没大行开，这在像中国这么文明的国家里，还不该念佛？

闹钟的铃自一放学就停止了工作，可是没在六点后起来过，小说的人物总是在天亮左右便在脑中开了战事；设若不乘着打得正欢的时候把他们捉住，这一天，也许是两三天，不用打算顺当的调动他们，不管你吸多少枝香烟，他们总是在面前耍鬼脸，及至你一伸手，他们全跑得连个影儿也看不见。早起的鸟捉住虫儿，写小说的也如此。

这决不是说早起可以少出一点汗。在济南的初伏以前而打算不出汗，除非离开济南。早晨，晌午，晚间，夜里，毛孔永远川流不息：只要你一眨巴眼，或叫声“球”——那只小猫——得，遍体生津。早起决不为少出汗，而是为拿起笔来把汗吓回去。出汗的工作是人人怕的，连汗的本身也怕。一边写，一边流汗；越流汗越写得起劲；汗知道你是与它拚个你死我活，它便不流了。这个道理或者可以从《易经》里找出来，但是我还没有工夫去检查。

自六点至九点，也许写成五百字，也许写成三千字，假如没有客人来的话。五百字也好，三千字也好，早晨的工作算是结束了。值得一说的是：写五百字比写三千的时候要多吸至少七八枝香烟，吸烟能助文思不永远灵验，是不是还应当多给文曲星烧股高香？

九点以后，写信——写信！老得写信！希望邮差再大罢工一年！——浇浇院中的草花，和小猫在地上滚一回，然后读欧·亨利。这一闹哄就快十二点了。吃午饭；也许只是闻一闻；夏天闻闻菜饭便可以饱了的。饭后，睡大觉，这一觉非遇见非常的事件是不能醒的。打大雷，邻居小夫妇吵架，把水缸从墙头掷过来，……只是不希望地震，虽然它准是最有效的。醒了，该弄讲义了，多少不拘，天天总弄出一点来。六点，又吃饭。饭后，到齐大的花园去走半点钟，这是一天中挺直脊骨的特许期间，廿四点钟内挺两刻钟的脊骨好像有什么卫生神术在其中似的，不过，挺着胸膛走到底是壮观的；究竟挺直了没有自然是另一问题，未便深究。

挺背运动完毕，回家。屋子里比烤面包的炉子的热度高着多少？无从知道，因为没有寒暑表。屋内的蚊子还没都被烤死呢，我放心了。洗个澡，在院中坐一会儿，听着街上卖汽水，冰激凌的吆喝。心静自然凉，我永远不喝汽水，不吃冰激凌；香片茶是我一年到头的唯一饮料，多咱香片茶是由外洋贩来我便不喝了。九点钟前后就去睡，不管多热，我永远的躺下——有时还没有十分躺好——便能入梦。身体弱多睡觉，是我的格言。一气睡到天明，又该起来拿笔吓走汗了。

过去的一周就是这么过去的；没读过一张报纸，不作亡国的事的，与作亡国的事的，或者都不大爱读新闻纸；我是哪一等人呢？良心上分吧。

（原载1932年9月1日《现代》第一卷第五期）

耍猴（济南通信）

去年的“华北运动会”是在济南举行的。开会之前忙坏了石匠瓦匠们。至少也花了十万圆吧，在南围墙子外建了一座运动场。场子的本身算不上美观，可是地势却取得好极了。我不懂风水阴阳，只就审美上看是非常满意的。南边正对着千佛山的山凹，东南角对着开元寺上边的那座“玄秘”塔，东边列着一片小山。西边呢，齐鲁大学的方灯式的礼堂石楼，如果在晚半天看，好像是斜阳之光的暂停处。坐在高处往北看，济南全城只是夹着几点红色的一片深绿。

喜欢看人们运动，更喜欢看这片风景，所以借个机会，哪怕只是个初级小学开会练练徒手操呢，我总要就此走上一遭。

爱到这里来的并不止于我个人，学生是无须说了，就是张大娘，李二嫂，王三姑娘——三位女性，一律小脚——也总和我前后脚的扭上前来。于是，我设若听不到“内行”的评论，比如说哪项竞走是打破了某种纪录，哪个选手跳高的姿势如何道地，我可是能听到一些真正民意，因为张大娘等不仅是张着嘴看，而且要时常批评或讨论几句呢。

去年“华北”开会的第二天，大家正“敬”候着万米长跑下场，张大娘的一只小公鸡先下了场，原来张大娘赴会时顺便买了只鸡在怀中抱着，不知是为要鼓掌还是要剥落花生吃，而鸡飞矣。张大娘，于是，连同李二嫂，一齐与那鸡赛了个不止百码！童子军、巡警、宪兵也全加入捉鸡竞走，至少也有五分钟吧——不知是打破哪项纪录——鸡终被擒。张大娘抱鸡又坐好，对李二嫂发了议论：咱们要是也像那些女学生，裤子只护着腚，大脚片穿着滚钉板的鞋，还用费这么大事捉一只鸡？李二嫂看了旁边的小脚王三姑娘；王三姑娘猛然用手遮上了眼，低声而急切的说：她们，她们，真不害羞，当着这么多老爷儿们脱裤子！果然，有几位女运动员预备跳栏正脱去长裤。于是李二嫂与张大娘似乎后悔了，彼此点头会意；姑娘到底不该大脚片穿钉鞋，以免当着人脱肥裤。

今年九月二十四举行全省运动会，为是选拔参加“华北”的选手。我到了，张大娘李二嫂等自然也到了。而且她们这次是带着小孩子与老人。刚一坐下，老人与小孩便一齐质问张大娘：姑娘们在哪儿呢？看不见光腿的姑娘啊！张大娘似乎有些失信用，只好连说别忙别忙。扔花枪、扔锅饼、跳木棍、猴爬竿、推铁疙疸，老人小孩与张大娘都不感觉兴趣，只好老人吸烟，小孩吃栗子，张大娘默祷快来光腿的姑娘以恢复信用。看，来了！旁边一位红眼少年，大概不是布铺便是纸店的少掌柜，十二分恳挚的向张大娘报告。忽——大家全站起来了。看那个黑劲！那个腿！身上还挂着白字！咦！咦！蹦，还蹦打呢！大筒子又响了，瞎嚷什么！唉！唉！站好了，六个人一排，真齐啊！前面一溜小白木架呢！那是跳的，你当是，又跑又跳！真！快看、趴下了！快放枪了，那是！……忽——全坐下了。什么年头，老人发了脾气，耍猴儿的，男猴女猴！家走！可是小孩不走，张大娘也不肯走，好的还在后面呢，等会儿，还跑廿多圈呢！要看就看跑廿多圈的，跑一小骨节有啥看头；跑那么近，还叫人搀着呢，不要脸！廿多圈的始终没出来，张大娘既不知道还有秩序单其物，而廿多圈的恰好又列在次日。偶尔向场内看一眼，其余的工夫全消费在闲谈上。老人与另一老人联盟；有小孩决不送进学堂去，连跑带跳，一口血，得；况且是老大不小的千金女儿呢！张大娘一定叫小孩等着看跑廿多圈的，而小孩一定非再买栗子吃不可。李二嫂说王三姑娘没来，因为定了婆家。红眼青年邀着另一位红眼青年：走，上席棚那边看看去，姑娘都在那儿喝汽水什么的呢。巡警不许我们过去呀？等着，等着机会溜过去呀！……

（原载1932年10月29日《华年》第一卷第二十九期）

祭子路岳母文

子不语，怪、力、乱、神。知乎此，则“与本刊性质不合之稿，概不刊登”的钉子可以免碰矣。猴面人身的小儿，竟产于黑衫之意大利，怪则怪矣，不敢以投《论语》。华北运动会之一千八百米接力，“力”且“接”，则再接再厉，理当回避。山东四川之内战，乱则乱矣，不敢高呼小子鸣鼓而攻之，况小子手内多无鼓乎。“来稿概无金钱上之报酬”，钱能通神者也；钱既决心不要，神乌得通，亦打倒宗教之一方也。此四者备，而来投稿，一言以蔽之，曰：思之邪！

那么，《论语》到底要什么样的稿子呢？问题似乎太大，不免然而大转一下：到底投稿者应抱什么态度呢？当今之世，向杂志投稿有二道焉：曰党同，曰伐异。党《论语》群贤之同，定遭几个“岂敢，岂敢！”反之，伐《论语》群贤之异，又难免“委实不知道！”打上前来。怎办？三思，四思，而至百思曰：有了，子路之岳母，其庶几乎。何则？是为序。

夫子路之岳母者，子路之妻母而孩子们之姥姥也。夫姥姥何为而反对子路办报也？不闻乎夫子乎：“由也，升堂矣，未入于室也。”子路而升堂，显系知县大老爷矣，知县而升堂，而未入于室，是因公废私，而欲试行生育制裁者矣。而再办报，入室之望微矣！齐家而后国治，子路独不知耶？岳母之用心其女中尧舜也欤；呜呼哀哉！而子路之友，于老太太归天之际，齐呼“山梁雌雉，时哉时哉！”且三嗅而作焉。焉作？作《论语》？是可忍孰不可忍！谨以猪头三牲，香蜡纸马，献于老太太之灵前，而哭之曰：

呜呼老太太，时哉，时哉！
苟非其时，焉得《论语》？
苟当其时，由也不得入宇（宇者室也）。
泰水其颓，失之子羽。
水气上蒸，泪下如雨！
呜呼哀哉，时哉时欤（欤读如与）！

编辑先生：小的胆大包天，要在圣人门前卖几句《三字经》，作了篇《祭子路岳母文》。如认为不合尊刊性质，祈将原稿退回，奉上邮票五分，专作此用。如蒙抬爱，刊登出来，亦祈将五分邮票不折不扣寄回，以免到法庭起诉。

敬祝论祺

小的 老舍敬启

（原载 1932 年 11 月 1 日《论语》第四期）

广智院（济南通信）

逛过广智院的人，从一九〇四到一九二六，有八百多万；到如今当然过了千万。乡下人到济南赶集，必附带着逛逛广智院。逛字似乎下得不妥，可是在事实上确是这么回事；这留在下面来讲。广智院是英人怀恩光牧师创办的，到现在已有二十八年的历史。它不纯粹是博物院，因为办平民学校、识字班等，也是它的一部分作业。此外，它也作点宗教事业。就它的博物院一部分的性质上说，它也是不纯粹的：不是历史博物院、自然博物院、或某种博物院，而是历史地理生物建筑卫生等等混合起来的一种启迪民智的通俗博物院。生物标本、黄河铁桥模型、公家卫生的指导物，都在那里陈列着。这一来是因为经费不富裕，不能办成真正博物院；二来是它的宗旨本来是偏重社会教育。颇有些到过欧美、参观过世界驰名的大博物院的君子们对它不敬，以为这不过是小小的西洋牧师弄些泥人泥马来骗我们黄帝的子孙。可是，人家的宗旨本在给普通人民一些常识，这种轻慢的态度大可以收起去。再者，就以这样的建设来说，中国可有几个？大英博物院好则好矣，怎奈不是中国的！广智院陋则陋矣，到底是洋人办的。中国人谈社会教育，不止三十年了吧？可是广智院有了二十八年的历史，中国人自办的东西在那儿？

再请这游过欧美的大人们看看贵黄帝子孙。您诸位大人们不是以为广智院的陈列品太简陋吗？您猜猜贵黄帝子孙把这点简陋东西看懂了没有？假如您不愿猜，待小子把亲眼所见的述说一番。

等等，我得先擦擦眼泪。不然，我没法说下去。

山水沟的“集”是每六天一次。山水沟就在广智院的东边，相隔只有几十丈远，所以有集的日子，广智院特别人多。山水沟集上卖的东西，除了破铜和烂铁，就是日本磁、日本布、日本胶皮鞋。买了东洋货，贵黄帝子孙乃相率入西洋鬼子办的社会教育机关——广智院。赶集逛院是东西两端，中间的是黄帝子孙！别再落泪，恐怕大人先生们骂我眼泪太不值钱！

大鲸鱼标本。黄帝子孙相率瞪眼，一万个看不懂，到底是啥呢？蚊虫放大标本。又一个相率瞪眼，到底是啥呢？碰巧了有位识字的，十二分的骄傲说道：这是蚊子！大家又一个瞪眼，蚊子？一向没看过乌鸦大的蚊子！识字的先生悻悻然走开，大家左右端详乌鸦大的蚊子，终于莫明其妙。

到了卫生标本室。泥作的两条小巷：一条干净，人皆健康；一条污浊，人皆生病。贵黄帝子孙一个个面带喜色，抖擞精神，批评起来："看这几块西瓜皮捏得多么像真的！"群应之曰："赛！""赛"是土话，即妙好之意。"快来，看这个小娘们，怎捏得这么巧呢！看那些小白馍馍，馍馍上还有苍蝇呢！"群应之曰："赛！"对面摆着"缠足之害"的泥物。"啊呀！看这里小脚的！看，看，看那小裹脚条子，还真是条小白布呢！看那小妞子哭的神气，真像啊！"群应之曰："赛！""哼，怎么这个泥人嘴里出来根铁丝，铁丝上有块白布，布上有黑字呢？"没有应声，相对瞪眼。那识字的先生恰巧又转回来，十二分的骄傲，说道："这是表示那个人说话呢！"群应之曰："哼？""干吗说话，嘴里还出铁丝和白布呢？"不懂！

…………

这就是贵黄帝子孙"逛"广智院的获得。人家处处有说明，怎奈咱们不识字！这还是鬼子设备的不周到；添上几位指导员，随时给咱们解说，岂不就"赛"了么？但是，添几位指导员的经费呢？鬼子去筹啊！既开得起院，便该雇得起指导员！是的，予欲无言！

（原载1932年12月《华年》第一卷第三十八期）

关于个人生活的梦想

谈到我个人，更无所谓。知识是我的老天爷，艺术是我的老天娘娘，虽然不一定把自己砌在象牙之塔内。这不过是你逼着我，我才说；你若不爱听，我给你换梅博士的《武家坡》。生命何必是快乐的，只求其有趣而已；希望家中的小白女猫生两三个小小白猫，有趣，有趣！其余的，似乎没有什么可说的，完了。

（原载 1933 年 1 月《东方杂志》三十卷第一号）

一　天

闹钟应当，而且果然，在六点半响了。睁开半只眼，日光还没射到窗上；把对闹钟的信仰改为崇拜太阳，半只眼闭上了。

八点才起床。赶快梳洗，吃早饭，饭后好写点文章。

早饭吃过，吸着第一枝香烟，整理笔墨。来了封快信，好友王君路过济南，约在车站相见。放下笔墨，一手扣钮，一手戴帽，跑出去，门口没有一辆车；不要紧，紧跑几步，巷口总有车的。心里想着：和好友握手是何等的快乐；最好强迫他下车，在这儿住哪怕是一天呢，痛快的谈一谈。到了巷口，没一个车影，好像车夫都怕拉我似的。

又跑了半里多路才遇上了一辆，急忙坐上去，津浦站！车走得很快，决定误不了，又想象着好友的笑容与语声，和他怎样在月台上东张西望的盼我来。

怪不得巷口没车，原来都在这儿挤着呢，一眼望不到边，街上挤满了车，谁也不动。西边一家绸缎店失了火。心中马上就决定好，改走小路，不要在此死等，谁在这儿等着谁是傻瓜，马上告诉车夫绕道儿走，显出果断而聪明。

车进了小巷。这才想起在街上的好处；小巷里的车不但是挤住，而且无论如何再也退不出。马上就又想好主意，给了车夫一毛钱，似猿猴一样的轻巧跳下去。挤过这一段，再抓上一辆车，还可以不误事，就是晚也晚不过十来分钟。

棉袄的底襟挂在小车子上，用力扯，袍子可以不要，见好友的机会不可错过！袍子扯下一大块，用力过猛，肘部正好碰着在娘怀中的小儿。娘不加思索，冲口而成，凡是我不爱听的都清清楚楚的送到耳中，好像我带着无线广播的耳机似的。孩子哭得奇，嘴张得像个火山口；没有一滴眼泪，说好话是无用的；凡是在外国可以用“对不起”了之的事，在中国是要长期抵抗的。四围的人——五个巡警，一群老头儿，两个女学生，一个卖糖的，二十多小伙子，一只黄狗——把我围得水泄不通；没有说话的，专门能看哭骂，笑嘻嘻的看着我挨雷。幸亏卖糖的是圣人，向我递了个眼神，我也心急手快，抓了一大把糖塞在小孩的怀中；火山口立刻封闭，四围的人皆大失望。给了糖钱，我见缝就钻，杀出重围。

到了车站，遇见中国旅行社的招待员。老那么和气而且眼睛那么尖，其实我并不常到车站，可是他能记得我，“先生取行李吗？”

“接人！”这是多余说，已经十点了，老王还没有叫火车晚开一个钟头的势力。

越想头皮越疼，几乎想要自杀。

出了车站，好像把自杀的念头遗落在月台上了。也好吧，赶快归去写文章。

到了家，小猫上了房；初次上房，怎么也下不来了。老田是六十多了，上台阶都发晕，自然婉谢不敏，不敢上墙。就看我的本事了，当仁不让，上墙！敢情事情都并不简单，你看，上到半腰，腿不晓得怎的会打起转来。不是颤而是公然的哆嗦。老田的微笑好像是恶意的，但是我还不能不仗着他扶我一把儿。

往常我一叫“球”，小猫就过来用小鼻子闻我，一边闻一边咕噜。上了房的“球”和地上的大不相同了，我越叫“球”，“球”越往后退。我知道，我要是一直的向前赶，“球”会退到房脊那面去，而我将要变成“球”。我的好话说多了，语气还是学着妇女的：“来，啊，小球，快来，好宝贝，快吃肝来……”无效！我急了，开始恫吓，没用。

磨烦了一点来钟，二姐来了，只叫了一声“球”，“球”并没理我，可是拿我的头作桥，一跳跳到了墙头，然后拿我的脊背当梯子，一直跳到二姐的怀中。

兄弟姐妹之间，二姐是我最好的朋友。她第一个好处便是不阻碍我的工作。每逢看见我写字，她连一声都不出；我只要一客气，陪她谈几句，她立刻就搭讪着走出去。

“二姐，和球玩会儿，我去写点字。”我极亲热的说。

“你先给我写几个字吧，你不忙啊？”二姐极亲热的说。

当然我是不忙，二姐向来不讨人嫌，偶尔求我写几个字，还能驳回？

二姐是求我写封信。这更容易了。刚由墙上爬下来，正好先试试笔，稳稳腕子。

二姐的信是给她婆母的外甥女的干姥姥的姑舅兄弟的侄女婿的。二姐与我先决定了半点多钟怎样称呼他。在讨论的进程中，二姐把她婆母的、婆母的外甥女的、干姥姥的、姑舅兄弟的性格与相互的关系略微说明了一下，刚说到干姥姥怎么在光绪二十八年掉了一个牙，老田说午饭得了。

吃过午饭，二姐说先去睡个小盹，醒后再告诉我怎样写那封信。

我是心中搁不下事的，打算把干姥姥放在一旁而去写文章，一定会把莎士比亚写成外甥女婿。好在二姐只是去打一个小盹。

二姐的小盹打到三点半才醒，她很亲热的道歉，昨夜多打了四圈小牌。不管怎着吧，先写信。二姐想起来了，她要是到东关李家去，一定会见着那位侄女婿的哥哥，就不要写信了。

二姐走了。我开始从新整理笔墨，并且告诉老田泡一壶好茶，以便把干姥姥们从心中给刺激走。

老田把茶拿来，说，外边调查户口，问我几月的生日。“正月初一！”我告诉老田。

凡是老田认为不可信的事，他必要和别人讨论一番。他告诉巡警：他对我的生日颇有点怀疑，他记得是三月；不论如何也不能是正月初一。巡警起了疑，登时觉得有破获共产党机关的可能，非当面盘问我不可。我自然没被他们盘问短，我说正月与三月不过是阴阳历的差别，并且告诉他们我是属狗的。巡警一听到戌狗亥猪，当然把共产党忘了；又耽误了我一刻多钟。

整四点。忘了，图画展览会今天是末一天！但是，为写文章，牺牲了图画吧。又拿起笔来。只要许我拿起笔来，就万事亨通，我不怕在多么忙乱之后，也能安心写作。

门铃响了，信，好几封。放着信不看，信会闹鬼。第一封：创办老人院的捐启。第二封：三舅问我买洋水仙不买？第三封：地址对，姓名不对，是否应当打开？想了半天，看了信皮半天，笔迹，邮印，全细看过，加以福尔摩斯的判断法；没结果，放在一旁。第四封：新书目录，从头至尾看了一遍，没有我要看的书。第五封：友人求找事，急待答复。赶紧写回信，信和病一样，越耽误越难办。信写好，邮票不够了，只欠一分。叫老田，老田刚刚出去。自己跑一遭吧，反正邮局不远。

发了信，天黑了。饭前不应当写字，看看报吧。

晚饭后，吃了两个梨，为是有助于消化，好早些动手写文章。刚吃完梨，老牛同着新近结婚的夫人来了。

老牛的好处是天生来的没心没肺。他能不管你多么忙，也不管你的脸长到什么尺寸，他要是谈起来，便把时间观念完全忘掉。不过，今天是和新妇同来，我想他决不会坐那么大的工夫。

牛夫人的好处，恰巧和老牛一样，是天生来的没心没肺。我在八点半的时候就看明白了：大概这二位是在我这里度蜜月。我的方法都使尽了：看我的稿纸，打个假造的哈欠，造谣言说要去看朋友，叫老田上钟弦，问他们什么时候安寝，顺手看看手表……老牛和牛夫人决定赛开了谁是更没心没肺。十点了，两位连半点要走的意思都没有。

“咱们到街上走走，好不好？我有点头疼。”我这么提议，心里计划着：陪他们走几步，回来还可以写个两千多字，夜静人稀更写得快：我是向来不悲观的。

随着他们走了一程，回来进门就打喷嚏，老田一定说我是着了凉，马上就去倒开水，叫我上床，好吃阿司匹灵。老田的命令是不能违抗的，我要是一定不去睡，他登时就会去请医生。也好吧，躺在床上想好了主意明天天一亮就起来写。“老田，把闹钟上到五点！”

老田又笑了，不好和老人闹气，不然的话，真想打他两个嘴巴。

身上果然有点发僵，算了吧，什么也不要想了，快睡！两眼闭死，可是不困，数一二三四，越数越有精神。大概有十一点了，老田已经停止了咳嗽。他睡了，我该起来了，反正是睡不着，何苦瞎耗光阴。被窝怪暖和的，忍一会儿再说，只忍五分钟，起来就写。肚里有点发热，阿司匹灵的功效，还倒舒服。似乎老牛又回来了，二姐，小球……

“起吧，八点了！”老田在窗外叫。

“没上闹钟吗？没告诉你上在五点上吗？”我在被窝里发怒。

“谁说没上呢，把我闹醒了；您大概是受了点寒，发烧，耳朵不大灵，嘛！”

生命似乎是不属于自己的，我叹了口气。稿子应该就发出了，还一个字没有呢！

“老田，报馆没来人催稿子吗？”

“来了，说请您不必忙了，报馆昨晚被巡警封了门。”

（原载 1933 年 1 月 1 日《论语》第八期）

估衣（济南通信）

在中国，政府没主张便是四万万人没主意；指望着民意怎么怎么，上哪里去找民意？可有多少人民知道满洲在东南，还是在东北？和他们要主意，等于要求鸭子唱昆腔。

一致抵抗，经济绝交，都好；只要有人计划出，有清正的官吏们肯引着人民去作。反之，执政的只管作官，而把一切问题交给人民，便永远不能解决任何问题。

举个例说，抵制仇货似乎是我们唯一的反抗手段。谁去抵制？人民；人民才干那回事呢！人民所知道的是什么便宜买什么，不懂得什么仇不仇、货不货。通盘的看看人民的经济力量，通盘的计划我们怎样提倡国货，怎样保护国产工艺，然后才谈得到抵制。不然，瞎说一大回！

受过教育的人懂得看看商标（人家日本人现在是听中国商人的决定而后印商标牌号！），知道多花钱也不要仇货；可是受过教育的人有几个？学校里明白不用洋纸，试问哪个小印刷所能用国货而不赔钱？纸业政策，正如其他丝业、茶业、漆业……政策何在？希望印刷所老板们去决定政策，即使他们是通达的人，他们弄不上饭吃谁管？提倡国货提倡得起，而人民赔不起买不起，还不是瞎说？

在济南，抵制仇货是没有那一回事。这不算新奇。花样在这儿：不但不拒绝新货，而且拼命的买人家的破烂。试到估衣店去看看，卖的是什么？试立在城门左右看看乡下人挑或推出城外的是什么？日本估衣！凡是一家估衣店就有一大堆捆好的东洋旧衣裳、裤子、长衫、布片、腰带、汗衫……捆成一二尺厚的一束，论斤出售。在四马路单有二三十家专卖此项宝贝，不卖别的。乡民推车的推车，持扁担的持扁担，专来运买这种“估衣捆”。拿回家去，拆大改小，一束便能改造好几件衣服，比买新布——国产粗布虽只卖七八分洋钱一尺——要便宜上好几倍。

看乡民买办时的神气，就好像久旱逢甘雨那么喜欢；三两成群，摸摸这束，扯扯那捆，选择唯恐其不精，价钱唯恐其不入骨，选好之后，还要在铺外抽着竹管烟袋，精细的再讨论一番。休息够了，一挑跟一挑，一车跟着一车，全欣欣然有喜色，运出城去。

有位朋友曾劝过几位乡下同胞，不要买那个，他们一个字的回答：

“贱！”后来他又吓他们，说那是由日本死人身上剥下来的，还是那一个字回答：“贱！”

一年由青岛等处来多少船这种估衣，我没有统计。我确知道在济南这是一大宗生意。我也知道抵制仇货若不另想高明主意，而专发些爱国链锁，只多是费几张纸而已。

（原载 1933 年 1 月 14 日《华年》第二卷第二期）

昼寝的风潮

宰予昼寝。子曰：朽木不可雕也——言犹未了，只听得子路子贡……齐声呐喊：法西斯蒂！

夫子暗藏怒气，轻声问道：何谓也？

大家齐喊：法西斯蒂！

夫子微笑道：知之为知之，不知为不知，是知也！

大家第三次喊道：法西斯蒂！

夫子真动了气，冷笑了一声，翼翼如也，走了出去。心中乱想：没想到教了这么多年书，卖了这么大力气，临完来个法西斯蒂。越想越难过，只好去请教于老子。

见了老子细说始末，老子微微一笑，道：老二，该！我没告诉过你么，凡事要无为而治，谁叫你爱管闲事？法西斯蒂，活该！

难道学生睡觉，我还得给他盖上点被子么？夫子反抗。

谁那么说来着？不要管他好了，老子说。

他醒了呢？

醒了之后发给他毕业证书，好啦。

夫子虽然热心教育，不肯马马虎虎，可是到底觉得老子对人情世故是极有经验的，于是翼翼如也走回来。

到了学校，喝，贴满了标语：打倒法西斯蒂化的孔老二。夫子知道风潮是要扩大，决定采取老子的妙策。他偷偷的进了后门，到自己屋中填好几张毕业证书，然后笑嘻嘻的来找宰予子路们。找到了他们，他拍着宰予的肩头，说：朋友，请拿去这证书吧；晚半天也不要上课了，我请大家吃个便饭，如何？

诸贤脸上并无喜色，由子路代表发言：我们命令你明天给我们添招女生，这是一；第二，以后再不准有考试；第三，昼寝定为必修课程；末了，向宰予在书面上道歉。

夫子一一的答应了，登时向宰予作书面上的致歉。这样，一场风波算是没有扩大，后来宰予等就成了七十二贤，而夫子至死也没法西斯蒂化。

（原载 1933 年 1 月 16 日《论语》第九期）

当幽默变成油抹

小二小三玩腻了：把落花生的尖端咬开一点，夹住耳唇当坠子，已经不能再作，因为耳坠不晓得是怎回事，全到了他们肚里去；还没有人能把花生吃完再拿它当耳坠！《儿童世界》上的插图也全看完了，没有一张满意的，因为据小二看，画着王家小五是王八的才能算好画，可是插画里没有这么一张。小二和王家小五前天打了一架，什么也不因为，并且一点不是小二的错，一点也不是小五的错；谁的错呢？没人知道。“小三，你当马吧？”小三这时节似乎什么也愿意干，只是不愿意当马。“再不然，咱们学狗打架玩？”小二又出了主意。“也好，可是得真咬耳朵？”小三愿事先问好，以免咬了小二的耳朵而去告诉妈妈。咬了耳朵还怎么再夹上花生当耳坠呢？小二不愿意。唱戏吧？好，唱戏。但是，先看看爸和妈干什么呢。假如爸不在家，正好偷偷的翻翻他那些杂志，有好看的图画可以撕下一两张来；然后再唱戏。

爸和妈都在书房里。爸手里拿着本薄杂志，可是没看；妈手里拿着些毛绳，可是没织；他们全笑呢。小二心里说大人也是好玩呀，不然，爸为什么拿着书不看，妈为什么拿着线不织？

爸说：“真幽默，哎呀，真幽默！”爸嘴上的笑纹几乎通到耳根上去。

这几天爸常拿着那么一薄本米色皮的小书喊幽默。

小二小三自然是不懂什么叫幽默，而听成了油抹；可是油抹有什么可笑呢？小三不是为把油抹在袖口上挨过一顿打吗！大人油抹就不挨打而嘻嘻，不公道！

爸念了，一边念一边嘻嘻，眼睛有时候像要落泪，有时候一句还没念完，嘴里便哈哈哈。妈也跟着嘻嘻嘻。念的什么子路——小三听成了紫鹿——又是什么三民主义，而后嘻嘻嘻——一点也不可笑，而爸与妈偏嘻嘻嘻！

决定过去看看那小本是什么。爸不叫他们看：“别这儿捣乱，一边儿玩去！”妈也说：“玩去，等爸念完再来！”好像这个小薄本比什么都重要似的！也许爸和妈都吃多了；妈常说小孩子吃多了就胡闹，爸与妈也是如此。

念了半天，爸看了看表，然后把小本折好了一页，极小心的放在写字台的抽屉里：“晚上再念；得出门了。”

“再念一段！”妈这半天连一针活也没作，还说再念一段呢，真不害羞！

小三心里的小手指头直在脸上削，“没羞没臊，当间儿画个黑老道！”

“晚上，晚上！凑巧还许把第十期买来呢！”爸说，还是笑着。

爸爸走了，走到院里还嘻嘻呢；爸是吃多了！

妈拿着活计到里院去了。

小二小三决定要犯犯“不准动爸的书”的戒命。等妈走远了，轻轻的开了抽屉，拿出那本叫爸和妈嘻嘻的宝贝。他们全把大拇指放在嘴里咂着，大气不出的去找那招人笑的小鬼。他们以为书中必是有个小鬼，这个小鬼也许就叫做油抹。人一见油抹就要嘻嘻，或是哈哈。找了半天，一篇一篇全是黑字！有一张画，看不懂是什么，既不是小兔搬家，又不是小狗成亲，简直的什么也不像！这就可乐呀？字和这样的画要是可乐，为什么妈不许我们在墙上写字画图呢？

“咱们还是唱戏去吧？”小三不耐烦了。

“小三，看，这个小盒也在这儿呢，爸不许咱们动，楞偷偷的看看？”小二建议。

已经偷看了书，为什么不再偷看看小盒？就是挨打也是一顿。小三想的很精密。

把小盒轻轻打开，喝，里边一管挨着一管，都是刷牙膏，可是比刷牙膏的管小些细些。小二把小铅盖转了转，挤，咕——挤出滑溜溜的一条小红虫来，哎呀有趣！小三的眼睁得像两个新铜子，又亮又圆。“来，我挤一个！”他另拿了管，咕——挤出条碧绿的小虫来。

一管一管，全挤过了，什么颜色的也有，真好玩！小二拿起盒里的一支小硬笔，往笔上挤了些红膏，要往牙上擦。

“小二，别，万一这是爸的冻疮药呢？”

“不能，冻疮药在妈的抽屉里呢。”

“等等，不是药，也许呀，也许呀——”小三想了半天想不出是什么。

“这么着吧，小三，把小管全挤在桌上，咱们打花脸吧？”

“唱——那天你和爸听什么来着？”小三的戏剧知识只是由小二得来的那些。

“有花脸的那个？嘀咕的嘀咕嘀嘀咕！《黄鹤楼》！”

“就唱《黄鹤楼》吧！你打红脸，我打绿脸。嘀咕嘀——”

“《黄鹤楼》里没有绿脸！”小二觉得小三对扮戏是没发言权的。

“假装的有个绿脸就得了吗！糖挑上的泥人戏出就有绿脸的。”

两个把管里的小虫全挤得越长越好，而后用小硬笔往脸上抹。

“小二，我说这不是牙膏，你瞧，还油亮油亮的呢。喝，抹在脸上有点漆得慌！”

“别说话；你的嘴直动，我怎给你画呀？！”小二给小三的腮上打些紫道，虽然小三是要打绿脸。

正这么打脸，没想到，爸回来了！

“你们俩干什么呢？干什么呢！”

“我们——”小二一慌把小刷子放在小三的头上。

小三，正闭着眼等小二给画眉毛，睁开了眼。

“你们干什么？！”爸是动了气：“二十多块一盒的油！”

“对啦，爸，我们这儿油抹呢！”小三直抓腮部，因为油漆得不好受。

“什么油抹呀？”

“不是爸看这本小书的时候，跟妈说，真油抹，爸笑妈也笑吗？”

“这本小书？”爸指着桌上那本说：“从此不再看《论语》！”

爸真生了气。一下子坐在椅子上，气哼哼的，不自觉的，从衣袋里掏出一本小书——样子和桌上那本一样。

乘着爸看新买来的小书，小二小三七手八脚把小管全收在盒里，小三从头上揭下小笔，也放进去。

爸又看入了神，嘴角又慢慢往上弯。小二们的《黄鹤楼》是不敢唱了，可也不敢走开，敬候着爸的发落。

爸又嘻嘻了，拍了大腿一下：“真幽默！”

小三向小二咬耳朵：“爸是假装油抹，咱们才是真油抹呢！”

（原载 1933 年 2 月 16 日《论语》第十一期）

不食无劳

现而今之青年每于西餐馆中，或跳舞场内，欣欣然乐道：不劳无食。其实是大大的不对。何则？听俺道来。

夫食色性也。但食先于色。设生而不食，则不能长大成人。设不能长大成人，焉能娶妻而生子；色即是空，空即是色，良有以也。那么，根本不吃，色焉从来？

更有进者，食，麻烦事也。人不为面包而生。苟为面包而生，必先烤面成包，必先砌炉，必先磨面，必先制砖，必先种地，何其不惮烦也！劳由食起，而色由食生，既劳且色，必制红色补丸以培元养气，不智孰甚？所谓不劳无食，是事实之当然，何须提倡；而今居然有人大声吆喝之，始作“蛹”者，其作茧自缚乎？

为今之计，大家不食，一齐喝风，则四海之内风平浪静，老死不相往来，见面无须问“吃过没有”，地上即天国也。

且腹空空则少欲，男视女不斜其目，女视男不桃红其腮，情书免写，免战高悬，男左女右，授受不亲，岂非顶瓜瓜礼义之邦？久不食，嘴失其用，仅遗一纹，而实无唇舌，欲吻而不得，更何从以言恋爱？久不食，腹失其用，细如带，软若皮糖，欲抱腰而舞，则软倒一堆，碰得生疼，更何从以言交际？

余友牛克司者，昔以鸦片之精制黑气炮，大破十国联军；今且制化学风，吸之即饱，永不思食，亦无食物之火力与恶效，是诚一劳永逸之方，人类之和平实有赖于此。为文以誉之，关心世界和平者幸勿交臂失之。牛君寓沪四马路，亦长于文学云尔。

（原载 1933 年 3 月 6 日《益世报》）

天下太平

或问：中国可亡乎？予不答。其妻复以问；尊女性，乃答之。

中国古伟之邦也，以盘古为“起点”，居世界之中心。物则广有，鱼鳖虾蟹，酱醋油盐，葱蒜大烟，一应俱全，民亦秀哲，往往出圣人。当今之时，豪俊尤多，咸能率一旅之众，替天行道，杀人无数，民死而弗怨。及接夷狄，又均善怀柔，陈礼乐，重揖让，唾面容自干。既干，仰面趋进复请惠唾；敌皆感服，每不敢正式宣战，而时突鸣巨炮焉。夫天道恶争，我得其旨，行见夷狄之自亡，无劳抵抗。

四夷既亡，则中华有天下。俊杰辈出，精神文明普及五洲。洋路洋楼尽毁之，洋书洋画尽火之，洋人洋兽尽屠之，洋理洋教尽灭之；独存洋酒洋钱，而后市廛秽，田园荒，一任自然，文化极盛。民咸吸鸦片而舞太极拳，三妻四妾各通一经，七子八婿俱贤达而崇吕祖。言论自由，街巷议者不诛，仅责二百大板。于是时疫行焉，遍及全世，国医奏奇效，阎王深感之，曰：人类从此绝矣，赐判官及琉璃鬼假二年。

或人之妻闻之至喜，三呼“天道救国”而去。

（原载 1933 年 4 月 1 日《论语》第十四期）

路与车（济南通信）

济南是个大地方。城虽不大，可是城外的商埠地面不小；商埠自然是后辟的。城内的小巷与商埠上的大路正好作个对照。城里有些小巷小得真有意思，巷小再加以高低不平的石头道，坐在洋车上未免胆战心惊：车稍微一歪——而且是常常的歪——车上的人头便有撞到墙上的危险；危险当然应放在“有意思”之内。这些小巷并不热闹，无论多么小的巷里也有铺子，这似乎应作济南的特点之一。而且这些小铺子往往是没有后院，一间屋的进身，便是全铺面的宽窄，作买卖、睡觉、生儿养女，全在这里；因而厨房必须在街上。那就是说炉灶在当街，行人不留神一定会把脚踹入人家面盆或饭锅里去；这也当然是有意思的。灶一律拉风箱，小巷既窄，烟火又旺，空气自然无从鲜美。城里确是人烟太稠了。大明湖是越来越小了，或者便是人口过多，不得不填水成陆的证据。

在另一方面，城外的商埠是很宽展的。街市的分划也极规则，东西是经路，南北是纬路，非常的清楚。商埠的建筑有不少是洋式的，道路上也比较的清洁些。

大买卖虽在商埠，可是乡民到城市来买东西还多半是到城里去。城里的铺面虽小，买卖不见得不大，所以小巷里有时比商埠的大路上还更热闹一些。这大概是历史的关系：商埠究竟是后辟的，而乡下人是恋死地方的；今年在此买货，明年还到这里来；其实商埠上的东西——特别是那几个大字号铺的——并不见得一定价钱高。这又是城里的小巷所以有意思的原因，因为乡下人拿它们作探险地。

近两年来，济南的路政很有进步。商埠上的大路不时的翻修，而且多加上阴沟。阴沟上复以青石，作单轮小车的“专”路——这种小车还极重要，运煤米货物全是它；响声依然是吱吱格格，制造一依古法；设若在古时这响声是刺耳的，至今仍使人头痛。城里比较宽些的道路也修了不少处，可是还用青石铺成。至于那些小巷里，汽车既走不开，也就引不起翻修的热心，于是便苦了拉车与推车的。看着小车夫推着五六百斤的东西，在步步坑坎的路上走，使人赞羡中国人的忍耐性，同时觉得一个狗也不应当享这种待遇！这些小巷也无从展宽，假如叫小屋子们退让一些，那便根本没有了小屋子；前面说过，小屋子是没有后院的，门庭就是街道。不过真希望城里的小石路也修理得好好的——推车的到底是比坐汽车的多，多的多！路平而窄，到底比不平而又窄强些。能不能把城里的居民移一部分到商埠里边去？这是个问题，值得一研究。

更希望巡警不是专为汽车开路，而是负着指挥马车之责的。现在的办法是：每逢汽车的喇叭一响，巡警的棒子便对洋车小车指了去，无论他们怎样困难，也得给汽车让路。这每每使行人、自行车、洋车、小车全跌滚在一处。汽车永远不得耽误一秒钟，以大家跌滚在一处为代价！我们要记得，城里的通衢也不是很宽的。

自然话须两说着，汽车要是没有这点威风，谁还坐汽车呢？也对！

（原载1933年4月8日《华年》第二卷第十四期）

慰 劳

哟，二百块七毛五！哟，还有三打洋袜子，五筐子梨！亲自送去，当然亲自送去，不亲去慰劳还有什么出奇。

四位教员，十位学生，你拿着袜子，我拿着梨，欢天喜地到伤兵医院去，哎哟，这才算爱国出了奇！

哟，袜子不够；哼，一人才分半个梨！二百七毛五，一人分了四毛稍微挂着零！

但是礼轻情谊重，一个梨核也是份心，四毛多钱不算什么，有人倡导才能多得东西。

好吧，逐一的去慰问，礼物不多话值金子。

哟，你的伤那么重，怎么不吃点好东西？

喝，你的胳臂肿得那么高，医生怎不来给你洗？

医生待你好不好？

护士可曾来的勤？

哎呀，可怜的人们，饭食也不好，医生不上心，护士不殷勤，岂有此理，岂有此理！

打倒医生，打倒看护！

师生欢天喜地出了医院，哎呀，爱国爱得出了奇！

他们前脚走，医院马上乱营了！

厨子挨了打，医生挨了骂，两个护士打得满脸花。

五百多伤兵，两三位医士，四位看护还有一位病了的。昼夜的忙，连饭都没工夫吃。慰劳的先生未到以前，大家欢欢喜喜，医士高兴，虽然快累死；兵士感激，虽然照顾不周，人心总是肉长的，谁不知道大夫忙，谁不知护士已经几天没休息？

可是，慰劳的先生们欢天喜地的走出去，医院马上乱了营，饭特别的不好，医生护士至少该杀。

慰劳的先生们回到家，多吃了一碗干饭，作梦还梦见兵士们吃着半个梨，爱国爱得出了奇！

（原载 1933 年 4 月 11 日天津《益世报·语林》）

吃莲花的

少见则多怪，真叫人愁得慌！谁能都知都懂？就拿相对论说吧，到底怎样相对？是像哼哈二将那么相对，还是像情人要互吻时那么面面相对？我始终弄不清！况且，还要“论”呢。一向不晓得哼哈二将会作论；至于情人互吻而必须作论，难道情人也得“会考”？

这且不提。拿些小事说“眼生”就要恶意的发笑，“眼熟”的事儿是对的，至少也比“眼生”的文明些。中国人用湿毛巾擦脸，英美人用干的；中国人放伞头朝上，西洋鬼子放伞头朝下；于是据洋鬼子看，他们文明，我们是头朝下活着。少见多怪，“怪”完了还自是自高一下，愁人得慌！

这且不提。听说广东人吃狗。每逢有广东朋友来，我总把黄子藏到后院去。可是据我所知道的广东朋友们，还没有一位向我要求过：“来，拿黄子开开斋！”没有。可是，黄子还是在后院保险。

这且不提。虽然我不“大”懂相对论——不是一点也不懂，说不定它还就许是像哼哈二将那样的对立——可是我天性爱花草。盆花数十种，分对列于庭中，大概我不见得一定比爱因司坦低下着多少。不，或者我比他还高着些。他会相对——和他的夫人相对而坐，也许是——而且会论——和他的夫人论些家长里短什么的。我呢，会种花。我与他各有一出拿手戏，谁也不高，谁也不低。他要是不服气的话，他骂我，我也会骂他。相对论，我得承认他的优越；相对骂，不定谁行呢！这样，我与他本是“肩膀齐为弟兄”，他不用吹，我用不着谦卑。可是，我的盆花是成对摆列着的，兰对兰，菊对菊，盆盆相对，只欠着一个“论”；那么，我比他强点！

这且不提——就使我真比爱因司坦强，也是心里的劲，不便大吹大擂的宣传，我不是好吹的人；何必再提？今年我种了两盆白莲。盆是由北平搜寻来的，里外包着绿苔，至少有五六十岁。泥是由黄河拉来的。水用趵突泉的。只是藕差点事，吃剩下来的菜藕。好盆好泥好水敢情有妙用，菜藕也不好意思了，长吧，开花吧，不然太对不起人！居然，拔了梗，放了叶，而且开了花。一盆里七八朵，白的！只有两朵，瓣尖上有点红，我细细的用檀香粉给涂了涂，于是全白。作诗吧，除了作诗还有什么办法？专说“亭亭玉立”这四个字就被我用了七十五次，请想我作了多少首诗吧！

这且不提。好几天了，天天门口卖菜的带着几把儿白莲。最初，我心里很难过。好好的莲花和茄子冬瓜放在一块，真！继而一想，若有所悟。啊，济南名士多，不能自己“种”莲，还不“买”些用古瓶清水养起来，放在书斋？是的，一定是这样。

这且不提。友人约游大明湖，“去买点莲花来！”他说。“何必去买，我的两盆还不可观？”我有点不痛快，心里说：“我自种的难道比不上湖里的？真！”况且，天这么热，游湖更受罪，不如在家里，煮点毛豆角，喝点莲花白，作两首诗，以自种白莲为题，岂不雅妙？友人看着那两盆花，点了点头。我心里不用提多么痛快了；友人也很雅哟！除了作新诗向来不肯用这“哟”，可是此刻非用不可了！我忙着吩咐家中煮毛豆角，看看能买到鲜核桃不。然后到书房去找我的诗稿。友人静立花前，欣赏着哟！

这且不提。及至我从书房回来一看，盆中的花全在友人手里握着呢，只剩下两朵快要开败的还在原地未动。我似乎忽然中了暑，天旋地转，说不出话。友人可是很高兴。他说：“这几朵也对付了，不必到湖中买去了。其实门口卖菜的也有，不过没有湖上的新鲜便宜。你这些不很嫩了，还能对付。”他一边说着，一边奔了厨房。“老田，”他叫着我的总管事兼厨子：“把这用好香油炸炸。外边的老瓣不要，炸里边那嫩的。”老田是我由北平请来的，和我一样不懂济南的典故，他以为香油炸莲瓣是什么偏方呢。“这治什么病，烫伤？”他问。友人笑了。“治烫伤？吃！美极了！没看见菜挑子上一把一把儿的卖吗？”

这且不提。还提什么呢，诗稿全烧了，所以不能附录在这里。

（原载1933年8月16日《论语》第二十三期）

买彩票

在我们那村里，抓会赌彩是自古有之。航空奖券，自然的，大受欢迎。头彩五十万，听听！二姐发起集股合作，首先拿出大洋二角。我自己先算了一卦，上吉，于是拿了四角。和二姐算计了好大半天，原来还短着九元四才够买一张的。我和她分头去宣传，五十万,五十万,五十个人分，每人还落一万,二角钱弄一万！举村若狂，连狗都听熟了“五十万”，凡是说“五十万”的，哪怕是生人，也立刻摇尾而不上前一口把腿咬住。闹了整一个星期；十元算是凑齐；我是最大的股员。三姥姥才拿了五分，和四姨五姨共同凑了一股；她们还立了一本账簿。

上哪里去买呢？还得算卦。二姐不信任我的诸葛金钱课，花了五大枚请王瞎子占了个马前神课……利东北。城里有四家代售处；利成记在城之东北；决议，到利成记去买。可是，利成是四家买卖中最小的一号，只卖卷烟煤油，万一把十元拐去，或是卖假券呢！又送了王瞎子五大枚，从新另占。西北也行，他说；不但是行，他细掐过手指，还比东北好呢！西北是恒祥记，大买卖，二姐出阁时的缎子红被还是那儿买的呢。

谁去买？又是个问题。按说我是头号股员，我应当跑一趟。可是我是属牛的，今年是鸡年，总得找属鸡的，还得是男性，女性丧气。只有李家小三是鸡年生的，平日那些属鸡的好像都变了，找不着一个。小三自己去太不放心啊，于是决定另派二员金命的男人妥为保护。挑了吉日，三位进城买票。

票买来了，谁拿着呢？我们村里的合作事业有个特点，谁也不信任谁。经过三天三夜的讨论，还是交给了三姥姥，年高虽不见得必有德，可是到底手脚不利落，不至私自逃跑。

直到开彩那天，大家谁也没睡好觉。以我自己说，得了头彩——还能不是我们得吗？！——就分两万，这两万怎么花？买处小房，好，房的地点，样式，怎么布置，想了半夜。不，不买房子，还是作买卖好，于是铺子的地点、形式、种类，怎么赚钱，赚了钱以后怎样发展，又是半夜。天上的星星，河边的水泡，都看着像洋钱。清晨的鸟鸣，夜半的虫声，都说着“五十万”。偶尔睡着，手按在胸上，梦见一堆现洋压在身上，连气也出不得！特意买了一付骨牌，为是随时打卦。打了坏卦，不算，另打；于是打的都是好卦，财是发准了。

开奖了。报上登出前五彩，没有我们背熟了的那一号。房子，铺子……随着汗全走了。等六彩七彩吧，头五奖没有，难道还不中个小六彩？又算了一卦，上吉；六彩是五百，弄几块作件夏布大衫也不坏。于是一边等着六彩七彩的揭露，一边重读前五彩的号数，替得奖的人们想着怎么花用的方法，未免有些羡妒，所以想着想着便想到得奖人的乐极生悲，也许被钱烧死；自己没得也好；自然自己得奖也不见得就烧死。无论怎说，心中有点发堵。

六彩七彩也登出来了，还是没咱们的事，这才想起对尾子，连尾子都和我们开玩笑，我们的是个“三”，大奖的偏偏是个“二”。没办法！

二姐和我是发起人呀！三姥姥向我们俩要索她的五分。没法不赔她。赔了她，别人的二角也无意虚掷。二姐这两天生病，她就是有这个本事，心里一想就会生病。剩下我自己打发大家的二角。打发完了，二姐的病也好了，我呢，昨天夜里睡得很清甜。

（原载1933年9月1日《论语》第二十四期）

打倒近视

人类大概是退化了。尧舜禹汤俱不戴眼镜，而我则近视之中带着散光，不戴眼镜则宇宙模糊，曲线之美失其美！巴黎女子有将真眉剃去，另画一双者，是天然之眉生得不尽合人意。我非女性，尚不敢剃眉再画，画眉问题即不细加研究。可是一提到眼镜，总不免悲观！原始之人，钻木取火，未闻错钻了手指，而现代近视之流，往往锁门连同鼻子锁上。人类大概是退化了。

近视实非微小问题。其有关于经济者，如正在没钱之时，耳插或鼻架忽然破碎。用麻绳系上则大杀风景，到公司去配则现钱交易难以履行，终日双手捧镜则别的都不能干；干脆不戴则天旋地转，如何是好？甚或引起自杀之念！

友人王君，觉有结婚的必要，乃去自相自看。有女如花，一见成功。娶到家中，原来面上麻子甚多，因恼生恨，王君遂堕楼而死。他也是近视哟！

友人李君，事阔钱多，鼻托玳瑁镜架，标准美男子也。结婚之夕，摘了眼镜，两眼如死鱼，大而无当，离里离光。次日，夫人提起离婚。李君乃入山为僧。友人张君，错吻了小姨，亦近视之害也。

诸如此类，难以尽述。总而言之，近视理当打倒，而眼镜乃现代文明之咒诅。为今之计，宜将害目之工作，如读书、如写小楷、如刻字、如刺绣、如看电影，一律禁止。庶几乎人无近视，而天下太平矣。

（原载 1933 年 11 月 30 日《申报·自由谈》）

科学救命

很想研究科学，这几天。要发明个机器。这个机器得小巧玲珑，至大也不过像个十支长城烟包，可以随身带着，而没有私携手枪的嫌疑。到应用的时候，只须用手一摸就得，不用转螺丝，通电流，或接天线地线等等。只要一根天地人三才中的“人线”就够了。用手一摸，碰上人线，手指一热，热到脑部，于是立刻就能有个好笑话——机器的用处。

近来实在需要这么个机器。你看，有人请吃饭，能不去吗？去了，酒过三杯，临座笑得像个蜜桃似的——请来个笑话！往四下一观，座中至少有两位已经听过咱的那些傻姑爷与十七字诗。没办法！即使天才真有那么大，现成的笑话总比自造的好。可是现在的笑话似乎老是那几个，而且听笑话的老有熟人。刚一张嘴就被熟人接过去了——又是那个傻姑爷呀？这还怎往下说！幸而没人插嘴，而有这么一两位两眼死盯着咱，因为笑话听过的，所以专看咱怎么张嘴与眨巴眼，于是把那点说笑话应有的得意劲儿完全给赶走了；没这股得意劲儿乘早不用说笑话！有的时候，咱刚说了头两句，一位熟人善意的笑了——那是个好笑话，老丈人揍傻姑爷，哈哈哈！不用再往下说了。气先泄了，还怎么说！这顿饭吃到肚中，至少得到医院去一趟。

回到家，孩子们都钻了被窝，可是没睡，专等咱带来落花生与柿饼儿。十回有九回，忘了带这些零碎；好吧，说个笑话。刚一张嘴，小将军们一齐下令——“不听那个臭的！”香的打哪儿来呢？说哪个，哪个是臭的，一点不将就，为说笑话，大人小孩都觉得人生没有多少意义；而且小孩一定发脾气，能哭上一个多钟头，一边哭一边嚷——不听那个臭笑话，不听！

到了学校，学生代表来了——先生，我们今天开联欢会，您说个笑话？趁早不用驳回，反正秩序单早已定好了。好吧，由脑子里的最下层，大概离头发还有三四里地，找出个带锈的笑话来。收拾了收拾，打磨了打磨，预备去说。秩序单上的笑林项下还有别人呢。他在前面，当然他先说。他一张嘴，咱的慢性盲肠炎全不发炎了，浑身冰凉。刚打磨好的笑话被他给说了。而且他说得非常的圆到，比咱想起来的多着好多花样；这不仅使咱发慌，而且觉得惭愧！轮到咱了，张着嘴练习“立正”吧。有什么办法呢？脑子最下层的东西被人抢去，只好由脊椎骨上找点话吧；这自然不是容易的事，也不十分舒服。好歹的敷衍了几句，不像笑话，不像故事，不像演说，什么也不像；本来嘛，脊椎骨上的玩艺还能高明的了？咱的脸上笑着，别人的都哭丧着。说完了好大半天，大家想起鼓掌来，鼓得比呼吸的声音稍微大一些。

非发明个机器不可了！放在口袋里，用手一摸，脑中立刻一热，一亮，马上来个奇妙的笑话。不然，人生绝对幽默不了，而且要减寿十年。

打算先念中学物理教科书。

（原载 1933 年 12 月 1 日《论语》第三十期）

特大的新年

一到新年，家家刊物必要特大起来。除夕的团圆饭不是以把肚皮撑至瓮形为原则么？刊物特大，那么，也是理之当然。可是，来了个问题：比如您的肚皮在除夕忽然特大，元旦清晨必须到庄前庄后游散一番，以便蹓饭，而免停食着凉。您还顾得读特大的刊物？元旦因散步的结果，肚皮有紧缩之势，可是初二祭财神，您还能讲君子食无求饱？绝对不能。为人情，为家庭，为社会国家，您还非再足吃一顿不可。于是肚皮再涨，或且较前为甚。吃饱了发困，连打牌也许牺牲了，还能读特大的刊物？又曰不能。紧接着就是拜年，逛庙，接姑奶奶，看花灯，吃汤圆，按着旧规矩说，非到开印大吉那天不能得闲。现今虽不封印开印，可是也不能把“大吉”推出斩首。今虽庆祝国历新年，但把旧俗拉扯过来，决无恶意。那么，特大刊物在什么时候去读？设若刊物特大是为艺术而艺术，不管有人读与否，反正得心到神知，以便与瓮形肚皮比比曲线美，那就有点大而无当。谁能买个头号的留声机，放在屋里，永远不动，专为威镇客厅？

总得想个办法才是。

办法并不难想，把新年也特大起来就是了。自天子以至庶人全歇上三个月，一个半月过年，一个半月读特大的刊物。于是肚与脑得平均发展，既不至得大肚子痞积，又不能患脑病，何乐而不为？怎见得？有诗为证：

肚子撑圆是繁荣的象征，
扩大了新年便是丰富了生命。
吃、喝、玩、乐，还看看刊物的插图。
是天下太平，是文化提高的铁证。
人岂是为面包而生，
大酒大肉方是英雄的本性。
快活吧，有了特大的新年，
请将脑子像肚子那样活动。
过了两月，你会肥美如猪，
自备的火腿往嘴里送。
快活吧，这是地上的天堂，

雨顺风调，普天同庆，
民安国泰，百福并臻，
快活吧，管他肚子痛不痛！

（原载 1934 年 1 月 1 日《论语》第三十二期）

新年醉话

大新年的，要不喝醉一回，还算得了英雄好汉么？喝醉而去闷睡半日，简直是白糟蹋了那点酒。喝醉必须说醉话，其重要至少等于新年必须喝醉。

醉话比诗话词话官话的价值都大，特别是在新年。比如你恨某人，久想骂他猴崽子一顿。可是平日的生活，以清醒温和为贵，怎好大睁白眼的骂阵一番？到了新年，有必须喝醉的机会，不乘此时节把一年的“储蓄骂”都倾泻净尽，等待何时？于是乎骂矣。一骂，心中自然痛快，且觉得颇有英雄气概。因此，来年的事业也许更顺当，更风光；在元旦或大年初二已自诩为英雄，一岁之计在于春也。反之，酒只两盅，菜过五味，欲哭无泪，欲笑无由。只好哼哼唧唧噜哩噜苏，如老母鸡然，则癞狗见了也多咬你两声，岂能成为民族的英雄？

再说，处此文明世界，女扮男装。许多许多男子大汉在家中乾纲不振。欲恢复男权，以求平等，此其时矣。你得喝醉哟，不然哪里敢！既醉，则挑鼻子弄眼，不必提名道姓，而以散文诗冷嘲，继以热骂：头发烫得像鸡窝，能孵小鸡么？曲线美，直线美又几个钱一斤？老子的钱是容易挣得？哼！诸如此类，无须管层次清楚与否，但求气势畅利。每当少为停顿，则加一哼，哼出两道白气，这么一来，家中女性，必都惶恐。如不惶恐，则拉过一个——以老婆为最合适——打上几拳。即使因此而罚跪床前，但床前终少见证，而醉骂则广播四邻，其声势极不相同，威风到底是男子汉的。闹过之后，如有必要，得请她看电影；虽发似鸡窝如故，且未孵出小鸡，究竟得显出不平凡的亲密。即使完全失败，跪在床前也不见原谅，到底酒力热及四肢，不至着凉害病，多跪一会儿正自无损。这自然是附带的利益，不在话下。无论怎说，你总得给女性们一手儿瞧瞧，纵不能一战成功，也给了她们个有力的暗示——你并不是泥人哟。久而久之，只要你努力，至少也使她们明白过来：你有时候也会闹脾气，而跪在床前殊非完全投降的意思。

至若年底搪债，醉话尤为必需。讨债的来了，见面你先喷他一口酒气，他的威风马上得低降好多，然后，他说东，你说西，他说欠债还钱，你唱《四郎探母》。虽曰无赖，但过了酒劲，日后见面，大有话说。此“尖头曼”之所以为“尖头曼”也。

醉话之功，不止于此，要在善于运用。秘诀在这里：酒喝到八成，心中还记得“莫谈国事”，把不该说的留下；可以说的，如骂友人与恫吓女性，则以酒力充分活动想像力，务使自己成为浪漫的英雄。骂到伤心之处，宜紧紧摇头，使眼泪横流，自增杀气。

当是时也，切莫题词寄信，以免留叛逆的痕迹。必欲艺术的发泄酒性，可以在窗纸上或院壁上作画。画完题“醉墨”二字，豪放之情乃万古不朽。

（原载 1934 年 1 月《矛盾》第二卷第五期）

《矛盾月刊》新年特大号向我要文章。写小说吧，没工夫；作诗，又不大会。就寄了这么几句，虽然没有半点艺术价值，可是在实际上不无用处。如有仁人君子照方儿吃一剂，而且有效，那我要变成多么有光荣的我哟！

一九三四年节——作者。

新年的二重性格

一想到新年，不知怎么心里就要喜欢一下，同时又有点胆战心惊：好像是一则以喜，一则以忧的味儿。喜的什么呢？很难说；大概是一种遗传病，到了新年总得喜欢。忧，这个很简单，怕讨债的。这是新年的二重性格。

想个什么法儿，能把这二重性格改成一重呢？我不算不聪明，我曾把极不一致的道理设法调和起来，如把一元论和二元论改为“一元半论”，可是我想不出法儿使新年只有喜，而无忧。

幽默也不行，讨债的人好像最不懂幽默。你越说轻松可笑的话，他越跟你瞪眼。他非看见钱不笑。你要跟他瞪眼呢，那就更糟，他似乎和巡警是亲戚，一招呼就来。

似乎根本不应当借债。没有亏空，到了新年自然是高高兴兴；新年本来应该高高兴兴。可是有一层，不借债在理论上是很好喽，实际上作得到么。假如有一天两手空空，肚子乱叫，你怎办？为求新年的无忧而一定不去借钱，你就活不到新年了。这个不能不算计好了。为过新年而先把命丧了，幽默倒还幽默，可是犯得着这么幽默吗？圣人有云，好死不如赖活着。这是句有味儿的话。

有债随时还，不要都积到新年，似乎是个好方法。可是谁有这份能力呢。今天借了，明天还上，那满可以不借。借，就是因为有个长期间不还的享受，于是一压便压到新年。谁也没想到新年来得这么快！

取销新年呢，照样的不是办法。你自己取销了新年，新年还是到时候就来。债权者即使健忘，说什么也忘不了新年讨债。

说来说去还是没办法。如果非把新年的二重性格减去一重不可，似乎只好减去“喜”的那一面。在新年的前半月，就应当皱上眉头，表示无论如何也不喜。那么，讨债的到了家门，自然视若无物。假若他看不出你的眉头是自杀的标志，你满可以当着他的面上一回吊。这倒许引起他的幽默，而展限到端阳节再说。若是他不肯这么办呢，你上吊就完了，反正你已经承认新年是有忧无喜，生死还有什么多大的关系。这似乎不像仁者之言，可是世界就这个样，有什么好办法呢？好死不如赖活着；到了要命的关头，也就无法。

（原载 1934 年 1 月 1 日《申报·自由谈》）

个人计划

没有职业的时候，当然谈不到什么计划——找到事再说。找到了事作，生活较比的稳定了，野心与奢望又自减缩——混着吧，走到哪儿是哪儿；于是又忘了计划。过去的几年总是这样，自己也闹不清是怎么过来的。至于写小说，那更提不到计划。有朋友来信说“作”，我就作；信来得太多了呢，便把后到的辞退，说上几声“请原谅”。有时候自己想写一篇，可是一搁便许搁到永远。一边作事，一边写作，简直不是回事儿！

一九三四年了，恐怕又是马虎的过去。不过，我有个心愿：希望能在暑后不再教书，而专心写文章，这个不是容易实现的。自己的负担太重，而写文章的收入又太薄；我是不能不管老母的，虽然知道创作的要紧。假如这能实现，我愿意暑后到南方去住些日子；杭州就不错，那里也有朋友。

不论怎样吧，这是后半年的话。前半年呢，大概还是一边教书，一边写点东西。现在已经欠下了好几个刊物的债，都该在新年后还上，每月至少须写一短篇。至于长篇，那要看暑假后还教书与否；如能辞退教职，自然可以从容的乱写了。不能呢，长篇即没希望。我从前写的那几本小说都成于暑假与年假中，因除此再找不出较长的时间来。这么一来，可就终年苦干，一天不歇。明年暑假决不再这么干，我的身体实在不能说是很强壮。春假想去跑泰山，暑假要到非避暑的地方去避暑——真正避暑的地方不是为我预备的。我只求有个地点休息一下，暑一点也没关系。能一个月不拿笔，就是死上一回也甘心！

提到身体，我在四月里忽患背痛，痛得翻不了身，许多日子也不能“鲤鱼打挺”。缺乏运动啊。篮球足球，我干不了，除非有意结束这一辈子。于是想起了练拳。原先我就会不少刀枪剑戟——自然只是摆样子，并不能去厮杀一阵。从五月十四开始又练拳，虽不免近似义和团，可是真能运动运动。因为打拳，所以起得很早；起得早，就要睡得早；这半年来，精神确是不坏，现在已能一气练下四五趟拳来。这个，我要继续下去，一定！

自从我练习拳术，舍猫小球也胖了许多，因为我一跳，她就扑我的腿，以为我是和她玩耍呢。她已一岁多了，尚未生小猫。扑我的腿，和有时候高声咪喵，或系性欲的压迫，我在来年必须为她定婚，这也在计划之中。

至于钱财，我向无计划。钱到手不知怎么就全另找了去处。来年呢，打算要小心一些。书，当然是要买的。饭，也不能不吃。要是俭省，得由零花上设法。袋中至多只带一块钱是个好办法；不然，手一痒则钞票全飞。就这样吧，袋中只带一元，想进铺子而不敢，则得之矣。

这像个计划与否，我自己不知道。不过，无论怎样，我是有志向善，想把生活“计划化”了。“计划化”惯了，生命就能变成个计划。将来不幸一命身亡，会有人给立一小块石碑，题曰“舒计划葬于此”。新年不宜说丧气话，那么，取销这条。

（原载1934年1月《东方杂志》第三十一卷第一期）

自传难写

自古道：今儿个晚上脱了鞋，不知明日穿不穿；天有不测的风云啊！为留名千古，似应早早写下自传；自己不传，而等别人偏劳，谈何容易！以我自己说吧，眼看就快四十了，万一在最近的将来有个山高水远，还没写下自传，岂不是大大的一个缺憾？！

可是，说起来就有点难受。自传不难哪，自要有好材料。材料好办；"好材料"，哼，难！自传的头一章是不是应当叙说家庭族系等等？自然是。人由何处生，水从哪儿来，总得说个分明。依写传的惯例说，得略述五千年前的祖宗是纯粹"国种"，然后详道上三辈的官衔，功德，与著作。至少也得来个"清封大夫"的父亲，与"出自名门"的母亲。没有这么适合体裁的双亲，写出去岂不叫人笑掉门牙！您看，这一招儿就把咱撅个对头弯；咱没有这种父母，而且准知道五千年前的祖宗不见得比我高明。好意思大书特书"清封普罗大夫"，与"出自不名之门"么？就是有这个勇气，也危险呀：普罗大夫之子共党耳，推出斩首，岂不糟了？！英雄不怕出身低，可也得先变成英雄啊。汉刘邦是小小的亭长，淮阴侯也讨过饭吃，可是人家都成了英雄，自然有人捧场喝彩。咱是不是英雄？对镜审查，不大像！

自传的头一章根本没着落。

再说第二章吧。这儿应说怎么降生：怎么在胎中多住了三个多月，怎么产房里闹妖精，怎么天上落星星，怎么生下来啼声如豹，怎么左手拿着块现洋……我细问过母亲，这些事一概没有。母亲只说：生下来奶不足，常贴吃糕干——所以到如今还有时候一阵阵的发糊涂。

第二章又可以休矣。

第三章得说幼年入学的光景喽。"幼怀大志，寡言笑，囊萤刺股……"这多么好听！可是咱呢，不记得有过大志，而是见别人吃糖馅烧饼就馋得慌——到如今也没完全改掉。逃学的事倒不常干。而挨手板与罚跪说起来似乎并不光荣。第三章，即使勉强写出，也不体面。

没有前三章，只好由第四章写了，先不管有这样的书没有。这一章应写青春时期。更难下笔。假如专为泄气，又何必自传；当然得吹腾着点儿。事情就奇怪，想吹都吹不起来。人家牛顿先生看苹果落地就想起那么多典故来，我看见苹果落地——不，不等它落地就摘下来往嘴里送。青春时期如此，现在也没长进多少，不但没作过惊天动地的事，而且没有存过惊天动地的心。偶尔大喊一声，天并不惊；跺地两脚，地也不动。第四章又是糖心的炸弹，没响儿！

以下就不用说了，伤心！

自传呢，下世再说。好在马上为善，或者还不太晚，多积点阴功，下辈子咱也生在贵族之家，专是自传的第一章就能写八万字。气死无数小布尔乔亚。等着吧，这个事是急不得的。

（原载 1934 年 1 月《大众画报》第三期）

抬头见喜

对于时节，我向来不特别的注意。拿清明说吧，上坟烧纸不必非我去不可，又搭着不常住在家乡，所以每逢看见柳枝发青便晓得快到了清明，或者是已经过去。对重阳也是这样，生平没在九月九登过高，于是重阳和清明一样的没有多大作用。

端阳，中秋，新年，三个大节可不能这么马虎过去。即使我故意躲着它们，账条是不会忘记了我的。也奇怪，一个无名之辈，到了三节会有许多人惦记着，不但来信，送账条，而且要找上门来！

设若故意躲着借款，着急，设计自杀等等，而专讲三节的热闹有趣那一面儿，我似乎是最喜爱中秋。“似乎”，因为我实在不敢说准了。幼年时，中秋必是个很可喜的节，要不然我怎么还记得清清楚楚那些“兔儿爷”的样子呢？有“兔儿爷”玩，这个节必是过得十二分有劲。可是从另一方面说，至少有三次喝醉是在中秋；酒入愁肠呀！所以说“似乎”最喜爱中秋。

事真凑巧，这三次“非杨贵妃式”的醉酒我还都记得很清楚。那么，就说上一说呀。第一次是在北平，我正住在翊教寺一家公寓里。好友卢嵩庵从柳泉居运来一坛子“竹叶青”。又约来两位朋友——内中有一位是不会喝的——大家就抄起茶碗来。坛子虽大，架不住茶碗一个劲进攻；月亮还没上来，坛子已空。干什么去呢？打牌玩吧。各拿出铜元百枚，约合大洋七角多，因这是古时候的事了。第一把牌将立起来，不晓得——至今还不晓得——我怎么上了床。牌必是没打成，因为我一睁眼已经红日东升了。

第二次是在天津，和朱荫棠在同福楼吃饭，各饮绿茵陈二两。吃完饭，到一家茶肆去品茗。我朝窗坐着，看见了一轮明月，我就吐了。这回决不是酒的作用，毛病是在月亮。

第三次是在伦敦。那里的秋月是什么样子，我说不上来——也许根本没有月亮其物。中国工人俱乐部里有多人凑热闹，我和沈刚伯也去喝酒。我们俩喝了两瓶葡萄酒。酒是用葡萄还是葡萄叶儿酿的，不可得而知，反正价钱很便宜；我们俩自古至今总没作过财主。喝完，各自回寓所。一上公众汽车，我的脚忽然长了眼睛，专找别人的脚尖去踩。这回可不是月亮的毛病。

对于中秋，大致如此——无论如何也不能说它坏。就此打住。

至若端阳，似乎可有可无。粽子，不爱吃。城隍爷现在也不出巡；即使再出巡，大概也没有跟随着走几里路的兴趣。樱桃真是好东西，可惜被黑白桑葚给带累坏了。

新年最热闹，也最没劲，我对它老是冷淡的。自从一记事儿起，家中就似乎很穷。爆竹总是听别人放，我们自己是静寂无哗。记得最真的是家中一张《王羲之换鹅》图。每逢除夕，母亲必把它从个神秘的地方找出来，挂在堂屋里。姑母就给说那个故事；到如今还不十分明白这故事到底有什么意思，只觉得“王羲之”三个字倒很响亮好听。后来入学，读了《兰亭序》，我告诉先生，王羲之是在我的家里。

长大了些，记得有一年的除夕，大概是光绪三十年前的一、二年，母亲在院中接神，雪已下了一尺多厚。高香烧起，雪片由漆黑的空中落下，落到火光的圈里，非常的白，紧接着飞到火苗的附近，舞出些金光，即行消灭；先下来的灭了，上面又紧跟着下来许多，像一把“太平花”倒放。我还记着这个。我也的确感觉到，那年的神仙一定是真由天上回到世间。

中学的时期是最忧郁的，四五个新年中只记得一个，最凄凉的一个。那是头一次改用阳历，旧历的除夕必须回学校去，不准请假。姑母刚死两个多月，她和我们同住了三十年的样子。她有时候很厉害，但大体上说，她很爱我。哥哥当差，不能回来。家中只剩母亲一人。我在四点多钟回到家中，母亲并没有把“王羲之”找出来。吃过晚饭，我不能不告诉母亲了——我还得回校。她愣了半天，没说什么。我慢慢的走出去，她跟着走到街门。摸着袋中的几个铜子，我不知道走了多少时候，才走到了学校。路上必是很热闹，可是我并没看见，我似乎失了感觉。到了学校，学监先生正在学监室门口站着。他先问的我：“回来了？”我行了个礼。他点了点头，笑着叫了我一声：“你还回去吧。”这一笑，永远印在我心中。假如我将来死后能入天堂，我必把这一笑带给上帝去看。

我好像没走就又到了家，母亲正对着一枝红烛坐着呢。她的泪不轻易落，她又慈善又刚强。见我回来了，她脸上有了笑容，拿出一个细草纸包儿来：“给你买的杂拌儿，刚才一忙，也忘了给你。”母子好像有千言万语，只是没精神说。早早的就睡了。母亲也没接神。

中学毕业以后，新年，除了为还债着急，似乎已和我不发生关系。我在哪里，除夕便由我照管着哪里。别人都回家去过年，我老是早早关上门，在床上听着爆竹响。平日我也好吃个嘴儿，到了新年反倒想不起弄点什么吃，连酒也不喝。在爆竹稍静下些的时节，我老看见些过去的苦境。可是我既不落泪，也不狂歌，我只静静的躺着。躺着躺着，多咱烛光在壁上幻出一个“抬头见喜”，那就快睡去了。

（原载 1934 年 1 月《良友》（画报）第四卷第八期）

大发议论

过年是一种艺术。咱们的先人就懂得贴春联，点红灯，换灶王像，馒头上印红梅花点，都是为使一切艺术化。爆竹虽然是噪音，但“灯儿带炮”便给声音加上彩色，有如感觉派诗人所用的字眼儿。盖自有史以来，中国人本是最艺术的，其过年比任何民族都更复杂，热闹，美好，自是民族之光，亦理所当然。

以烹调而言，上自龙肝凤肺，下至姜蒜大葱，无所不吃，且都有奇妙的味道。拿板凳腿作冰激凌，只要是中国人做的，给欧西的化学家吃，他也得莫名其妙，而连声夸好；即使稍有缺点，亦不过使肚子微痛一阵而已。吃了老鼠而再吃猫，既不辨其为鼠为猫，且不在肚中表演猫捕鼠的游戏，是之谓巧夺天工。烹调的方法既巧夺天工，新年便没法儿不火炽，没法儿不是艺术的。一碗清汤，两片牛肉，而后来个硬凉苹果，如西洋红毛鬼子的办法，只足引起伤心，哪里还有心肠去快活。反之，酒有茵陈玫瑰和佛手露，佐以蜜饯果儿——红的是山楂糕，绿的是青梅，黄的是桔饼，紫的是金丝蜜枣，有如长虹吹落，碎在桌上，斑斑块块如灿艳群星，而到了口中都甜津津的，不亦乐乎！加以八碟八碗，或更倍之，各发异香，连冒出的气儿都婉转缓腻，不像馒头揭锅，热气立散；于是吃一看二，咽一块不能不点点头，喝一口不能不咂咂嘴；或汤与块齐尝，则顺流而下，不知所之，岂不快哉！脑与口与肚一体舒畅，宜乎行令猜拳，吃个七八小时也。这是艺术。做得艺术，吃得艺术，于是一肚子艺术，而后题诗壁上，剪烛梅前，入了象牙之塔，出了象牙之狗，美哉新年也！

这不过略提了提“吃”，已足使弱小民族垂涎三尺，而万国来朝。至若吃饱喝足，面色微紫，或看牌，或掷骰，或顶牛，勾心斗角，各运心思，赢了微笑，输急才骂“妈的”；至若穿新衣，逛花灯，看亲戚，接姑奶奶与小外甥……只好从略，只好从略，以免六国联军又打天津。因羡生妒，至蛮不讲理，往往有之。

到了现在，过年的艺术不但在质上，就是在量上，也正在迈进。以次数说，新年起码有两个，增多了一倍。活个七老八十，而能过一百好几十次新年，正是：

五风十雨皆为瑞，

一岁双年总是春。

人生七十古来稀；到而今，活五十岁而过一百次年，活不到七十也没多大关系了。这顺手儿就解决了人口过剩问题，因为活到四五十岁，已经过了一百来回年，在价值上总算过得去了；那么，五十多而仍不死，就满可以立下遗嘱，而后把自己活埋了。不过，这是附带的话；如不愿活埋呢，也无须一定这么办，活着也好。书归正传：

两个新年，先过国历新年，然后再过“家历”新年。二者之间隔着那么几十天，恰好藕断丝连，顾此而不失彼，是诗意的跌宕，是艺术的沉醉，是电影的广告！前前后后三个来月，甚至于可以把冬至的馄饨接上端阳的粽子，而后紧跟着去到青岛避暑。天哪，感谢你使我们生在中国！

可是，人心不同，也有不这样看的。记得去年在我们镇上，铺户都在“家历”新年关上了门。小徒弟们在铺内敲锣打鼓，掌柜们把脸喝得怪红。邻家二大妈一向失于修饰，也戴上了朵小红绢石榴花。私塾中的学童们把《三字经》等放在神龛后面，暂由财神奶奶妥为照管。洋学堂的秀才们也回来凑热闹，过了灯节还舍不得走。这本是为艺术而艺术，并没有什么说不过去的地方。哪知道，镇上有位爱国志士发了议论：爱国的人应当遵守国历；再说，国历是最科学的。

我也说了话。我既也是镇上的圣人之一，自然不能增他人的锐气而减自己的威风。你看，大家听了志士的议论，虽然过年如故，可是心中有点不自在。我们镇上的人向来不提倡仇货；也不赞成妇女放脚，因为缠足是更含有国货的意味。他们不甘于作不爱国的人，但是，他们没话反攻，而爱国志士就鼻孔朝天的得意起来。我不能不开口了！我说：过年是种艺术，谈不到科学；谁能在除夕吃地质学，喝王水，外加安末尼亚？再说，国历是科学的，连洋鬼子都知道，难道堂堂的天朝选民就不晓得？二月是二十八天，正合二十八宿，中西正是一理，不过，科学是日新月异的，将来一高兴，也许二月剩八天，巧合八卦图，而十二月来上五六十来天！再说，家历月月十五有圆月，而国历月月十五有圆太阳，阳胜于阴，理当乾纲大振，大家不怕老婆。可惜，圆月之外还有新月半月等等，而太阳没有出过太阳牙。

连邻家二大妈也听出我这一套是暗含讥讽，马上给我送过来一大盘年糕；虽然我看出糕的一角似被老鼠啃去，也还很感激她。她的话比年糕的价值还大。她说：八月十五云遮月，正月十五雪打灯。假如十五没月亮，这两句古语从何应验？还有，腊月三十要是出了圆月，咱们是过年好呢，还是拜月好呢？二大妈的话实在有理。于是设法传到爱国志士耳中，省得叫他目空一切。二大妈至少比他多吃过二三十年的年糕，这不是瞎说的。

他似乎也看出八月十五云遮月的重要，可是仍然不服气。他带着讽刺的味儿说：为什么不可以把吃喝玩乐都放在国历新年？莫非是天气不够冷的？

我先回答了他这末一句。对于此点我更有话说。过去的经验不定在什么时候就会大有用处；你看，我恰巧在南洋过过一次年。在那里，元旦依然是风扇与冰激凌的天气。大家赤着脚，穿着单衫，可是拚命的放爆竹，吃年糕，贴对子，买牡丹，祭财神。天气和六月里一样，而过年还是过年。这不是冷不冷的问题。冷也得过年，热也得过年，过年是种艺术，与寒暑表的升降无关。

至于为什么不把吃喝玩乐都放在国历新年，他是只知其一，不知其二。为表示爱国，为表示科学化，我们都应当遵守国历；国历国科国学国民等等本来自成一系统。严格的说，一个国民而不欢欢喜喜的过下儿国历新年，理当斩首，号令国门。可是有一层，人当爱国，也当爱家。齐家而后能治国；试看古今多少英雄豪杰，哪个不是先把钱搂到家中，使家族风光起来，而后再谈国事？因此，国历与家历应当两存着；到爱国的时候就爱国，到爱家的时候便爱家，这才称得起是圣之时者。你真要在家历新年之际，三过其门而不入，留神尊夫人罚你跪下顶灯三小时；大冷的天，不是玩的！ 这不是要哪个与不要哪个的问题，也不是哪个好与哪个坏的问题，而是应当下一番工夫去研究怎样过新新年，与怎样过旧新年。二者的历史不同，性质不同，时间不同，种种不同，所以过法也得不同。把旧玩术都搬到新节令上来，不但是显着驴唇不对马嘴，而且是自己剥夺了生命的享受。反之，顺着天时地利与人和，各有各的办法，各有各的味道，才能算作生活的艺术。

以国历新年说吧。过这个年得带洋味，因为它是洋钦天监给规定的。在这个新年，见面不应说“多多发财”，而须说“害怕扭一耳”。非这么办不可，你必须带出洋味，以便别于家历新年。该新则新，该旧则旧，这一向是我们的长处。你自己穿洋服去跳舞，而叫小脚夫人在家中啃窝窝头，理当如此。过年也是这样。那么，过国历新年，应在大街上高搭彩牌，以示普天同庆。大家到大饭店去喝香槟。然后，去跳舞一番，或凑几个同志打打微高尔夫。约女朋友看看电影，或去听听西洋音乐，吃些块奶油巧古力，也不失体统。若能凑几个人演一出三幕戏，偏请女客为自己来鼓掌，那更有意思。不必去给父亲拜年，你父亲自然会看到你在报纸上登的贺年小广告。可是见着父亲的时候别忘了说“害怕扭一耳”。你应当作一身新洋服。总之，你要在这个时节充分的表现出来，你是爱国，你懂得新事，你会跳舞，你会溜冰。这个年要过得似乎是洋鬼子，又不十分像；不像吧，又像。这也是一种艺术。若以酒类作喻，这是啤酒。虽然是酒，可又像汽水。拿准这个尺寸，这个新年正大有滋味。你要是不过它一下，你便永远摸不清个人与世界的关系。说到这儿，你顶好给美国总统写个贺年片，贴足邮票寄去。他要是不回拜的话，那是他的错儿，你居心无愧。

这么过了一个年，然后再等过那一个，艺术上的对照法。一个是浪漫的，摩登的，香槟与裸体美人的；一个是写实的，遗传的，家长里短的。你身过二年，胃收百味，是沟通东西文化的活水，是香槟与陈绍的产儿，是一切的一切！

应当再说怎过旧新年。不过，你早就知道。只须告诉你一句：无论是在哪个新年，总不应该还债。还有一句——只是一句了——在旧新年元旦出门，必先看好喜神是在哪一方；国历新年则不受此限制，你拿着顶出来也好。

爱国志士听了这一番高论，茅塞一顿一顿的都开了，托二大妈来约我去打几圈小麻雀，遂单刀赴会焉。

（原载 1934 年 2 月 16 日《论语》第三十五期）

观画记

看我们看不懂的事物，是很有趣的；看完而大发议论，更有趣。幽默就在这里。怎么说呢？去看我们不懂得的东西，心里自知是外行，可偏要装出很懂行的样子。譬如文盲看街上的告示，也歪头，也动嘴唇，也背着手；及至有人问他，告示上说的什么，他答以正在数字数。这足以使他自己和别人都感到笑的神秘，而皆大开心。看完再对人讲论一番便更有意思了。譬如文盲看罢告示，回家对老婆大谈政治，甚至因意见不同，而与老婆干起架来，则更热闹而紧张。

新年前，我去看王绍洛先生个人展览的西画。济南这个地方，艺术的空气不像北平那么浓厚。可是近来实在有起色，书画展览会一个接着一个的开起来。王先生这次个展是在十二月二十三日到二十五日。只要有图画看，我总得去看看。因为我对于图画是半点不懂，所以我必须去看，表示我的腿并不外行，能走到会场里去。一到会场，我很会表演。先在签到簿上写上姓名，写得个儿不小，以便引起注意而或者能骗碗茶喝。要作品目录，先数作品的号码，再看标价若干，而且算清价格的总积：假如作品都售出去，能发多大的财。我管这个叫作“艺术的经济”。然后我去看画。设若是中国画，我便靠近些看，细看笔道如何，题款如何，图章如何，裱的绫子厚薄如何。每看一项，或点点头，或摇摇首，好像要给画儿催眠似的。设若是西洋画，我便站得远些看，头部的运动很灵活，有时为看一处的光线，能把耳朵放在肩膀上，如小鸡蹭痒痒然。这么看了一遍，已觉有点累得慌，就找个椅子坐下，眼睛还盯着一张画死看，不管画的好坏，而是因为它恰巧对着那把椅子。这样死盯，不久就招来许多人，都要看出这张图中的一点奥秘。如看不出，便转回头来看我，似欲领教者。我微笑不语，暂且不便泄露天机。如遇上熟人过来问，我才低声的说：“印象派，可还不到后期，至多也不过中期。”或者：“仿宋，还好；就是笔道笨些！”我低声的说，因为怕叫画家自己听见；他听不见呢，我得虎就虎，心中怪舒服的。

其实，什么叫印象派，我和印度的大象一样不懂。我自己的绘画本事限于画“你是王八”的王八，与平面的小人。说什么我也画不上来个偏脸的人，或有四条腿的椅子。可是我不因此而小看自己；鉴别图画的好坏，不能专靠“像不像”；图画是艺术的一支，不是照相。呼之为牛则牛，呼之为马则马；不管画的是什么，你总得“呼”它一下。这恐怕不单是我这样，有许多画家也是如此。我曾看见一位画家在纸上涂了几个黑蛋，而标题曰“群雏”。他大概是我的同路人。他既然能这么干，怎么我就不可以自视为天才呢？那么，去看图画；看完还要说说，是当然的。说得对与不对，我既不负责任，你干吗多管闲事？这不是很逻辑的说法吗？

我不认识王绍洛先生。可是很希望认识他。他画得真好。我说好，就是好，不管别人怎么说。我爱什么，什么就好，没有客观的标准。“客观”，顶不通。你不自己去看，而派一位代表去，叫作客观；你不自己去上电影院，而托你哥哥去看贾波林，叫作客观；都是傻事，我不这么干。我自己去看，而后说自己的话；等打架的时候，才找我哥哥来揍你。

王先生展览的作品：油画七十，素描二十四，木刻七。在量上说，真算不少。对于木刻，我不说什么。不管它们怎样好，反正我不喜爱它们。大概我是有点野蛮劲，爱花红柳绿，不爱黑地白空的东西。我爱西洋中古书籍上那种绘图，因为颜色鲜艳。一看黑漆漆的一片，我就觉得不好受。木刻，对于我，好像黑煤球上放着几个白元宵，不爱！有人给我讲过相对论，我没好意思不听，可是始终不往心里去；不论它怎样相对，反正我觉得它不对。对木刻也是如此，你就是说得天花乱坠，还是黑煤球上放白元宵。对于素描，也不爱看，不过瘾；七道子八道子的！

我爱那些画。特别是那些风景画。对于风景画，我爱水彩的和油的，不爱中国的山水。中国的山水，一看便看出是画家在那儿作八股，弄了些个起承转合，结果还是那一套。水彩与油画的风景真使我接近了自然，不但是景在那里，光也在那里，色也在那里，它们使我永远喜悦，不像中国山水画那样使我离开自然，而细看笔道与图章。这回对了我的劲，王先生的是油画。他的颜色用得真漂亮，最使我快活的是绿瓦上的那一层嫩绿——有光的那一块儿。他有不少张风景画，我因为看出了神，不大记得哪张是哪张了。我也不记得哪张太刺眼，这就是说都不坏，除了那张《汇泉浴场》似乎有点俗气。那张《断墙残壁》很好，不过着色太火气了些；我提出这个，为是证明他喜欢用鲜明的色彩。他是宜于画春夏景物的，据我看。他能画得干净而活泼；我就怕看抹布颜色的画儿。

关于人物，《难民》与《忏悔》是最惹人注意的。我不大爱那三口儿难民，觉得还少点憔悴的样子。我倒爱难民背后的设景：树，远远的是城，城上有云：城和难民是安定与漂流的对照，云树引起渺茫与穷无所归之感。《官邸与民房》也是用这个结构——至少是在立意上。最爱《忏悔》。裸体的男人，用手捧着头，头低着。全身没有一点用力的地方，而又没一点不在紧缩着，是忏悔。此外还有好几幅裸体人形，都不如这张可喜。永不喜看光身的大肿女人，不管在技术上有什么讲究，我是不爱看“河漂子”的。

花了两点钟的工夫，还能不说几句么？于是大发议论，大概是很臭。不管臭不臭吧，的确是很佩服王先生。这决不是捧场；他并没见着我，也没送给我一张画。我说他好歹，与他无关，或只足以露出我的臭味。说我臭，我也不怕，议论总是要发的。伟人们不是都喜欢大发议论么？

（原载 1934 年 2 月《青年界》第五卷第二号）

老舍幽默诗文集序

不断的有人问我：什么是幽默？我不是美国的幽默学博士，所以回答不出。

可是从实际上看，也能看出一点意思来，虽然不见得正确，但“有此一说”也就不坏。有人这么说：“幽默就是讽刺，讽刺是大不该当；所以幽默的文字该禁止，而写这样文字的人该杀头。”这很有理。杀头是好玩的事。被杀者自然也许觉到点痛苦，可是死后或者也就没什么了。所以说，这很有理。

也有人这么说：“幽默是将来世界大战的总因；往小处说，至少是文艺的致命伤。”这也很有理。凡是一句话，就有些道理，故此语也有理。

可是有位朋友，大概因为是朋友，这么告诉我：“幽默就是开心，如电影中的胖哈台与瘦劳莱，如国剧中的《打沙锅》与《瞎子逛灯》，都是使人开心的玩艺。笑为化食糖，所以幽默也不无价值。”这很有理，因为我自己也爱看胖哈台与瘦劳莱。

另一位朋友——他去年借了五十块钱去，至今没还给我——说：“幽默就是讨厌，贫嘴恶舌，和说‘相声’的一样下贱！”这很有理。不过我打算告诉他：“五十块钱不要了。”这也许能使他换换口气。可是这未必实现；那么，我得说他有理；不然，他更不愿还债了。万一我明天急需五十元钱呢？无论怎样吧，不得罪人为妙。

这些都很有理。只有王二哥说的使我怀疑。他是喝过不少墨水的人，一肚子莎士比亚与李太白。他说：“幽默是伟大文艺的一特征。”我不敢深信这句话，虽然也觉得怪有理。

更有位学生，不知由哪里听来这么一句：“幽默是种人生的态度，是种宽宏大度的表现。”他问我这对不对。我自然说，这很有理了。学生到底是学生，他往下死钉，“为什么很有理呢？”我想了半天才答出来：“为什么没有理呢？”

以上各家之说，都是近一二年来我实际听到的，按公说公有理，婆说婆有理的公式，大家都对——说谁不对，谁也瞪眼，不是吗？

此外我还见到一些理论的介绍，什么西班牙的某人对幽默的解释，什么东班牙的某太太对幽默的研究，……也都很有理；西班牙人说的还能没理么？

我保管你能明白了何为幽默，假如你把上面提到那些说法仔细琢磨一下。设若你还不明白，那么，不客气的说，你真和我一样的胡涂了。

说起“胡涂”来，我近几日非常的高兴，因为在某画报上看见一段文字——题目是《老舍》，里边有这么两句：“听说他的性情非常胡涂，抽经抽得很厉害。从他的作品看来，说他性情胡涂，也许是很对的。”“抽经”的“经”字或者是个错字，我不记得曾抽过《书经》或《易经》。至于“性情非常胡涂”，在这个年月，是很不易得的夸赞。在如今文明的世界，朋友见面有几个不是“嘴里说好话，脚底下使绊儿”的？彼此不都是暗伸大指，嫉羡对方的精明，而自己拉好架式，以便随时还个“窝里发炮”么？而我居然落了个“非常胡涂”，我大概是要走好运了！

有了这段胡涂论，就省了许多的麻烦。是这么回事：人们不但问我，什么是幽默；而且进一步的问：你怎么写的那些诗文？你为什么写它们？谁教给你的？你只是文字幽默呢，还是连行为也幽默呢？我没法回答这些问题，可是也没法子只说“你问的很有理”，而无下回分解。现在我有了办法：“这些所谓的幽默诗文，根本是些胡涂东西——‘从他的作品看来，说他性情胡涂，也许是很对的。’”设若你开恩，把这里的“也许”除去，你也就无须乎和个胡涂人捣乱了。你看这干脆不？

这本小书的印成，多蒙陶亢德与林语堂两先生的帮忙，在此声谢；礼多人不怪。

舍猫小球昨与情郎同逃，胡涂人有胡涂猫，合并声明。

老舍 狗年春初，济南

（原载1934年4月1日《论语》第三十八期）

考而不死是为神

考试制度是一切制度里最好的，它能把人支使得不像人了，而把脑子严格的分成若干小块块。一块装历史，一块装化学，一块……

比如早半天考代数，下午考历史，在午饭的前后你得把脑子放在两个抽屉里，中间连一点缝子也没有才行。设若你把 X ＋ Y 和一八二八弄到一处，或者找唐朝的指数，你的分数恐怕是要在二十上下。你要晓得，状元得来个一百分呀。得这么着：上午，你的一切得是代数，仿佛连你是黄帝的子孙，和姓字名谁，全根本不晓得。你就像刚由方程式里钻出来，全身的血脉都是 X 和 Y。赶到刚一交卷，你立刻成了历史，向来没听说过代数是什么。亚力山大，秦始皇等就是你的爱人，连他们的生日是某年某月某时都知道。代数与历史千万别联宗，也别默想二者的有无关系，你是赴考呀，赴考的期间你别自居为人，你是个会吐代数，吐历史的机器。

这样考下去，你把各样功课都吐个不大离，好了，你可以现原形了；睡上一天一夜，醒来一切茫然，代数历史化学诸般武艺通通忘掉，你这才想起"妹妹我爱你"。这是种蛇脱皮的工作，旧皮脱尽才能自由；不然，你这条蛇不会得到文凭，就是你爱妹妹，妹妹也不爱你，准的。

最难的是考作文。在化学与物理中间，忽然叫你"人生于世"。你的脑子本来已分成若干小块，分得四四方方，清清楚楚，忽然来了个没有准地方的东西，东扑扑个空，西扑扑个空，除了出汗没有合适的办法。你的心已冷两三天，忽然叫你拿出情绪作用，要痛快淋漓，慷慨激昂，假如题目是"爱国论"，或"天下兴亡匹夫有责"；你的心要是不跳吧，笔下便无血无泪；跳吧，下午还考物理呢。把定律们都跳出去，或是跳个乱七八糟，爱国是爱了，而定律一乱则没有人替你整理，怎办？幸而不是爱国论，是山中消夏记，心无须跳了。可是，得有诗意呀。仿佛考完代数你更文雅了似的！假如你能逃出这一关去，你便大有希望了，够分不够的，反正你死不了了。被"人生于世"憋死，不是什么稀罕的事。

说回来，考试制度还是最好的制度。被考死的自然无须再提。假若考而不死，你放胆活下去吧，这已明明告诉你，你是十世童男转身。

（原载 1934 年 7 月 1 日《论语》第四十四期）

小　病

大病往往离死太近，一想便寒心，总以不患为是。即使承认病死比杀头活埋剥皮等死法光荣些，到底好死不如歹活着。半死不活的味道使盖世的英雄泪下如雨呀。拿死吓唬任何生物是不人道的。大病专会这么吓唬人，理当回避，假若不能扫除净尽。

可是小病便当另作一说了。山上的和尚思凡，比城里的学生要厉害许多。同样，楚霸王不害病则没的可说，一病便了不得。生活是种律动，须有光有影，有左有右，有晴有雨；滋味就含在这变而不猛的曲折里。微微暗些，然后再明起来，则暗得有趣，而明乃更明；且不至明过了度，忽然烧断，如百烛电灯泡然。这个，照直了说，便是小病的作用。常患些小病是必要的。

所谓小病，是在两种小药的能力圈内，阿司匹灵与清瘟解毒丸是也。这两种药所不治的病，顶好快去请大夫，或者立下遗嘱，备下棺材，也无所不可，咱们现在讲的是自己能当大夫的"小"病。这种小病，平均每个半月犯一次就挺合适。一年四季，平均犯八次小病，大概不会再患什么重病了。自然也有爱患完小病再患大病的人，那是个人的自由，不在话下。

咱们说的这类小病很有趣。健康是幸福；生活要趣味。所以应当讲说一番：

小病可以增高个人的身分。不管一家大小是靠你吃饭，还是你白吃他们，日久天长，大家总对你冷淡。假若你是挣钱的，你越尽责，人们越挑眼，好像你是条黄狗，见谁都得连忙摆尾；一尾没摆到，即使不便明言，也暗中唾你几口。不大离的你必得病一回，必得！早晨起来，哎呀，头疼！买清瘟解毒丸去！还有阿司匹灵吗？不在乎要什么，要的是这个声势。狗的地位提高了不知多少。连懂点事的孩子也要闭眼想想了——这棵树可是倒不得呀！你在这时节可以发散发散狗的苦闷了，卫生的要术。你若是个白吃饭的，这个方法也一样灵验。特别是妈妈与老嫂子，一见你真需要阿司匹灵，她们会知道你没得到你所应得的尊敬，必能设法安慰你：去听听戏，或带着孩子们看电影去吧？她们诚意的向你商量，本来你的病是吃小药饼或看电影都可以治好的，可是你的身份高多了呢。在朋友中，社会中，光景也与此略同。

此外，小病两日而能自己治好，是种精神的胜利。人就是别投降给大夫。无论国医西医，一律招惹不得。头疼而去找西医，他因不能断症——你的病本来不算什么——一定嘱告你住院，而后详加检验，发现了你的小脚指头不是好东西，非割去不可。十天之后，头疼确是好了，可是足指剩了九个。国医文明一些，不提小脚指头这一层，而说你气虚，一开便开二十味药；他越摸不清你的脉，越多开药，意在把病吓跑。就是不找大夫。预防大病来临，时时以小病发散之，而小病自己会治，这就等于“吃了萝卜喝热茶，气得大夫满街爬！”

有宜注意者：不当害这种病时，别害。头疼，大则足以失去一个王位，小则能惹出是非。设个小比方：长官约你陪客，你说头疼不去，其结果有不易消化者。怎样利用小病，须在全部生活艺术中搜求出来。看清机会，而后一想象，乃由无病而有病，利莫大焉。

这个，从实际上看，社会上只有一部分人能享受，差不多是一种雅好的奢侈。可是，在一个理想国里，人人应该有这个自由与享受。自然，在理想国内也许有更好的办法；不过，什么办法也不及这个浪漫，这是小品病。

（原载 1934 年 7 月 5 日《人间世》第七期）

神的游戏

戏剧不是小说。假若我是个木匠；我一定说戏剧不是大锯。由正面说，戏剧是什么，大概我和多数的木匠都说不上来。对戏剧我是头等的外行。

可是，我作过戏剧。这只有我与字纸篓知道。看别人写戏，我也试试，正如看别人下海，我也去涮涮脚。原来戏剧和小说不是一回事。这个发现，多少是恼人的。

“小说是袖珍戏园”。不错。连卖瓜子的打手巾把的都有地位。形容那位睡着了的观客，和他的梦，都无所不可。一出戏，非把卖瓜子的逐出去不可，那位作梦的先生也该枪毙。戏剧限于台上那点玩艺，而且必定不许台下有人睡觉。一些布景，几个人，说说笑笑或哭哭啼啼，这要使人承认为艺术；天哪，难死人也！景片的绳子松了一些，椅子腿有点活动，都不在话下；她一个劲儿使人明白人生，认识生命，拿揭显代替形容，拿吵嘴当作哲理，这简直不可能。可是真有会干这个的！

设若戏剧是“一个”人的发明，他必是个神。小说，二大妈也会是发明人。从头说起吧。立意有了，人物，地点，时间，也都有了，这不应很乐观么？是。于是提起笔来，终于放下，让谁先出来呢？设若是小说，我就大有办法。我能叫一混成旅人一齐出来，也能叫一个人没有而大讲秋天的红叶。戏剧家必是个神，他晓得而且毫不迟疑的怎样开始。他似乎有件法宝，一祭起便成了个诛仙阵，把台下的众灵魂全引进阵去。并且是很简单呀，没有说明书，没有开场词，没有名人的介绍；一开幕便单摆浮搁的把阵式列开，一两个回合便把人心捉住，拿活人演活人的事，而且叫台下的活人郑重其事的感到一些什么，傻子似的笑或落泪。这个本事是真本事，我只能使眼前的白纸老那么白着吧。请想，我面对面的，十二分诚恳的，给二大妈述说一件事，她还不能明白，或是不愿听；怎能将两个人放在台上交谈一阵，就使她明白而且乐意听呢？大概不是她故意与我作难，就是我该死。

勉强的打了个头儿。一开幕，一胖一瘦在书房内谈话，窗外有片雪景，不坏。胖子先说话，瘦子一边听一边看报。也好。谈了两三分钟，胖子和瘦子的话是一个味儿，话都非常的漂亮，只是显不出胖子是怎么个人，瘦子是怎么个人。把笔放下，叹气。

过了十分钟，想起来了。该上女角了。女角一露面，胖子和瘦子之间便起了冲突，一起冲突便有了人格。好极了。女角出来了。她也加入谈话，三个人说的都一个味儿，始终是白开水。她打扮得很好，长得也不坏，说话也漂亮；她是怎么个人呢？没办法。胖子不替她介绍，瘦子也不管详述族谱，她自己更不好意思自述。这位救命星原来也是木头的。字纸篓里增多了两三张纸。

天才不应当承认失败，再来。这回，先从后头写。问题的解决是更难写的；先解决了，然后再倒转回来补充，似乎更保险。小说不必这样，因为无结果而散也是真实的情形。戏剧必须先作茧，到末了变出蛾子来。是的，先出蛾子好了。反正事实都已预备好，只凭一写了。写吧。胖子瘦子和姑娘又都出来了。还是木头的。瘦子娶了姑娘，胖子饮鸩而死，悲剧呀。自己没悲，胖子没悲，虽然是死了！事实很有味儿，就是人始终没活着。胖子和瘦子还打了一场呢，白打，最紧张处就是这一打，我自己先笑了。

念两本前人的悲剧，找点诀窍吧。哼！事实不如我的奇，穿插不如我的巧，言语没有我的俏，可是，也不是从哪里找来的，前前后后，里里外外，有股悲劲萦绕回环，好似与人物事实平行着一片秋云，空气便是凉飕飕的。不是闹鬼；定是有神。这位神，把人与事放在一个悲的宇宙里。不知他是先造的人呢，还是先造的那个宇宙。一切是在悲壮的律动里，这个律动把二大妈的泪引出来，满满的哭了两三天，泪越多心里越痛快。二大妈的灵魂已到封神台下去，甘心的等着被封为——哪怕是土地奶奶呢，到底是入了神界！

我完了。神始终不照顾我。他不给我这点力量。我的眼总是迷糊，看不见那么立体的一小块——其中有人有事有说有笑，一小块人生，一小块真理，一小块悲史，放在心里正合适，放在宇宙里便和宇宙融成一体，如气之与风。戏剧呀，神的游戏。木匠，还是用你的锯吧。

（原载1934年7月14日天津《大公报·文艺副刊》）

《牛天赐传》广告

《论语》编辑部早就约我写篇较长的文章，有种种原因使我不敢答应。眼看到暑假了，编辑先生的信又来到，附着请帖，约定在上海吃饭。赔上几十块路费，也得去呀，交情要紧。继而一想，不赔上路费而也能圆上脸，有没有办法呢？这一想，便中了计：写文章吧，没有旁的可说。答应了。

答应了，紧跟着是绑上帐来；你到底写什么呢？先具个简单说明，以便预告给读者。我是有罪不敢抬头——写什么？我自己也愿意知道呀！

这可真难倒了英雄好汉。大体上说，长篇总是小说喽；我没有写史诗的本领，好戏剧是超等外行。对科学哲学又都二五八；只能写小说——好坏是另一个问题。

什么样的小说呢？是呀，什么样的小说呢？又被问住了。内容大概是怎回事？赶快想吧，想了好久，决定写《牛天赐传》。为什么？不能说，说破就不灵了。内容？还是不能说，没想出来呢。再逼我，要上吊去了。一定会有这么个“传”，里边有个“牛天赐”。他也许是英雄，碰巧也许是英雄的弟弟。也许写他的一生，也许写他的半生。没有三角恋爱，也许有。

幽默？一定！虽然这很伤心。怎么说呢？是这样：我原想从今以后不再写幽默的文章。有好几位朋友劝告我：老弟，你也该写点郑重的东西，老大不小的了，总是嘻嘻哈哈？这确是良言。于是我决定暂行搁笔，板起面孔者两月有余。敢情不行。一个人的时间有限，才力有限，鸭子上树还不如乌鸦顺眼呢。假若我不忙，也许破出十年功夫写本有点思想的东西。可是我老忙，忙得没工夫去想。在忙中而能写出的那一点，只有幽默。这是我的“地才”——说“天才”怕有人骂街。

幽默是了不得的呀，我没这么说。幽默是该死的呀，我没这样讲。一个人也只好尽其所能的做吧。百鸟朝凤的时节，麻雀也有个地位。各尽所能，铺好一条路，等那真正天才降临；这是句好话吧？整好步骤，齐喊一二三——四，这恐怕只能练习摔脚吧？真希望我能伟大，谁不应这么希望呢？可是生把我的脖子吊起来，以便成个细高挑儿，身长七尺有余，趁早不用费这个事，骆驼和长颈鹿的脖子都比我的更合格。在这忙碌的生活里，一定叫我写作，我实在想不出高明主意来。这不是发牢骚，也不是道歉，这是广告。广告不可骗人过甚，所以我不能说：“读完此篇，独得五十万元！”

我只说：我要写一本《牛天赐传》，文字是幽默的。将在《论语》上逐期发表几千字；到现在，还一个字没写。

（原载 1934 年 7 月 16 日《论语》第四十五期）

避　暑

英美的小资产阶级，到夏天若不避暑，是件很丢人的事。于是，避暑差不多成为离家几天的意思，暑避了与否倒不在话下。城里的人到海边去，乡下人上城里来；城里若是热，乡下人干吗来？若是不热，城里的人为何不老老实实的在家里歇着？这就难说了。再看海边吧，各样杂耍，似赶集开庙一般，男女老幼，闹闹吵吵，比在家中还累得慌。原来暑本无须避，而面子不能不圆上；夏天总得走这么几日，要不然便受不了亲友的盘问。谁也知道，海边的小旅馆每每一间小屋睡大小五口；这只好尽在不言中。

手中更富裕的，讲究到外国来。这更少与避暑有关。巴黎夏天比伦敦热得多，而巴黎走走究竟体面不小。花几个钱，长些见识，受点热也还值得。可是咱们这儿所说的人们，在未走以前已经决定好自己的文化比别国高，而回来之后只为增高在亲友中的身份——“刚由巴黎回来；那群法国人！”

到中国做事的西人，自然更不能忘了这一套。在北戴河，有三家凑赁一所小房的，住上二天，大家的享受正如圈里的羊。自然也有很阔气的，真是去避暑；可是这样的人大概在哪里也不见得感到热，有钱呀。有钱能使鬼推磨，难道不能使鬼做冰激凌吗？这总而言之，都有点装着玩。外国人装蒜，中国人要是不学，便算不了摩登。于是自从皇上被免职以后，中国人也讲究避暑。北平的西山，青岛，和其他的地方，都和洋钱有同样的响声。还有特意到天津或上海玩玩的，也归在避暑项下；谁受罪谁知道。

暑，从哲学上讲，是不应当避的。人要把暑都避了，老天爷还要暑干吗？农人要都去避暑，粮食可还有的吃？再退一步讲，手里有钱，暑不可不避，因为它暑。这自然可以讲得通，不过为避暑而急得四脖子汗流，便大可以不必。到避暑期间而闹得人仰马翻，便根本不如在家里和谁打上一架。

所以我的避暑法便很简单——家里蹲。第一不去坐火车；为避暑而先坐二十四小时的特别热车，以便到目的地去治上吐下泻，我就不那么傻。第二不扶老携幼去张心：比如上山，带着四个小孩，说不定会有三个半滚了坡的。山上的空气确是清新，可是下得山来，孩子都成了瘸子，也与教育宗旨不甚相合。即使没有摔坏，反正还不吓一身汗？这身汗哪里出不了，单上山去出？第三不用搬家。你说，一家大小都去避暑，得带多少东西？即使出发的时候力求简单，到了地方可就明白过来，啊，没有给小二带乳瓶来！买去吧，哼，该买的东西多了！三叔的固元膏忘下了，此处没有卖的，而不贴则三叔就泻肚；得发快信托朋友给寄！及至东西都慢慢买全，也该回家了，往回运吧，有什么可说的！

一个人去自然简单些，可是你留神吧，你的暑气还没落下去，家里的电报到了——急速回家！赶回来吧，原来没事，只是尊夫人不放心你！本来吗，一个人在海岸上溜，尊夫人能放心吗？她又不是没看过美人鱼的照片。

大家去，独自去，都不好；最好是不去。一动不如一静，心静自然凉。况且一切应用的东西都在手底下：凉席，竹枕，蒲扇，烟卷，万应锭，小二的乳瓶……要什么伸手即得，这就是个乐子。渴了有绿豆汤，饿了有烧饼，闷了念书或作两句诗。早早的起来，晚晚的睡，到了晌午再补上一大觉；光脚没人管，赤背也不违警章，喝几口随便，喝两盅也行。有风便荫凉下坐着，没风则勤扇着，暑也可以避了。

这种避暑有两点不舒服：（一）没把钱花了；（二）怕人问你。都有办法：买点暑药送苦人，或是赈灾，即使不是有心积德，到底钱是不必非花在青岛不可的。至于怕有人问，你可以不见客，等秋来的时候，他们问你，很可以这样说："老没见，上莫干山住了三个多月。"如能把孩子们嘱咐好了，或者不至漏了底。

（原载 1934 年 8 月 1 日《论语》第四十六期）

暑中杂谈二则

一 檐滴

冰雹，狂风，炮火，自然是可怕的。不过，有些东西原不足畏，却也会欺侮人，比如檐滴。大雨的时候，檐溜急流，我们自会躲在屋内，不受它们的浇灌。赶到雨已停止，特别是天上出了虹彩的时候，总要到院中看看。你出去吧，刚把脚放在阶上，不偏不斜，一个檐滴准敲在你的头顶上。正在发旋那块，因为那儿露着的头皮多一些。贾波林在影戏里才用酒瓶打人那块，檐滴也会这一招，而且不必是在影戏里。设若你把脖伸长了些，檐滴就更得手：你要是瘦子，它准落在脖子正中那个骨头上，溅起无数的水星；你要是胖子，它必会滴在那个肉褶上，而后往左右流，成一道小河，擦都费事。这自然不疼不痒，可是叫人别扭。它欺侮人。你以为雨已过去好久，可以平安无事了，哼，偏有那么一滴等着你呢！晚出来一步，或早出来一步，都可以没事；它使你相信了命运，活该挨这一下敲，挨完了敲，还是没地方诉冤。你不能骂房檐一顿；也不能打那滴水，它是在你的脖子上。你没办法。

二 留声机

北方一年只有几天连阴，好像个节令似的过着。院中或院外有了不易得的积水，小孩，甚至于大人，都要去蹚一蹚；摔在泥塘里也是有的。门外卖果子的特别的要大价，街上的洋车很少而奇贵，连医院里也冷冷清清的，下大雨病也得休息。家里须过阴天，什么老太太斗个纸牌，什么大姑娘用凤仙花泥染染指甲，什么小胖小子要煮些毛豆角儿。这都很有趣。可也有时候不尽这样和平，“阴天打孩子，闲着也是闲着”，就是雨战的一种。讲到摩登的事儿，留声机是阴天的骄子，既是没事可作，《小放牛》唱一百遍也不算多；唱片又不是蘑菇，下阵雨就往外长新的，只好翻过来掉过去的唱那所有的几片。这是种享受，也是种惩罚——《小放牛》唱到一百遍也能使人想起上吊，不是吗？

二姐借来个留声机，只有五张戏片。头一天还怪好，一家大小都哼唧着，很有个礼乐之邦的情调。第二天就有咧嘴的了，“换个样儿行不行？”

可是也还没有打起来，要不怎说音乐足以陶养性情呢。第三天——雨更大了——时局可不妙，有起誓的了。但留声机依旧的转着，有的人想把歌儿背过来，一张连唱二三十次，并且是把耳朵放在机旁，唯恐走了一点音。起誓的和学歌的就不能不打起来了。据近邻王老太太看呢，打起来也比再唱强，到底是换换样儿呀。

一起打，差点把留声机碰掉下来，虽然没碰掉，也不怎么把那个“节音机”给碰动了，针儿碰到“慢”那边去。我也不晓得这个小针叫什么，反正就是那个使唱片加快或减速度的玩艺，大概你比我明白。我家里对于摩登事儿太落伍。我还算是晓得这个针儿——不管它姓什么吧——的作用。二姐连这个都不知道。第四天，雨大邪了，一阵一个海，干什么去呢？还得唱。机器转开了，声音像憋住气的牛，不唱，慢慢的啊啊；片子不转，晃悠。上了一片，啊啊了有半点多钟，大家都落了泪。二姐不叫再唱了：“别唱了，等晴天再说吧。阴天返潮，连话匣子都皮了！”于是留声机暂行休息。我没那个工夫告诉他们拨拨那个针，不愿意再打架。

（原载 1934 年 9 月 1 日《论语》第四十八期）

习　惯

不管别位，以我自己说，思想是比习惯容易变动的。每读一本书，听一套议论，甚至看一回电影，都能使我的脑子转一下。脑子的转法是像螺丝钉，虽然是转，却也往前进。所以，每转一回，思想不仅变动，而且多少有点进步。记得小的时候，有一阵子很想当“黄天霸”。每逢四顾无人，便掏出瓦块或碎砖，回头轻喊：看镖！有一天，把醋瓶也这样出了手，几乎挨了顿打。这是听《五女七贞》的结果。及至后来读了托尔斯泰等人的作品，就是看杨小楼扮演的“黄天霸”，也不会再扔醋瓶了。你看，这不仅是思想老在变动，而好歹的还高了一二分呢。

习惯可不能这样。拿吸烟说吧，读什么，看什么，听什么，都吸着烟。图书馆里不准吸烟，干脆就不去。书里告诉我，吸烟有害，于是想戒烟，可是想完了，照样的点上一支。医院里陈列着“烟肺”也看见过，颇觉恐慌，我也是有肺动物啊！这点嗜好都去不掉，连肺也对不起呀，怎能成为英雄呢？！思想很高伟了；乃至吃过饭，高伟的思想又随着蓝烟上了天。有的时候确是坚决，半天儿不动些小白纸卷，而且自号为理智的人——对面是习惯的人。后来也不是怎么一股劲，连吸三支，合着并未吃亏。肺也许又黑了许多，可是心还跳着，大概一时不至于死，这很足自慰。什么都这样。按说一个自居摩登的人，总该常常携着夫人在街上走走了。我也这么想过，可是做不到。大家一看，我就毛咕，“你慢慢走着，咱们家里见吧！”把夫人落在后边，我自己迈开了大步。什么“尖头曼”“方头曼”的，不管这一套。虽然这么说，到底觉得差一点。从此再不去双双走街。

明知电影比京戏文明些，明知京戏的锣鼓专会供给头疼，可是嘉宝或红发女郎总胜不过杨小楼去。锣鼓使人头疼得舒服，仿佛是。同样，冰激凌，咖啡，青岛洗海澡，美国桔子，都使我摇头。酸梅汤，香片茶，裕德池，肥城桃，老有种知己的好感。这与提倡国货无关，而是自幼儿养成的习惯。年纪虽然不大，可是我的幼年还赶上了野蛮时代。那时候连皇上都不坐汽车，可想见那是多么野蛮了。

跳舞是多么文明的事呢，我也没份儿。人家印度青年与日本青年，在巴黎或伦敦看见跳舞，都讲究馋得咽唾沫。有一次，在艾丁堡，跳舞场拒绝印度学生进去，有几位差点上了吊。还有一次在海船上举行跳舞会，一个日本青年气得直哭，因为没人招呼他去跳。有人管这种好热闹叫作猴子的摹仿，我倒并不这么想。在我的脑子里，我看这并不成什么问题，跳不能叫印度登时独立，也不能叫日本灭亡。不跳呢，更不会就怎样了不得。可是我不跳。一个人吃饱了没事，独自跳跳，还倒怪好。叫我和位女郎来回的拉扯，无论说什么也来不得。看着就不顺眼，不用说真去跳了。这和吃冰激凌一样，我没有这个胃口。舌头一凉，马上联想到泻肚，其实心里准知道并没危险。

还有吃西餐呢。干净，有一定的份量，好消化，这些我全知道。不过吃完西餐要不补充上一碗馄饨两个烧饼，总觉得怪委屈的。吃了带血的牛肉，喝凉水，我一定跑肚。想象的作用。这就没有办法了，想象真会叫肚子山响！

对于朋友，我永远爱交老粗儿。长发的诗人，洋装的女郎，打高尔夫的男性女性，咬言咂字的学者，满跟我没缘。看不惯。老粗儿的言谈举止是咱自幼听惯看惯的。一看见长发诗人，我老是要告诉他先去理发；即使我十二分佩服他的诗才，他那些长发使我堵的慌。家兄永远到“推剃两从便”的地方去“剃”，亮堂堂的很悦目。女子也剪发，在理论上我极同意，可是看着别扭。问我女子该梳什么“头”，我也答不出，我总以为女性应留着头发。我的母亲，我的大姐，不都是世界上最好的女人么？她们都没剪发。

行难知易，有如是者。

（原载 1934 年 9 月 5 日《人间世》第十一期）

取　钱

我告诉你，二哥，中国人是伟大的。就拿银行说吧，二哥，中国最小的银行也比外国的好，不冤你。你看，二哥，昨儿个我还在银行里睡了一大觉。这个我告诉你，二哥，在外国银行里就做不到。

那年我上外国，你不是说我随了洋鬼子吗？二哥，你真有先见之明。还是拿银行说吧，我亲眼得见，洋鬼子再学一百年也赶不上中国人。洋鬼子不够派儿。好比这么说吧，二哥，我在外国拿着张十镑钱的支票去兑现钱。一进银行的门，就是柜台，柜台上没有亮亮的黄铜栏杆，也没有大小的铜牌。二哥你看，这和油盐店有什么分别？不够派儿。再说人吧，柜台里站着好几个，都那么光梳头，净洗脸的，脸上还笑着；这多下贱！把支票交给他们谁也行，谁也是先问你早安或午安；太不够派儿了！拿过支票就那么看一眼，紧跟着就问："怎么拿？先生！"还是笑着。哪道买卖人呢？！叫"先生"还不够，必得还笑，洋鬼子脾气！我就说了，二哥："四个一镑的单张，五镑的一张，一镑零的；零的要票子和钱两样。"要按理说，二哥，十镑钱要这一套啰哩啰嗦，你讨厌不，假若二哥你是银行的伙计？你猜怎么样，二哥，洋鬼子笑得更下贱了，好像这样麻烦是应当应分。喝，登时从柜台下面抽出簿子来，刷刷的就写；写完，又一伸手，钱是钱，票子是票子，没有一眨眼的工夫，都给我数出来了；紧跟着便是："请点一点，先生！"又是一个"先生"，下贱，不懂得买卖规矩！点完了钱，我反倒楞住了，好像忘了点什么。对了，我并没忘了什么，是奇怪洋鬼子干事——况且是堂堂的大银行——为什么这样快？赶丧哪？真他妈的！

二哥，还是中国的银行，多么有派儿！我不是说昨儿个去取钱吗？早八点就去了，因为现在天儿热，银行八点就开门；抓个早儿，省得大晌午的劳动人家；咱们事事都得留个心眼，人家有个伺候得着与伺候不着，不是吗？到了银行，人家真开了门，我就心里说，二哥：大热的天，说什么时候开门就什么时候开门，真叫不容易。其实人家要楞不开一天，不是谁也管不了吗？一边赞叹，我一边就往里走。喝，大电扇忽忽的吹着，人家已经都各按部位坐得稳稳当当，吸着烟卷，按着铃要茶水，太好了，活像一群皇上，太够派儿了。我一看，就不好意思过去，大热的天，不叫人家多歇会儿，未免有点不知好歹。可是我到底过去了，二哥，因为怕人家把我撵出去；人家看我像没事的，还不撵出来么？人家是银行，又不是茶馆，可以随便出入。我就过去了，极慢的把支票放在柜台上。没人搭理我，当然的。有一位看了我一看，我很高兴；大热的天，看我一眼，不容易。二哥，我一过去就预备好了：先用左腿金鸡独立的站着，为是站乏了好换腿。左腿立了有十分钟，我很高兴我的腿确是有了劲。支持到十二分钟我不能不换腿了，于是就来个右金鸡独立。右腿也不弱，我更高兴了，嗨，爽性来个猴啃桃吧，我就头朝下，顺着柜台倒站了几分钟。翻过身来，大家还没动静，我又翻了十来个跟头，打了些旋风脚。刚站稳了，过来一位；心里说：我还没练两套拳呢；这么快？那位先生敢情是过来吐口痰，我补上了两套拳。拳练完了，我出了点汗，很痛快。又站了会儿，一边喘气，一边欣赏大家的派头——真稳！很想给他们喝个彩。八点四十分，过来一位，脸上要下雨，眉毛上满是黑云，看了我一看。我很难过，大热的天，来给人家添麻烦。他看了支票一眼，又看了我一眼，好像断定我和支票像亲哥儿俩不像。我很想把脑门子上签个字。他连大气没出把支票拿了走，扔给我一面小铜牌。我直说："不忙，不忙！今天要不合适，我明天再来；明天立秋。"我是真怕把他气死，大热的天。他还是没理我，真够派儿，使我肃然起敬！

拿着铜牌，我坐在椅子上，往放钱的那边看了一下。放钱的先生——一位像屈原的中年人——刚按铃要鸡丝面。我一想：工友传达到厨房，厨子还得上街买鸡，凑巧了鸡也许还没长成个儿；即使顺当的买着鸡，面也许还没磨好。说不定，这碗鸡丝面得等三天三夜。放钱的先生当然在吃面之前决不会放钱；大热的天，腹里没食怎能办事。我觉得太对不起人了，二哥！心中一懊悔，我有点发困，靠着椅子就睡了。睡得挺好，没蚊子也没臭虫，到底是银行里！一闭眼就睡了五十多分钟；我的身体，二哥，是不错了！吃得饱，睡得着！偷偷的往放钱的先生那边一看，（不好意思正眼看，大热的天，赶劳人是不对的！）鸡丝面还没来呢。我很替他着急，肚子怪饿的，坐着多么难受。他可是真够派儿，肚子那么饿还不动声色，没法不佩服他了，二哥。

大概有十点左右吧，鸡丝面来了！"大概"，因为我不肯看壁上的钟——大热的天，表示出催促人家的意思简直不够朋友。况且我才等了两点钟，算得了什么。我偷偷的看人家吃面。他吃得可不慢。我觉得对不起人。为兑我这张支票再逼得人家噎死，不人道！二哥，咱们都是善心人哪。他吃完了面，按铃要手巾把，然后点上火纸，咕噜开小水烟袋。我这才放心，他不至于噎死了。他又吸了半点多钟水烟。这时候，二哥。等取钱的已有了六七位，我们彼此对看，眼中都带出对不起人的神气，我要是开银行，二哥，开市的那天就先枪毙俩取钱的，省得日后麻烦。大热的天，取哪门子钱？！不知好歹！

十点半，放钱的先生立起来伸了伸腰。然后捧着小水烟袋和同事的低声闲谈起来。我替他抱不平，二哥，大热的天，十时半还得在行里闲谈，多么不自由！凭他的派儿，至少该上青岛避两月暑去；还在行里，还得闲谈，哼！

十一点，他回来，放下水烟袋，出去了；大概是去出恭。十一点半才回来。大热的天，二哥，人家得出半点钟的恭，多不容易！再说，十一点半，他居然拿起笔来写账，看支票。我直要过去劝告他不必着急。大热的天，为几个取钱的得点病才合不着。到了十二点，我决定回家，明天再来。我刚要走，放钱的先生喊："一号！"我真不愿过去，这个人使我失望！才等了四点钟就放钱，派儿不到家！可是，他到底没使我失望！我一过去，他没说什么，只指了指支票的背面。原来我忘了在背后签字，他没等我拔下自来水笔来，说了句："明天再说吧。"这才是我所希望的！本来吗，人家是一点关门；我补签上字，再等四点钟，不就是下午四点了吗？大热的天，二哥，人家能到时候不关门？我收起支票来，想说几句极合适的客气话，可是他喊了"二号"；我不能再耽误人家的工夫，决定回家好好的写封道歉的信！二哥，你得开开眼去，太够派儿！

（原载 1934 年 10 月 1 日《论语》第五十期）

写 字

假若我是个洋鬼子，我一定也得以为中国字有趣。换个样儿说，一个中国人而不会写笔好字，必定觉得不是味儿；所以我常不得劲儿。

写字算不算一种艺术，和作官算不算革命，我都弄不清楚。我只知道好字看着顺眼。顺眼当然不一定就是美，正如我老看自己的鼻子顺眼而不能自居姓艺名术字子美。可是顺眼也不算坏事，还没有人因为鼻子长得顺眼而去投河。再说，顺眼也颇不容易；无论你怎样自居为宝玉，你的鼻子没有我的这么顺眼，就干脆没办法；我的鼻子是天生带来的，不是在医院安上的。说到写字，写一笔漂亮字儿，不容易。工夫，天才，都得有点。这两样，我都有，可就是没人求我写字，真叫人起急！

看着别人写，个儿是个儿，笔力是笔力，真馋得慌。尤其堵得慌的是看着人家往张先生或李先生那里送纸，还得作揖，说好话，甚至于请吃饭。没人理我。我给人家作揖，人家还把纸藏起去。写好了扇子，白送给人家，人家道完谢，去另换扇面。气死人不偿命，简直的是！

只有一个办法：遇上丧事必送挽联，遇上喜事必送红对，自己写。敢不挂，玩命！人家也知道这个，哪敢不挂？可是挂在什么地方就大有分寸了。我老得到不见阳光，或厕所附近，找我写的东西去。行一回人情总得头疼两天。

顶伤心的是我并不是不用心写呀。哼，越使劲越糟！纸是好纸，墨是好墨，笔是好笔，工具满对得起人。写的时候，焚上香，开开窗户，还先读读碑帖。一笔不苟，横平竖直；挂起来看吧，一串倭瓜，没劲！不是这个大那个小，就是歪着一个。行列有时像歪脖树，有时像曲线美。整齐自然不是美的要素；要命是个个字像傻蛋，怎么耍俏怎么不行。纸算糟蹋远了去啦。要讲成绩的话，我就有一样好处，比别人糟蹋的纸多。

可是，“东风常向北，北风也有转南时”，我也出过两回锋头。一回是在英国一个乡村里。有位英国朋友死了，因为在中国住过几年，所以留下遗言，墓碣上要几个中国字。我去吊丧，死鬼的太太就这么跟我一提。我晓得运气来了，登时包办下来；马上回伦敦取笔墨砚，紧跟着跑回去，当众开彩。全村子的人横是差不多都来了吧，只有我会写；我还告诉他们：我不仅是会写，而且写得好。写完了，我就给他们掰开揉碎的一讲，这笔有什么讲究，哪笔有什么讲究。他们的眼睛都睁得圆圆的，眼珠里满是惊叹号。我一直痛快了半个多月。后来，我那几个字真刻在石头上了，一点也不瞎吹。“光荣是中国的，艺术之神多着一位。天上落下白米饭，小鬼儿啊啊的哭；因为仓颉泄露了天机！”我还记得作了这样高伟的诗。

第二回是在中国，这就更不容易了。前年我到远处去讲演。那里没有一个我的熟人。讲演完了，大家以为我很有学问，我就棍打腿的声明自己的学问很大，他们提什么我总知道，不知道的假装一笑，作为不便于说，他们简直不晓得我吃几碗干饭了，我更不便于告诉他们。提到写字，我又那么一笑。喝，不大会儿，玉版宣来了一堆。我差点乐疯了。平常老是自己买纸，这回我可捞着了！我也相信这次必能写得好：平常总是拿着劲，放不开胆，所以写的不自然；这次我给他个信马由缰，随笔写来，必有佳作。中堂，屏条，对联，写多了，直写了半天。写的确是不坏，大家也都说好。就是在我辞别的时候，我看出点毛病来：好些人跟招待我的人嘀咕，我很听见了几句：“别叫这小子走！”“那怎好意思？”“叫他赔纸！”“算了吧，他从老远来的。”……招待员总算懂眼，知道我确是卖了力气写的，所以大家没一定叫我赔纸；到如今我还以为这一次我的成绩顶好，从量上质上说都下得去。无论怎么说，总算我过了瘾。

我知道自己的字不行，可有一层，谁的孩子谁不爱呢！是不是，二哥？

（原载 1934 年 12 月 16 日《论语》第五十五期）

读　书

若是学者才准念书，我就什么也不要说了。大概书不是专为学者预备的；那么，我可要多嘴了。

从我一生下来直到如今，没人盼望我成个学者；我永远喜欢服从多数人的意见。可是我爱念书。

书的种类很多，能和我有交情的可很少。我有决定念什么的全权；自幼儿我就会逃学，楞挨板子也不肯说我爱《三字经》和《百家姓》。对，《三字经》便可以代表一类——这类书，据我看，顶好在判了无期徒刑以后去念，反正活着也没多大味儿。这类书可真不少，不知道为什么；也许是犯无期徒刑罪的太多；要不然便是太少——我自己就常想杀些写这类书的人。我可是还没杀过一个，一来是因为——我才明白过来——写这样书的人敢情有好些已经死了，比如写《尚书》的那位李二哥。二来是因为现在还有些人专爱念这类书，我不便得罪人太多了。顶好，我看是不管别人；我不爱念的就不动好了。好在，我爸爸没希望我成个学者。

第二类书也与咱无缘：书上满是公式，没有一个“然而”和“所以”。据说，这类书里藏着打开宇宙秘密的小金钥匙。我倒久想明白点真理，如地是圆的之类；可是这种书别扭，它老瞪着我。书不老老实实的当本书，瞪人干吗呀？我不能受这个气！有一回，一位朋友给我一本《相对论原理》，他说：明白这个就什么都明白了。我下了决心去念这本宝贝书。读了两个“配纸”，我遇上了一个公式。我跟它“相对”了两点多钟！往后边一看，公式还多了去啦！我知道和它们“相对”下去，它们也许不在乎，我还活着不呢？

可是我对这类书，老有点敬意。这类书和第一类有些不同，我看得出。第一类书不是没法懂，而是懂了以后使我更糊涂。以我现在的理解力——比上我七岁的时候，我现在满可以作圣人了——我能明白“人之初，性本善”。明白完了，紧跟着就糊涂了；昨儿个晚上，我还挨了小女儿——玫瑰唇的小天使——一个嘴巴。我知道这个小天使性本不善，她才两岁。第二类书根本就看不懂，可是人家的纸上没印着一句废话；懂不懂的，人家不闹玄虚，它瞪我，或者我是该瞪。我的心这么一软，便把它好好放在书架上；好打好散，别太伤了和气。

这要说到第三类书了。其实这不该算一类；就这么算吧，顺嘴。这类书是这样的：名气挺大，念过的人总不肯说它坏，没念过的人老怪害羞的说将要念。譬如说《元曲》，太炎“先生”的文章，罗马的悲剧，辛克莱的小说，《大公报》——不知是哪儿出版的一本书——都算在这类里，这些书我也都拿起来过，随手便又放下了。这里还就属那本《大公报》有点劲。我不害羞，永远不说将要念。好些书的广告与威风是很大的，我只能承认那些广告作得不错，谁管它威风不威风呢。

“类”还多着呢，不便再说；有上面的三项也就足以证明我怎样的不高明了。该说读的方法。

怎样读书，在这里，是个自决的问题；我说我的，没勉强谁跟我学。第一，我读书没系统。借着什么，买着什么，遇着什么，就读什么。不懂的放下，使我糊涂的放下，没趣味的放下，不客气。我不能叫书管着我。

第二，读得很快，而不记住。书要都叫我记住，还要书干吗？书应该记住自己。对我，最讨厌的发问是：“那个典故是哪儿的呢？”“那句书是怎么来着？”我永不回答这样的考问，即使我记得。我又不是印刷器养的，管你这一套！

读得快，因为我有时候跳过几页去。不合我的意，我就练习跳远。书要是不服气的话，来跳我呀！看侦探小说的时候，我先看最后的几页，省事。

第三，读完一本书，没有批评，谁也不告诉。一告诉就糟：“嘿，你读《啼笑因缘》？”要大家都不读《啼笑因缘》，人家写它干吗呢？一批评就糟：“尊家这点意见？”我不惹气。读完一本书再打通儿架，不上算。我有我的爱与不爱，存在我自己心里。我爱念什么就念，有什么心得我自己知道，这是种享受，虽然显得自私一点。

再说呢，我读书似乎只要求一点灵感。“印象甚佳”便是好书，我没工夫去细细分析它，所以根本便不能批评。“印象甚佳”有时候并不是全书的，而是书中的一段最入我的味；因为这一段使我对这全书有了好感；其实这一段的美或者正足以破坏了全体的美，但是我不去管；有一段叫我喜欢两天的，我就感谢不尽。因此，设若我真去批评，大概是高明不了。

第四，我不读自己的书，不愿谈论自己的书。“儿子是自己的好”，我还不晓得，因为自己还没有过儿子。有个小女儿，女儿能不能代表儿子，就不得而知。“老婆是别人的好”，我也不敢加以拥护，特别是在家里。但是我准知道，书是别人的好。别人的书自然未必都好，可是至少给我一点我不知道的东西。自己的，一提都头疼！自己的书，和自己的运气，好像永远是一对儿累赘。

第五，哼，算了吧。

（原载 1934 年 12 月《太白》第一卷第七期）

落花生

我是个谦卑的人。但是，口袋里装上四个铜板的落花生，一边走一边吃，我开始觉得比秦始皇还骄傲。假若有人问我："你要是作了皇上，你怎么享受呢？"简直的不必思索，我就答得出："派四个大臣拿着两块钱的铜子，爱买多少花生吃就买多少！"

什么东西都有个幸与不幸。不知道为什么瓜子比花生的名气大。你说，凭良心说，瓜子有什么吃头？它夹你的舌头，塞你的牙，激起你的怒气——因为一咬就碎；就是幸而没碎，也不过是那么小小的一片，不解饿，没味道，劳民伤财，布尔乔亚！你看落花生：大大方方的，浅白麻子，细腰，曲线美。这还只是看外貌。弄开看：一胎儿两个或者三个粉红的胖小子。脱去粉红的衫儿，象牙色的豆瓣一对对的抱着，上边儿还结着吻。那个光滑，那个水灵，那个香喷喷的，碰到牙上那个干松酥软！白嘴吃也好，就酒喝也好，放在舌上当槟榔含着也好。写文章的时候，三四个花生可以代替一支香烟，而且有益无损。

种类还多呢：大花生，小花生，大花生米，小花生米，糖饯的，炒的，煮的，炸的，各有各的风味，而都好吃。下雨阴天，煮上些小花生，放点盐；来四两玫瑰露；够作好儿首诗的。瓜子可给诗的灵感？冬夜，早早的躺在被窝里，看着《水浒》，枕旁放着些花生米；花生米的香味，在舌上，在鼻尖；被窝里的暖气，武松打虎……这便是天国！冬天在路上，刮着冷风，或下着雪，袋里有些花生使你心中有了主儿。掏出一个来，剥了，慌忙往口中送，闭着嘴嚼，风或雪立刻不那么厉害了。况且，一个二十岁以上的人肯神仙似的，无忧无虑的，随随便便的，在街上一边走一边吃花生，这个人将来要是作了宰相或度支部尚书，他是不会有官僚气与贪财的。他若是作了皇上，必是朴俭温和直爽天真的一位皇上，没错。吃瓜子的照例不在街上走着吃，所以我不给他保这个险。

至于家中要是有小孩儿，花生简直比什么也重要。不但可以吃，而且能拿它们玩。夹在耳唇上当环子，几个小姑娘就能办很大的一回喜事。小男孩若找不着玻璃球儿，花生也可以当弹儿。玩法还多着呢。玩了之后，剥开再吃，也还不脏。两个大子儿的花生可以玩半天；给他们些瓜子试试。

论样子，论味道，栗子其实满有势派儿。可是它没有落花生那点家常的

“自己”劲儿。栗子跟人没有交情，仿佛是。核桃也不行，榛子就更显着疏远。落花生在哪里都有人缘，自天子以至庶人都跟它是朋友；这不容易。

在英国，花生叫作“猴豆”——Monkey nuts。人们到动物园去才带上一包，去喂猴子。花生在这个国里真不算很光荣，可是我亲眼看见去喂猴子的人——小孩就更不用提了——偷偷的也往自己口中送这猴豆。花生和苹果好像一样的有点魔力，假如你知道苹果的典故；我这儿确是用着典故。

美国吃花生的不限于猴子。我记得有位美国姑娘，在到中国来的时候，把几只皮箱的空处都填满了花生，大概凑起来总够十来斤吧，怕是到中国吃不着这种宝物。美国姑娘都这样重看花生，可见它确是有价值；按照哥伦比亚的哲学博士的辩证法看，这当然没有误儿。

花生大概还跟婚礼有点关系，一时我可想不起来是怎么个办法了；不是新娘子在轿里吃花生，不是；反正是什么什么春吧——你可晓得这个典故？其实花轿里真放上一包花生米，新娘子未必不一边落泪一边嚼着。

（原载 1935 年 1 月 20 日《漫画生活》第五期）

有钱最好

既是苦命人，到处都得受罪。穷大奶奶逛青岛，受洋罪；我也正受着这种洋罪。

青岛的青山绿水是给诗人预备的，我不是诗人。青岛的洋楼汽车是给阔人预备的，我有时候袋里剩三个子儿。享受既然无缘，只好放在一边，单表受罪。

第一先得说房。大小不拘，这里的房全是洋式。由房东那方面看，租钱不算多；由住房儿的看，像我这样的人，简直一月月的干给房钱赶网。吃也不算贵，喝也不算贵；房没有贱的。房既然贵，自然住不起一整所儿，所以大多数的楼房是分租，一层儿两三间房租给一家。住楼上的呢，得上下跑腿；而且费煤，因为高处得风，墙又不厚。住楼下的，自然省了脚，也较比的暖一点，可是乐不抵苦。您别看大家都洋服啷当儿的，讲到公德心，青岛的人并不比别处的文明。楼的建筑根本是二五八，楼板也就是一寸来厚，而楼上的人们，绝不会想到楼下还有人。希望大家铺地毯，未免所求过奢；能垫上点席子的便很难得。要赶上楼上有那么七八个孩子，那就蛤蟆垫桌腿儿，死挨。人家能把楼板跺得老忽闪忽闪的动，时时有塌下来的可能。自然没人能管住小孩不走不跳，可是能够作到的也没人作。比如说椅子腿上包点布，或者不准小孩拉椅子，这很容易办吧？哼，没那回事。你莫名其妙楼上怎会有那么多椅子，更不知道为什么老在那儿拉。你晓得楼上拉椅子多么难听，它钻脑子，叫人想马上自杀。可是谁叫你住楼下呢！你乘早不用去请求，住楼上的理直气壮。“哟，我们的孩子会闹？那可奇怪！拉椅子？我们的小孩可就是喜欢拉椅子玩。在楼上踢毽？可不是，小孩还能不玩？”楼上的人都这么和气而且近情近理。你只有一条路，搬家。

搬吧，都调查好了，同楼的小孩少，大人也规矩，你很喜欢。搬过去一看，院里有八条狗！青岛是带洋派的地方，讲究养狗。可是养狗的人想不起去溜溜它们，狗屎全摆在院中。狗名儿都是洋的，什么济美、什么邦走；敢情洋名的狗拉洋屎，也是臭的。济美们还叫呢，要赶上你要睡会儿觉，或是孩子刚睡着，人家才叫得凶呢。

还得搬哪！这回可好，没有小孩，也没有狗。早晨七点来钟，人家唱上了。青岛的京戏最时兴。早晨唱过了，那敢情不过是喊喊嗓子。大轴子是在晚上，胡琴拉着，生末净旦丑俱全，唱开了没头儿。唱得好听的自然不是没有哇；叫人想自杀的也不少。你怎办？还得搬家。

搬一回家，要安一回灯，挂一回帘子；洋房吗。搬一回家，要到公司报一回灯，报一回水，洋派吗。搬一回家，要损失一些东西，损失一些钱，洋罪吗。

好房子有哇，也得住得起呀。算了吧，房子够了。

带洋字的，还就是洋车好，干净，雨布风帘也齐全；可就是贵。一上车就是一毛钱，稍微远那么一点就得两毛。我的办法是不坐。这有点对不起“车友”们，可是有什么办法呢？自行车也不好骑，净是山路，坡得要命。最好是坐汽车，其次就是走，据我看。汽车呢，连那个喇叭咱也买不起；即使勉强的买个喇叭，不是还得自己走路；干脆，咱走就是了。青岛的空气却是不坏，可惜脚受点委屈！

关于食，没有什么可说的。饭馆子不少，中菜西菜都有。价钱都可以的，所以咱还是消极抵抗，不吃。自己家里做菜倒不贵，鱼虾现成，而且新鲜。别的肉类菜蔬也说不上贵来；吃饱了拉倒，这倒好办。馋了呢？活该！

穿，随便。青年人多数穿洋服，也很有些穿得很讲究的。咱向来不讲究穿，给它个不在乎。这占了已结婚的便宜。设若正在“追求”期间，我想我也得多一份洋罪。不穿洋服，可是我天天刮胡子，这一来是耍洋派，二来表示我并不完全不怕太太。完全不怕太太的人不易发财，真的！

说到了玩，此地没有什么游艺场。此地根本是个避暑的所在，成年价在这儿住，当然是别扭。京戏偶尔来几个名角，戏价总要两三块，咱犯不上去。平日呢，老有蹦蹦戏，听着又不过瘾。电影院有几处，夏天才来好片子；冬天只是对付事儿，我假装的避宿，赶到惊蛰再去，也还不迟。公园真好，道路真好，海岸真好，遇上晴天我便去走，既不用花钱，而且接近了自然。在别方面受的罪，由这个享受补过来，这叫做穷欢喜。

总起来说，青岛不是个坏地方，官员们也真卖力气建设。所谓洋罪，是我的毛病，穷。假若我一旦发了财，我必定很喜欢这里。等着吧，反正咱不能穷一辈子。

（原载 1935 年 3 月 1 日《论语》第六十期）

又是一年芳草绿

悲观有一样好处，它能叫人把事情都看轻了一些。这个可也就是我的坏处，它不起劲，不积极。您看我挺爱笑不是？因为我悲观。悲观，所以我不能板起面孔，大喊："孤——刘备！"我不能这样。一想到这样，我就要把自己笑毛咕了。看着别人吹胡子瞪眼睛，我从脊梁沟上发麻，非笑不可。我笑别人，因为我看不起自己。别人笑我，我觉得应该；说得天好，我不过是脸上平润一点的猴子。我笑别人，往往招人不愿意；不是别人的量小，而是不像我这样稀松，这样悲观。

我打不起精神去积极的干，这是我的大毛病。可是我不懒，凡是我该作的我总想把它作了，纯为得点报酬养活自己与家里的人——往好了说，尽我的本分。我的悲观还没到想自杀的程度，不能不找点事作。有朝一日非死不可呢，那只好死喽，我有什么法儿呢？

这样，你瞧，我是无大志的人。我不想作皇上。最乐观的人才敢作皇上，我没这份胆气。

有人说我很幽默，不敢当。我不懂什么是幽默。假如一定问我，我只能说我觉得自己可笑，别人也可笑；我不比别人高，别人也不比我高。谁都有缺欠，谁都有可笑的地方。我跟谁都说得来，可是他得愿意跟我说；他一定说他是圣人，叫我三跪九叩报门而进，我没这个瘾。我不教训别人，也不听别人的教训。幽默，据我这么想，不是嬉皮笑脸，死不要鼻子。

也不是怎股子劲儿，我成了个写家。我的朋友德成粮店的写账先生也是写家，我跟他同等，并且管他叫二哥。既是个写家，当然得写了。"风格即人"——还是"风格即驴"？——我是怎个人自然写怎样的文章了。于是有人管我叫幽默的写家。我不以这为荣，也不以这为辱。我写我的。卖得出去呢，多得个三头五块的，买什么吃不香呢。卖不出去呢，拉倒，我早知道指着写文章吃饭是不易的事。

稿子寄出去，有时候是肉包子打狗，一去不回头；连个回信也没有。这，咱只好幽默；多咱见着那个骗子再说，见着他，大概我们俩总有一个笑着去见阎王的。不过，这是不很多见的，要不怎么我还没想自杀呢。常见的事是这个，稿子登出去，酬金就睡着了，睡得还是挺香甜。直到我也睡着了，它忽然来了，仿佛故意吓人玩。数目也惊人，它能使我觉得自己不过值一毛五一斤，比猪肉还便宜呢。这个咱也不说什么，国难期间，大家都得受点苦，人家开铺子的也不容易，掌柜的吃肉，给咱点汤喝，就得念佛。是的，我是不能当皇上，焚书坑掌柜的，咱没那个狠心，你看这个劲儿！不过，有人想坑他们呢，我也不便拦着。

这么一来，可就有许多人看不起我。连好朋友都说："伙计，你也硬正着点，说你是为人类而写作，说你是中国的高尔基；你太泄气了！"真的，我是泄气，我看高尔基的胡子可笑。他老人家那股子自卖自夸的劲儿，打死我也学不来。人类要等着我写文章才变体面了，那恐怕太晚了吧？我老觉得文学是有用的；拉长了说，它比任何东西都有用，都高明。可是往眼前说，它不如一尊高射炮，或一锅饭有用。我不能吆喝我的作品是"人类改造丸"。我也不相信把文学杀死便天下太平。我写就是了。

别人的批评呢？批评是有益处的。我爱着批评，它多少给我点益处；即使完全不对，不是还让我笑一笑吗？自己写的时候仿佛是蒸馒头呢，热气腾腾，莫名其妙。及至冷眼人一看，一定看出许多错儿来。我感谢这种指摘。说的不对呢，那是他的错儿，不干我的事。我永不驳辩，这似乎是胆儿小；可是也许是我的宽宏大量。我不便往自己脸上贴金。一件事总得由两面儿瞧，是不是？

对于我自己的作品，我不拿她们当作宝贝。是呀，当写作的时候，我是卖了力气，我想往好了写。可是一个人的天才与经验是有限的，谁也不敢保了老写的好，连荷马也有打盹的时候。有的人呢，每一拿笔便想到自己是但丁，是莎士比亚。这没有什么不可以的，天才须有自信的心。我可不敢这样，我的悲观使我看轻自己。我常想客观的估量估量自己的才力；这不易作到，我究竟不能像别人看我看得那样清楚；好吧，既不能十分看清楚了自己，也就不用装蒜。谦虚是必要的，可是装蒜也大可以不必。

对作人，我也是这样。我不希望自己是个完人，也不故意的招人家的骂。该求朋友的呢，就求；该给朋友作的呢，就作。作的好不好，咱们大家凭良心。所以我很和气，见着谁都能扯一套。可是，初次见面的人，我可是不大爱说话；特别是见着女人，我简直张不开口，我怕说错了话。在家里，我倒不十分怕太太。可是对别的女人老觉着恐慌，我不大明白妇女的心理；要是信口开河的说，我不定说出什么来呢，而妇女又爱挑眼。男人也有许多爱挑眼的，所以初次见面，我不大愿开口。我最不喜辩论，因为红着脖子粗着筋的太不幽默。我最不喜欢好吹腾的人，可并不拒绝与这样的人谈话；我不爱这样的人，但喜欢听他的吹。最好是听着他吹，吹着吹着连他自己也忘了吹到什么地方去，那才有趣。

可喜的是有好几位生朋友都这么说："没见着阁下的时候，总以为阁下有八十多岁了。敢情阁下并不老。"是的，虽然将奔四十的人，我倒还不老。

因为对事轻淡，我心中不大藏着计划，作事也无须要手段，所以我能笑，爱笑；天真的笑多少显着年青一些。我悲观，但是不愿老声老气的悲观，那近乎“虎事”。我愿意老年轻轻的，死的时候像朵春花将残似的那样哀而不伤。我就怕什么“权威”咧，“大家”咧，“大师”咧，等等老气横秋的字眼们。我爱小孩，花草，小猫，小狗，小鱼；这些都不“虎事”。偶尔看见个穿小马褂的“小大人”，我能难受半天，特别是那种所谓聪明的孩子，让我难过。比如说，一群小孩都在那儿看变戏法儿，我也在那儿，单会有那么一两个七八岁的小老头说：“这都是假的！”这叫我立刻走开，心里堵上一大块。世界确是更“文明”了，小孩也懂事懂得早了，可是我还愿意大家傻一点，特别是小孩。假若小猫刚生下来就会捕鼠，我就不再养猫，虽然它也许是个神猫。

我不大爱说自己，这多少近乎“吹”。人是不容易看清楚自己的。不过，刚过完了年，心中还慌着，叫我写“人生于世”，实在写不出，所以就近的拿自己当材料。万一将来我不得已而作了皇上呢，这篇东西也许成为史料，等着瞧吧。

（原载1935年3月6日天津《益世报·文学》）

谈教育

叫我谈现代教育，这可不容易办！我这个家伙不会瞪着眼批评。我最喜欢和朋友们瞎扯，用不着“诗云”，也用不着“子曰”；想叫我有头有尾的说一遍，我没那个本事。是呀，我偶尔心血来潮，也能看出事情的好坏来。可是，我的脾气永远使我以好坏为事实；这就是说，我承认事实而不愿再想一遍——好的怎能再好，坏的怎当矫正。我不会这一套，我不会把自己放在高山上，指挥着大家应怎么怎么；何者对，何者不对；使世界成一条线，串起一切众生，都看齐立正开步走。

对于现代教育，我说什么呢？我不怕人家笑我说的不对，我怕歪打正着的偏偏说对，而被人称为大师，或二师，或师弟，甚至于师妹。我要是有饭吃，我决不当教员。我最大的希望是有人每月供给我二百块钱，什么事也不做，闲着一劲的吃饭与瞎扯。

提起现代的教育，我以为这是应该高兴的。先由教员说吧，要是没有教育，这群人——连我算上——上哪儿挣钱去？由这一点往下想，教育仍当扩充；薪水最好也再增高一些；对教员应使之“清”，而不宜使之“苦”。

说到学生，现在的学生实在可羡慕：念许多书，学洋文，知天文，晓地理，还看报纸，也会踢球，这也就很够了。这样的青年，拿到一张文凭，去作官，去发财，去恋爱，本是分所应得，近情近理。不过是呢，穷人不大容易享受这些利益，未免是个缺点。可细那么一想呢，种瓜得瓜，种银元得金镑；蛤蟆垫桌腿，本当死挨，那有什么法儿呢！

至于学校，那太好了。一个个衙门似的，这个课长，那个主任，出布告，写讲义，有科学馆，体育场，图书馆，可谓应有尽有，诸事大吉。教书有种种教员，训育有主任，指导赛跑也有专员。由学校看，中国显然有了极大的进步。虽然由学校与人口的比例上看，学校还微嫌少着两三个，可是能有这么多，这么好，也就满说得下去了。

统而言之，我觉得现在中国的教育够甲等。也许这太乐观了些。可是在这个年月，不乐观又怎样呢？

（原载 1935 年 4 月 1 日《论语》第六十二期）

西红柿

所谓番茄炒虾仁的番茄，在北平原叫作西红柿，在山东各处则名为洋柿子，或红柿子。想当年我还梳小辫，系红头绳的时候，西红柿还没有番茄这点威风。它的价值，在那不文明的时代，不过与“赤包儿”相等，给小孩儿们拿着玩玩而已。大家作“娶姑娘扮姐姐”玩耍的时节，要在小板凳上摆起几个红胖发亮的西红柿，当作喜筵，实在漂亮。可是，它的价值只是这么点，而且连这一点还不十分稳定，至于在大小饭铺里，它是完全没有份儿的。这种东西，特别是在叶子上，有些不得人心的臭味——按北平的话说，这叫作“青气味儿”。所谓“青气味儿”，就是草木发出来的那种不好闻的味道，如楮树叶儿和一些青草，都是有此气味的。可怜的西红柿，果实是那么鲜丽，而被这个味儿给累住，像个有狐臭的美人。不要说是吃，就是当“花儿”看，它也是没有“凉水茄”，“番椒”等那种可以与美人蕉，翠雀儿等草花同在街上售卖的资格。小孩儿拿它玩耍，仿佛也是出于不得已；这种玩艺儿好玩不好吃，不像落花生或枣子那样可以“吃玩两便”。其实呢，西红柿的味道并不像它的叶子那么臭恶，而且不比臭豆腐难吃，可是那股青气味儿到底要了它的命。除了这点味道，恐怕它的失败在于它那点四不像的劲儿：拿它当果子看待，它甜不如果，脆不如瓜；拿它当菜吃，煮熟之后屁味没有，稀松一堆，没点“嚼头”；它最宜生吃，可是那股味儿，不果不瓜不菜，亦可以休矣！

西红柿转运是在近些年，“番茄”居然上了菜单，由英法大菜馆而渐渐侵入中国饭铺，连山东馆子也要报一报“番茄虾银（仁）儿”！文化的侵略哟，门牙也挡不住呀！可是细一看呢，饭馆里的番茄这个与那个，大概都是加上了点番茄汁儿，粉红怪可看，且不难吃；至于整个的鲜番茄，还没多少人肯大嘴的啃。肯生吞它的，或者还得算留过洋的人们和他们的儿女，到底他们的洋味地道些。近来西医宣传西红柿里含有维他命 A 至 W，可是必须生吃，这倒有点别扭。不过呢，国人是最注意延年益寿，滋阴补肾的东西，或者这点青气味儿也不难于习惯下来的；假如国医再给证明一下：番茄加鹿茸可以壮阳种子，我想它的前途正自未可限量咧。

（原载 1935 年 7 月 14 日《青岛民报·避暑录话》）

歇夏（也可以叫作“放青”）

马国亮先生在这个月里（六月）给我两封信。“文人相重”，我必须说他的信实在写的好：文好，字好，信纸也好，可是，这是附带的话；正文是这么回事：第一封信，他问我的小说写得怎样了？说起来话长，我在去年春天就向赵家璧先生透了个口话，说我要写一部长篇小说，内中的主角儿是两位镖客，行侠作义，替天行道，十八般武艺件件精通，可是到末了都死在手枪之下。我的意思是说时代变了，单刀赴会，杀人放火，手持板斧把梁山上，都已不时兴；二大刀必须让给手枪，而飞机轰炸城池，炮舰封锁海口，才够得上摩登味儿。这篇小说，假如能写成了的话，一方面是说武侠与大刀早该一齐埋在坟里，另一方面是说代替武侠与大刀的诸般玩艺不过是加大的杀人放火，所谓鸟枪换炮者是也，只显出人类的愚蠢。

春天过去，接着就是夏天，我到上海走了一遭，见着了赵先生。他很愿意把这本东西放在《良友丛书》里。由上海回来，我就开始写，在去年寒假中，写成了五六千字。这五六千字中没有几个体面的，开学以后没工夫续着写，就把它放在一边。大概是今年春天吧，我在一本刊物上看到一个短篇小说，所写的事儿与我想到的很相近。大家往往思想到同样的事，这本不出奇，可是我不愿再写了。一来是那写成的几千字根本不好，二来是别人写过的，虽然还可以再写，可是究竟差着点劲儿，三来是我想在夏天休息休息。

马先生所问的小说，便是指此而言。我写去回信，说今夏休息，打退堂鼓。过了几天，他的第二封信来到，还是文好，字好，信纸也好；还是“文人相重”。这封信里，他允许，并且夸奖我应当休息，可是在休息之前必须给良友写一个短篇。

短篇？也不能写！说起来话就又长了。在春间我还答应下给别的朋友写些故事呢——这都得在暑假里写，因为平日找不到“整”工夫。既然决定休息，那么不写就都不写，不能有偏向。况且我不愿，也不应当，向自己失信，怎么说呢，这才到了我的正题。请往下看：

我最爱写作，一半是为挣钱，一半因为有瘾。我乃性急之人，办事与洗澡具同一风格，西里哗拉一大回，永不慢腾腾的，对于作文，也讲快当；但作文到底不是洗澡，虽然回回满头大汗，可是不见得能回回写得痛快淋漓。只有在这种时候，就是写完一篇或一段而觉得不满意的时候，我才有耐心，修改，或甚至从头另写。此耐心是出于有瘾。

大概有八年了吧，暑假没休息过，一年之中，只有暑假是写东西的好时候，可以一气写下十几万字。暑天自然是很热了，我不怕；天热，我的心更热，老天爷也得被我战败，因为我有瘾呀。

自幼儿我的身体就很弱，这个瘾自然不会使身体强壮起来。胃病，肺病，头疼，肚疼，什么病都闹过。单就肺病来说，我曾患到第七八期。过犹不及，没吃药，没休息它自己好了。胃病也很厉害，据一位不要我的诊金的医生说，我的胃已掉下一大块去。我慌了！要是老这么往下坠，说不定有朝一日胃会由腹中掉出去的，非吃药不可了。而药也真灵，喝了一瓶，胃居然又回到原来的位置，像气球往上升似的，我觉得。

虽然闹过这些病，我可是没死过一回。这个，又不能不说是“写瘾”的好处了。写作使我胃弱，心跳，头疼；同时也使我小心。该睡就去睡，该运动就去运动；吃喝起卧差不多都有规律。于是虽病而不至于死；就是不幸而死，也是卫生的。真的，为满足这个瘾，我一点也不敢大意，决不敢去瞎胡闹，虽然不是不想去瞎胡闹。因此，身体虽弱，可是心中有个老底儿——我的八字儿好，不至于短命。我维持住了生活的平衡：弱而不至作不了事，病而不至出大危险，如薄云掩月，不明亦不极暗。就是在这种境界中，八年来在作事之外还写了不少的东西！好也罢，歹也罢，总算过了瘾。

近来我吃饭很香，走路很有劲，睡得也很实在；可是有一样，我写不上劲儿来。莫非八期肺病又回来了？不能吧：吃得香，睡得好，说话有力，怎能是肺病呢！？大概是疲乏了；就是头驴吧，八年不歇着，不是也得出毛病吗？好吧，今年愣歇它一回，何必一定跟自己叫劲儿呢。长篇短篇一概不写，如骆驼到口外“放青”，等秋后膘肥肉满再干活儿。况且呢，今年是住在青岛，不休息一番也对不起那青山绿水。就此马上休息去者！

马先生和我要短篇，不能写，这回不能再向自己失信。说休息就去休息。

把这点经过随便的写在这里，马先生要是肯闭闭眼，把这个硬算作一篇小说，那便真感激不尽了，就手儿也对读者们说一声，假若几个月里见不到我的文字，那并非就是我已经死去，我是在养神呀。

代柬：

老舍先生：你的稿子不能当小说，虽然我闭了几次眼。可确是一篇很切题的消夏随笔，所以正好在这里发表。你说的长篇是赵先生向你要的，我要的却不是那个。那天晚上我陪你在新亚等朋友，我曾向你给“良友”定货——

短篇小说。那时天气实在很热，大概你后来就把我那定单化汗飞了，所以现在忘得干干净净。现在你既然歇夏，只好暂时饶你过个舒服的夏天，好在你并非已经死去，到了秋凉，你可不能再抵赖，得把这张空头支票快快兑现。

编者

（原载 1935 年 7 月 15 日《良友画报》第一〇七期）

再谈西红柿

因为字数的限制，上期讲西红柿未能讲到“人生于世”，或西红柿与二次世界大战的关系，故须再谈。不过呢，这次还是有字数的限制，能否把西红柿与人生于世二者之间的“然而一大转”转过来，还没十分的把握。由再谈而三谈也是很可能的，文章必须“作”也。这次“再谈”，顶好先定妥范围，以便思想集中，而免贪多嚼不烂，“人生于世”且到后帐歇息为妙。

《避暑录话》里的话，本当于青岛有关系；再谈西红柿少不得“人生于青岛”，即使暂时不谈“人生于世”。话不落空，即是范围妥定，文章义法不能不讲究。

青岛是富有洋味的地方，洋人洋房洋服洋药洋葱洋蒜，一应俱全。海边上看洋光眼子，亦甚写意。这就应当来到西红柿身上，此洋菜也。

记得前些年，北平的“农事试验场”——种了不少西红柿；每当夏季，天天早晨大挑子的往东城挑，为是卖给东交民巷一带等处的洋人，据说是很赚钱。青岛的洋人既不少，而且洋派的中国人也甚多，这就难怪到处看见西红柿。设若以这种“菜”的量数测定欧化的程度深浅，青岛当然远胜于北平。由这个线索往下看，青岛的菜市就显出与众不同，西红柿而外，还有许多洋玩艺儿呢。这些洋东西之中，像洋樱桃，杨梅等，自然已经不很刺眼，正如冰激凌已不像前些年那样冰舌头。至于什么 rhubarb 咧，什么 gooseberry 咧，和冬瓜茄子一块儿摆着，不知怎的就有点不得劲儿。我还没看见过中国人买它们，也不晓得它们是否有个中国名儿，cheese 也是常见的，那点洋臭味儿又非西红柿可比。可是，我倒看见了中国人——决不是洋厨师傅——买它，足见欧美的臭东西也便可贵——价钱并不贱呢。吃洋臭豆腐而鄙视山东瓜子与大蒜的人，大概也会不在少数，这年头儿，设若非洋化不足以强国，从饮食上，我倒得拥护西红柿，一来是味邪而不臭，二来是一毛钱可以买一堆，三来是真有养分，虽洋化而不受洋罪。烙饼卷 cheese，哼，请吧；油条小米粥，好吃的多！您就是说我不够洋派，我也不敢挑眼。

（原载 1935 年 7 月 21 日《青岛民报·避暑录话》）

暑避

有福之人，散处四方，夏日炎热，聚于青岛，是谓避暑。无福之人，蛰居一隅，寒暑不侵，死不动窝；幸在青岛，暑气欠猛，随着享福，是谓暑避。前者是师出有名，堂堂正正，好不威风；后者是歪打正着，马马虎虎，穷混而已。可是，有福之人到底命大，无福之人泄气到底：有福者避暑，而暑避矣；无福者暑避，而罪来矣。就拿在下而言，作事于青岛，暑气天然不来，是亦暑避者流也。可是，海岸走走，遇上二三老友，多年不见，理当请吃小馆。避暑者得吃得喝，暑避者几乎破产；面子事儿，朋友的交情，死而不怨，毛病在天。吃小馆而外，更当伴游湛山崂山等处，汽车呜呜，洋钱铮铮，口袋无底，望洋兴叹。逝者如斯夫，洋钱一去不复返。炮台已看过十八次，明天又是“早八点见，看看德国的炮台，没错儿！”为德国吹牛，仿佛是精神胜利。

海岸不敢再去，闭门家中坐，连苍蝇也进不来，岂但避暑，兼作蛰宿。哼，快信来矣，“祈到站……”继以电报，“代定旅舍……”于是拿起腿来，而车站，而码头，而旅馆，而中国旅行社……昼夜奔忙，慷慨激昂，暑避者大汗满头，或者是五行多水。

这还是好的，更有三更半夜，敲门如雷；起来一看，大小三军，来了一旅，俱是知己哥儿们，携老扶幼，怀抱的娃娃足够一桌，行李五十余件。于是天翻地覆，楼梯底下支架木床，书架上横睡娃娃，凉台上搭帐棚，一直闹到天亮，大家都夸青岛真凉快。

再加上四届“铁展”，乃更伤心。不去吧，似嫌怯懦；去吧，还能不带着皮夹？牙关咬定，仁者有勇，直奔“铁展”，售品所处有“吸钞石”，票子自己会飞。饱载而归，到家细看，一样儿必需的没有，开始悲观。

由此看来，暑避之流顶好投海，好在还方便。

（原载 1935 年 7 月 28 日《青岛民报·避暑录话》）

檀香扇

中华民族是好是坏，一言难尽，顶好不提。我们“老”，这说着似乎不至有人挑眼，而且在事实上也许是正确的。科学家在中国不大容易找饭吃，科学家的话也每每招咱们头疼；因此，我自幸不是个科学家，也不爱说带定律味儿的话。“革命”就是“劫数”，美国总统也请人相面，说着都另有股子劲儿，和包文正《打龙袍》一样能讨咱们喜欢。谈到民族老不老的问题，自然也不便刨根问底，最好先点头咂嘴，横打鼻梁：“我们老得多；你们是孙子！”于是，即使祖父被孙子揍了，到底孙子是年幼无知；爽性来个宽宏大量，连忤逆也不去告。这叫作“劲儿”。明白这点劲儿，莫谈国事乃更见通达。

您就拿看电影说吧，总得算洋派儿。可是赶上邻座是洋人，您就觉得有点不得劲；洋派儿和洋人到底是两回事，无论您的洋服多么讲究，反正赶不上洋人地道。您有点气馁，不是不能不设法捧自己的场，于是您就那么一比较：啊，原来洋人身上，甚至于连手上，都有长长的毛；有时候洋人老太太带着小胡子嘴儿。野人。那么也就是孙子了。您吐一口气，摸摸自己的手，光润无毛，文明得厉害。

夏天到电影院去，更怕遇见“洋”她们。她们穿得很少很薄，白白的脖儿，胖胖的臂，原有个看头儿。可是您的鼻子受了委屈，香水味里裹着一股像臭豆腐加汽水的味儿，又臭又辣，使您恶心。不论好莱坞的女明星怎么美妙，您从此大概不会再想娶洋姨太太。民族老幼不可同日而语，香臭也会使人们决定“东是东，西是西”，没法儿调和，只好掩鼻而过。

“铁展”救了我一命。那天我去看《块肉余生》，左边坐着位重三百磅的洋太太，右边坐着三位洋姑娘——体重差一些，可是三位呢。左右逢源，自制的氯气阵阵加紧。我知道是要坏；我不能堵上鼻看电影：堵得太严，满有死去的希望；不堵呢，大概比死去还难受，感谢“铁展”！我手中拿着前一天刚买来的檀香扇！看完电影，我念念有词，作了两句标语：

“老民族是香的！中华万岁！”

“檀香扇打倒帝国主义！”

（原载 1935 年 8 月 11 日《青岛民报·避暑录话》）

青岛与我

这是头一次在青岛过夏。一点不吹，咱算是开了眼。可是，只能说开眼；没有别的好处。就拿海水浴说吧，咱在海边上亲眼看见了洋光眼子！可是咱自家不敢露一手儿。大概您总可以想象得到：一个比长虫——就是蛇呀——还瘦的人儿，穿上上不着天，下不着地的浴衣，脖子上套着太平圈，浑身上下骨骼分明，端立海岸之上，这是不是故意的气人？即使大家不动气，咱也不敢往水里跳呀；脖子上套着皮圈，而只在沙土上“憧憬”，泄气本无不可，可也不能泄得出奇。咱只能穿着夏布大衫，远远的瞧着；偶尔遇上个异教卫道的人，相对微笑点首，叹风化之不良；其实他也跟我一样，不敢下水。海水浴没了咱的事。

白天上海岸，晚上呢自然得上跳舞场。青岛到夏天，的确是热闹：白舞女，黄舞女，黑舞女，都光着脚，脚指甲上涂得通红晶亮，鞋只是两根绊儿和两个高底。衣服，帽子，花样之多简直说不尽。按说咱既不敢下海，晚上似乎该去跳了，出点汗，活动活动。咱又没这个造化。第一，晚上一过九点就想睡；到舞场买票睡觉，似乎大可不必。第二呢，跳倒可以敷衍着跳一气，不过人家不踩咱的脚指，而咱只踩人家的，虽说有独到之处，到底怪难以为情。莫若早早的睡吧，不招灾，不惹祸。况且这么规规矩矩，也足引起太太的敬意，她甚至想登报颂扬我的“仁政”，可是被我拦住了，我向来是不好虚荣的。

既不去赶热闹，似乎就该在家中找些乐事；唱戏，打牌，安无线广播机等等都是青岛时行的玩艺。以唱戏说，不但早晨在家中吊嗓子的很多，此地还有许多剧社，锣鼓俱全，角色齐备，倒怪有个意思。我应当加入剧社，我小时候还听过谭鑫培呢，当然有唱戏的资格。找了介绍人，交了会费，头一天我就露了一出《武家坡》。我觉得唱得不错，第二天早早就去了，再想露一出拿手的。等了足有两点钟吧。一个人也没来，社员们太不热心呀，我想。第三天我又去了，还是没人，这未免有点奇怪。坐了十来分钟我就出去了，在门口遇见了个小孩。“小孩，”我很和气的说，“这儿怎样老没人？”小孩原来是看守票房李六的儿子，知道不少事儿。“这两天没人来，因为呀，”小孩笑着看了我一眼，“前天有一位先生唱得像鸭子叫唤，所以他们都不来啦；前天您来了吗？”我摇了摇头，一声没出就回了家。回到家里，我一咂摸滋味，心里可真有点不得劲儿。可是继而一想呢，票友们多半是有习气的，也许我唱得本来很好，而他们“欺生”。这么一想，我就决定在家里独唱，不必再出去怄闲气。唱，我一个人可就唱开了，“文武代打”，好不过瘾！唱到第三天，房东来了，很客气的请我搬家，房东临走，向敝太太低声说了句：“假若先生不唱呢，那就不必移动了，大家都是朋友！”太太自然怕搬家，先生自然怕太太，我首先声明我很讨厌唱戏。

我刚要去买播音机，邻居郑家已经安好，我心中不大好过。在青岛，什么事走迟了一步，风头就被别人出尽；我不必再花钱了，既然已叫郑家抢了先。再说呢，他们播放，我听得很真，何必一定打对仗呢。我决定等着听便宜的。郑家的机器真不坏，据说花了八百多块。每到早十点，他们必转弄那个玩艺。最初是像火车挂钩，嘎！哗啦，哗啦！哗啦了半天，好似怕人讨厌它太单调，忽然改了腔儿，细声细气的啊啊，像老牛害病时那样呻吟。猛古丁的又改了办法，啪啪，喔——喔，越来越尖，咯喳！我以为是院中的柳树被风刮折了一棵！这是前奏曲。一切静寂，有五分钟的样子，忽然兜着我的耳根子：“南京！”也就是我呀，修养差一点的，管保得惊疯！吃了一丸子定神丸，我到底要听听南京怎样了。呕，原来南京的底下是——“王小姐唱《毛毛雨》”。这个《毛毛雨》可与众不同：第一声很足壮，第二声忽然像被风刮了走，第三声又改了火车挂钩，然后紧跟着刮风，下雨，打雷，空军袭击城市，海啸；《毛毛雨》当然听不到了。闹了一大阵，兜着我的耳根子——“北平！”我堵上了耳朵。早晨如是，下午如是，夜间如是；这回该我找房东去了。我搬了家。

还就是打个小牌，大概可以不招灾惹祸，可是我没有忍力。叫我打一圈吗，还可以；一坐下就八圈，我受不了。况且十几张牌，咱得把它们摆成五行，连这么办还有时把该留着的打出去。在我，这是消遣，慢慢的调动，考虑，点头，迟疑，原无不可；可是别人受得了吗。莫若多一事不如少一事，不必招人讨厌。

您说青岛这个地方，除了这些玩耍，还有什么可干的？干脆的说吧，我简直和青岛不发生关系，虽然是住在这里。有钱的人来青岛，好。上青岛来结婚，妙。爱玩的人来青岛，行。对于我，它是片美丽的沙漠。

对，有一件事我做还合适，而且很时行。娶个姨太太。是的，我得娶个姨太太。又体面，又好玩。对，就这么办啦。我先别和太太商量，而暗中储蓄俩钱儿。等到娶了姨太太之后，也许我便唱得比鸭子好听，打牌也有了忍力……您等我的喜信吧！

（原载1935年8月16日《论语》第七十期）

立秋后

去年来青岛，已是秋天。秋水秋山，红楼黄叶，自是另一番风味；虽未有见到夏日的热闹，可是秋夜听潮，或海岸独坐，亦足畅怀。

秋去冬来，野风横吹，湿冷入骨；日落以后，市上海滨俱少行人；未免觉得寂苦。

春到甚迟，直到樱花开了，才能撤去火炉，户外活动渐渐增多，可是春假里除了崂山旅行，也还想不出更好的办法。

六七月之间才真看到青岛的光荣，尤其是初次看到，更觉得有点了不得。可是一两星期过去，又仿佛没有什么了：士女是为避暑而来，自然表现着许多洋习气，以言文化，乃在蔻丹指甲与新奇浴衣之间，所谓浪漫，亦不过买票跳舞，喝冷咖啡而已。闭户休息，寂寞不减于冬令，自叹命薄福浅！

有一件事是可喜的，即夏日有会友的机会。别已二年五载，忽然相值，相与话旧，真一乐事。再说呢，一向糊口四方，到处受友人的招待，今则反客为主，略尽地主之谊，也能更明白些交友的道理。况且此地是世外桃源，平日少见寡闻，于今各处朋友带来各处消息，心泉渐活，又回到人间，不复梦梦。

立秋以后，别处天气渐凉，此地反倒热起来；朋友们逐渐走去，车站码头送别，“明夏再来呀！”能不黯然销魂！

（原载 1935 年 8 月 18 日《青岛民报·避暑录话》）

等　暑

青岛并非不暑，而是暑得比别处迟些。这么一句平常话，也需要一年的经验才敢说。秋天很暖——我是去年秋天来的——正因为夏未全去；以此类推，方能明白此地春之所以迟迟，六七月间之所以不热，哼，和八月间之所以大热起来。仿佛别人早已这样告诉过我：“仿佛”就有点记不真切的意思，“不相信”是其原因。青岛还会热？问号打得很清楚。赶到今年八月，才理会过来，可是马上归功于自己的经验，别人说过与否终于打入“仿佛”之下。以此为证，人鲜有不好吹者！

来避暑的人总是六七月来而八月走去，这时间的选取实在就够避暑的资格；于此，我更愿发财，有钱的人不必用整年的工夫去发现七月凉八月热，他们总是聪明的。高粱一熟，螃蟹下市，别处的蝉声已带哀意；仍然住在青岛，似乎专为等着“秋老虎”，其愚或可及，其穷定不可及。有钱的能征服自然，没钱的蛤蟆垫桌腿而已。

可是等暑之流也有得意之处：八月中若来个远地朋友，箱中带着毛衣，手不持扇，刚一下车便满身是汗，抢过我的扇子，连呼“这里也这么热！”我乃似笑非笑，徐道经验，有如圣人，乐得心中发痒。

若是这位可怜的朋友叨唠上没完，不怨自己缺乏经验，而充分的看不起青岛，我可必得为青岛辩护，把六七月间的光景如诗一般的述说，仿佛青岛是我家里的。心理的变化与矛盾有如是者，此我之所以每每看不起自己者也。

（原载 1935 年 8 月 26 日《青岛民报·避暑录话》）

“完了”

“避暑录话”原定共出十期，今天这是末一次；有中秋节在这儿拦着，即使有力继续也怪不好意思。广东月饼和青岛避暑似乎打不到一气。

完了就完了吧，没有什么可说的，也不必多说什么。原没打算以此治国平天下，今天也就用不着以“呜呼”收场，以示其一片忠心。至于这十期的作品是好是坏，我们愿听别人批评，自己不便于吹，也不便于贬。天下大事都有英雄俊杰在那儿操心，我们只向文海投了块小石，多少起些波圈，也正自不虚此“避”。若一定得说说，我们曾为这小刊物出过几身汗倒是真的。刊物小并不就容易，用五六百字写一篇东西，有时比写万言书还难一些。要好，要漂亮，要完整，要有意思，就凭那么五六百个字？为录避暑之话而出汗，自己找罪受而已；往好里说，这是我们努力，可是谁肯给自己叫好呢。

还有一层也须说到，因为这只有我们自己晓得：我们的避暑原是带手儿的事，我们在青岛都有事作。在这里，我们并不能依照“避暑生活”去消磨时日；况且我们也没都能在青岛过这一夏呢。克家早早的就回到乡间，亚平是到各处游览山水，少侯上了北平，伯箫赶回济南……这就又给了许多困难：短文既不易作，而有事者有事，行路者行路，不幸而有三两位交白卷，塌台乃必不可免。我们不想夸奖自己，可是说到这儿没法不自己喝声彩了。事实胜于雄辩，我们说十期就出了十期，而且每期是满膛满馅！这必得说是我们的纪律不错。在艺术里，演剧与奏乐必须有纪律，“随便”一定失败。文艺也须有纪律还是由办这小刊物得来的经验与觉悟，文人相轻，未必可信；而杂牌军队，必难取胜。于此又来了点感想：假设能有些文人，团结起来，共同负责办一个刊物，该谁写就写，该修改就得去修改，相互鼓励，也彼此批评，不滥收外稿，不乱拉名家，这个刊物或者能很出色。“避暑录话”未能把这些都办到，可是就这短短时期的经过，可以断定这个企冀不是全无可能。纪律是头一件该注意的事，自然也是最难的事。

无论怎说吧，“避暑录话”到了“完了”的时候，朋友散归四方，还在这儿的也难得共同写作的机会，想起来未免有些恋恋不舍。明年，谁知道明年夏天都准在什么地方呢；这个小刊物就似乎更可爱了，即使这完全是情愿上的。

“完了！”

（原载 1935 年 9 月 15 日《青岛民报·避暑录话》第十期）

我的暑假

暑假是我最忙的时候。有十年了吧，我没有歇过夏。平均的算来，过去的十年中，每年写出一本十万字上下的小说，都是在暑假里写的。即使不能写完，大部分总是在暑假中写成的。

这样，我总得感谢我的职业。设若我不当教书匠，而是，比如说，当邮差或银行的行员，我一定得不到这么长的暑假，也就找不出时间来写小说。同时，我对于教书又感到痛苦：既教书，就得卖力气，不管自己的学识如何，总求无愧于心。这么着，平日的时间便完全花费在上课与预备功课上，非到暑假不能拿笔写自己的东西。暑假本该休息，我反忙起来，于是生活成了老驴拉磨式的，一年到头的老转圈儿。我的身体自幼儿就不强壮，这样拉磨更不会有健壮起来的希望。我真盼望能爽快的休息一个暑假，假如还得教书的话；或者完全不教书而去专心写作。不过呢，经济的压迫使我不敢放弃教书；同时，趣味所在又使我不忍完全放弃写作。啊！恐怕一二年内，我还得拉磨吧，往好里说，这叫作努力；实际说来，这是“玩命”！

暑假快到，我又预备拿笔了，努力还是玩命？谁管它，活一天干一天的活吧。

（原载1936年6月《青年界》第十卷第一号）

鬼与狐

我所见过的鬼都是鼻眼俱全，带着腿儿，白天在街上蹓跶的。夜间出来活动的鬼，还未曾遇到过；不是他们的过错，而是因为我不敢走黑道儿。平均的说，我总是晚上九点后十点前睡觉，鬼们还未曾出来；一睁眼就又天亮了，据说鬼们是在鸡鸣以前回家休息的。所以我老与鬼们两不照面，向无交往。即使有时候鬼在半夜扒着窗户看看我，我向来是睡得如死狗一般，大概他们也不大好意思惊动我。据我推测，鬼的拿手戏是在吓唬人；那么，我夜间不醒，他也就没办法。就是他想一口冷气把我吹死，到底未能先使我的头发立起如刺猬的样子，他大概是不会过瘾的。

假若黑夜的鬼可以躲避，白天的鬼倒真没法儿防备。我不能白天也老睡觉。只要我一上街，总得遇上他。有时候在家中静坐，他会找上门来。夜里的鬼并不这样讨人嫌。还有呢，夜间的鬼有种种奇装异服与怪脸面，使人一见就知道鬼来了，如披散着头发，吐着舌头，走道儿没声音，和驾着阴风等等。这些特异的标帜使人先有个准备，能打呢就和他开仗，如若个子太高或样子太可怕呢，咱就给他表演个二百米或一英里竞走，虽然他也许打破我的纪录，而跑到前面去，可是到底我有个希望。白天的鬼，哼，比夜间的要厉害着多少倍，简直不知多少倍。第一，他不吐舌头，也不打旋风；他只在你不留神的时候，脚底下一绊，你准得躺下。他的样子一点也不见得比我难看，十之八九是胖胖的，一肚子鬼胎。他要能吓唬你，自然是见面就"虎"一气了；可是一般的说，他不"虎"，而是嬉皮笑脸的讨人喜欢，等你中了他的计策之后，你才觉出他比棺材板还硬还凉。他与夜鬼的分别是这样：夜鬼拿人当人待，他至多不过希望拉个替身；白日鬼根本不拿人当人，你只是他的诡计中的一个环节，你永远逃不出他的圈儿。夜鬼大概多少有点委屈，所以白脸红舌头的出出恶气，这情有可原。白日鬼什么委屈也没有，他干脆要占别人的便宜。夜鬼不讲什么道德，因为他晓得自己是鬼；白日鬼很讲道德，嘴里讲，心里是男盗女娼一应俱全。更厉害的是他比夜鬼的心眼多，他知道怎样有组织，用大家的势力摆下迷魂大阵，把他所要收拾的一一的捉进阵去。在夜鬼的历史里，很少有大头鬼、吊死鬼等等联合起来作大规模运动的。白日鬼可就两样了，他们永远有团体，有计划，使你躲开这个，躲不开那个，早晚得落在他们的手中。夜鬼因为势力孤单，他知道怎样不专凭势力，而有时也去找个清官，如包老爷之流，诉诉委屈，而从法律上雪冤报仇。白日鬼不讲这一套，世上的包老爷多数死在他们的手里，更不用说别人了。这种鬼的存在似乎专为害人，就是害不死人，也把人气死。他们什么也晓得，只是不晓得怎样不讨厌。他们的心眼很复杂，很快，很柔软——像块皮糖似的怎揉怎合适，怎方便怎去。他们没有半点火气，地道的纯阴，心凉得像块冰似的，口中叼着大吕宋烟。

这种无处无时不讨厌的鬼似乎该有个名称，我想"不知死的鬼"就很恰当。这种鬼虽具有人形，而心肺则似乎不与人心人肺的标本一样。他在顶小的利益上看出天大的甜头，在极黑暗的地方看出美，找到享乐。他吃，他唱，他交媾，他不知道死。这种玩艺们把世界弄成了鬼的世界，有地狱的黑暗，而无其严肃。

鬼之外，应当说到狐。在狐的历史里，似乎女权很高，千年白狐总是变成妖艳的小娘子——可惜就是有时候露出点小尾巴。虽然有时候狐也变成白发老翁，可是究竟是老翁，少壮的男狐精就不大听说。因此，鬼若是可怕，狐便可怕而又可喜，往往使人舍不得她。她浪漫。

因为浪漫，狐似乎有点傻气，至少比"不知死的鬼"傻多了。修炼了千年或更长的时间才能化为人形，不刻苦的继续下工夫，却偏偏为爱情而牺牲，以至被张天师的张手雷打个粉碎，其愚不可及也。况且所爱的往往不是有汽车高楼的痴胖子，而是风流年少的穷书生；这太不上算了，要按着世上女鬼的逻辑说。

狐的手段也不高明。对于得罪他们的人，只会给饭锅里扔把沙子，或把茶壶茶碗放在厕所里去。这种办法太幼稚，只能恼人而不叫人真怕他们。于是人们请来高僧或捉妖的老道，门前挂上符咒，老少狐仙便即刻搬家。在这一点上，狐远不及鬼，更不及白日的鬼。鬼会在半夜三更叫唤几声，就把人吓得藏在被窝里出白毛汗，至少得烧点纸钱安慰安慰冤魂。至于那白日鬼就更厉害了，他会不动声色的，跟你一块吃喝的工夫，把你送到阴间去，到了阴间你还不知道是怎回事呢。

我以为说鬼说狐的故事与文艺大概多数的是为造成一种恐怖，故意的供给一种人为的哆嗦，好使心中空洞的人有些一想就颤抖的东西——神经的冷水浴。在这个目的以外，也许还有时候含着点教训，如鬼狐的报恩等等。不论是怎样吧，写这样故事的人大概都是为避免着人事，因为人事中的阴险诡诈远非鬼所能及；鬼的能力与心计太有限了，所以鬼事倒比较的容易写一些。至于鬼狐报恩一类的事，也许是求之人世而不可得，乃转而求诸鬼狐吧。

（原载 1936 年 7 月 1 日《论语》第九十一期）

代语堂先生拟赴美宣传大纲

话说林语堂先生，头戴纱帽盔，上面两个大红丝线结子；遮目的是一对崂山水晶墨镜，完全接近自然，一点不合科学的制法。身上穿着一件宝蓝团龙老纱大衫，铜钮扣，没有领子——因为反对洋服的硬领，所以更进一步的爽性光着脖子。脚上一双青大缎千层底圆口皂鞋，脚脖儿上豆青的绸带扎住裤口。右手里一把斑竹八根架纸扇，一面画的是淡墨山水，一面自己写的一小段舒白香游山日记——写得非常的好，因为每个字旁都由林先生自己画了双圈。左手提着云南制的水烟袋，托子是珐琅的，非常的古艳。

林先生的身上自然还有别的东西，一一的说来未免有点烦絮；总而言之，他身上没有一件足以惹人怀疑是否国产的物品。这倒不全为提倡国货；每一件东西都是顶古雅精美的，顺手儿也宣传着东方文化。

林先生本打算雇一条带帆的渔船，或西湖上的游艇，在太平洋里一面钓着鱼，一面缓缓前进。这个办法既足以证实他的艺术生活，又足以使两个老渔夫或一对船娘能自食其力的挣口饭吃——后者恐怕是这个计划的主要目的。不过，即使大家都不怕慢，走上三五个月满不在乎，可是小船——虽然是那么有画意——恐怕干不过海洋里的风浪。真要是把老渔夫或船娘都喂了海鱼，未免有悖于人道主义。算了吧，只好坐海船吧。

为减少轮船上的俗气与洋味，林先生带着个十岁的小书童：头上梳着两个抓髻，系着鲜红的头绳。林先生坐在甲板上的藤椅上，书童捧着瑶琴一旁侍立。琴上无弦，省得去弹；只是个“意思”而已。

一“海”无话，林先生吃得胖胖的，就到了美国。船一到码头，新闻记者如蜜蜂一般拥上前来，全是找林先生的。林先生命书童点起檀香，提着景泰蓝香炉在前引路，徐徐的前进。新闻记者围上前来，林先生深感不快，乃曼声曰：“吾乃——‘吾国吾民’之著者是也！没别的可说！”众畏其威，乃退。不过，林先生的相，在他没甚留神的时候，已被他们照了去；在当日的晚报就登印出来。

歇兵三日，林先生拟出宣传大纲：

一、男人应否怕老婆——阳纲不振为西方文化之大毛病。予之来所以使懦夫立也——林先生的文字是文言与白话两掺着的，特别是在草拟大纲的时候。公鸡打鸣，母鸡生蛋，天然有别。不可强易。男女平等，本是男的种田，女的纺线，各尽其职之谓。反之，像英美各国，男儿拼命挣钱，老婆不管洗衣作饭；哪道婚姻，什么平等！妇道不修，于是在恋爱之前已打听好怎样离婚，以便争取生活费，哀哉！中国古圣先贤都说夫为妻纲，已预知此害；西方无此种圣人，故大吃其亏。宜速迎东方活圣人一位，封为国师！

二、男人怎样可以不怕老婆——在今日的中国，怕老婆者穿洋服。与夫人同行，代她拿伞，抱孩子。洋服者，西洋之服，自古已然，怕老婆非一日矣！为今之计，西洋男子应马上改穿中服，以免万劫茫茫。中服威严，虽贾波林穿上亦无局促瘦窘之相。望而生畏，女人不敢大发雌威矣。中服舒服，男人知道求舒服，女人即知责任之所在；反之，自上锁镣，硬领皮鞋，以示甘受苦刑，则女人见景生情，必使跪着顶灯！猛醒吧，西洋男子！中服使人安详自在。气度安详，则威而不猛，增高身分。譬若老婆发了命令，穿大衫之丈夫可漫应之，Yes，dear；而许久不动，直至对方把命令改成央求，乃徐徐起立。穿西服之丈夫鲜能为此：洋服表示干净利落之精神，一闻令下，必须疾驱而前，显出敏捷脆快；Yes，dear，未及说完，早已一道闪光而去，脸上笑容充满宇宙。久之，夫人并发令之劳且厌之，而眉指颐使，丈夫遂成了专看眼神的动物！这还了得，西洋男子必须革命！

三、中西文化及其苍蝇——东方人的闲适，使苍蝇也得到自由；西方人的固执，苍蝇大受压迫。世界大同，虽是个理想，但总有实现之一日。以苍蝇言，在大同主义之下，必有其东方的自由，而受过西方科学的洗礼；“明日”之苍蝇必为消毒的苍蝇，活泼泼的而不负传染恶疾的责任。此事虽小，足以喻大；明乎此，可与言东西文化之交映成辉矣。（此项下还有许多节目，如中西文化及其蜈蚣，中西文化及其青蛙等，即不备录。）

四、东西的艺术及其将来：西方的艺术大体上说来，总免不了表现肉感，裸体画与雕刻是最明显的例子。东方的艺术，反之，却表现着清涤肉感，而给现实生活一些云烟林水之气。由这一点上来看，西方的精神是斑斓猛虎，有它的猛勇，活跃，及直爽；东方的精神是淡远的秋林，有它的安闲，静恬，及含蓄。这样说来，仿佛各有所长，船多并不碍江。可是细那么一想，则东方的精神实在是西方文化的矫正，特别是在都市文化发达到出了毛病的时候——像今日。西方今日之需要静恬，就是没别的更好的办法，至少也须常常看到一种秋江夕照的图画（如林先生扇子上所画的那个），常常听到一种平沙落雁的音乐，而把客厅里悬着的大光眼儿，二光眼儿，一律暂时收起。光屁股艺术有它的直爽与健康，但乐园的亚当与夏娃并非只以一丝不挂为荣，还有林花虫蝶之乐。况且假若他俩多注意些花鸟之趣，而一心无邪，恐怕到如今还住在那里——闲着画几幅山水儿什么的，给天使们鉴赏，岂不甚好？！

五、吾国与吾民——有书为证，顶好大家手执一册，焚香静读，你们多得些知识，我多收点版税，两有益的事儿。

六、幽默的意义与技巧——专为美国大学生讲；女生暂不招待，以使听完不懂得发笑，大杀风景。

七、中国今日的文艺——专为研究比较文学的讲演，听讲时须各携烟斗或香烟与洋火。讲题：(1)《论语》的创始与发展。(2)《人间世》的生灭。(3)《宇宙风》怎样刮风。

（原载 1936 年 8 月《逸经》第十一期）

相　片

在今日的文化里，相片的重要几乎胜过了音乐、图画与雕刻等等。在一个摩登的家庭里，没有留声机，没有名人字画，没有石的或铜的刻像，似乎还可以下得去；设若没几张相片，或一二相片本子，简直没法活下去！不用说是一个家庭，就是铺户、旅馆、火车站、学生宿舍，没有相片就都不像一回事。电车上“谨防扒手”的下面要是没有几片四寸的半身照相，就一定显着空洞。水手们身上要是不带着几张最写实不过的妖精打架二寸艺术照相，恐怕海上的生活就要加倍难堪了。想想看，一个设备很完全的学校，而没有年刊或同学录，一个政府机关里而没有些张窄长的这个全体与那个周年的相片！至于报纸与杂志，哼，就是把高尔基的相误注为托尔斯泰的，也比空空如也强！投考、领护照、定婚、结婚、拜盟兄弟，哪一样可以没有相片？即使你天生来的反对照相，你也得去照；不然，你就连学校也不要入，连太太也不用娶，你乘早儿不用犯这个牛脖子——“请笑一点”，你笑就是了。儿童、妇女、国货、航空，都有“年”。年，究竟是年，今年甲子，明年乙丑，过去就完事；至于照相，这个世纪整个的是“照相世纪”；想想，你逃得出去吗？

还是先说家庭吧。比如你的屋中挂着名家的字画，还有些古玩，雅是雅了，可是第一你就得防贼，门上加双锁，窗上加铁栅，连这样，夜间有个风声草动，你还得咳嗽几声；设若是明火，进来十几位蒙面的好汉，大概你连咳嗽也不敢了。这何苦呢？相片就没这种危险，谁也不会把你父亲的相偷去当他的爸爸，这不是实话么？

就满打没这个危险，艺术作品或古玩也远不及相片的亲切与雅俗共赏。一张名画，在普通的人眼中还不如理发馆壁上所悬的“五福临门”，而你的朋友亲戚不见得没有普通人。你夸奖你的名画，他说看不上眼，岂不就得打吵子？相片人人能看得懂，而且就是照得不见佳也会有人夸好。比如令尊的相片加了漆金框悬在墙上，多么笨的人也不会当着你的面儿说：“令尊这个相还不如五福临门好看！”绝对不会。即使那个相真不好看，人家也得说：“老爷子福相，福相！”至不济，也会夸奖句：“框子配得真好！”

以此类推，尊家自己，尊夫人，令郎令媛，都有相片，都能得到好评，这够多么快活呢？！况且相片遮丑，尊家面上的麻子，与尊夫人脸上的小沙漠似的雀斑，都不至于照上；你自己看着起劲，朋友们也不必会问：“照片上怎么忘掉你的麻子？”站在一张图画前面，不管懂与否，谁都想批评批评，为表示自己高明，当着一个人，谁也不愿对他的面貌发表意见；看相片也是如此。

有相片就有话说，不至于宾主对愣着。

“这是大少爷吧？”

“可不是！上美国读书去了。”

“近来有信吧？”

打这儿，就由大少爷谈到美国，又由美国谈回来，碰巧了就二反投唐再谈回美国去，话是越说越多，而且可以指点着相片而谈，有诗为证：句句是真，交情乃厚。

最好是有一二相片本子。提到大少爷，马上拿出本子来：

“这是他满月时候照的，他生在福州，那时先严正在福州做官。”话又远去了，足够写三四本书的。假若没有这可宝贵的本子，你怎好意思突乎其来的说：先严在福州做过官？而使朋友吓一跳，当是你的脑子有毛病。

遇上两位话不投缘，而屡有冲突起来的危险的客人，相片本子——顶好是有两本——真是无价之宝。一看两位的眼神不对，你应当很自然的一人递给一本。他们正在，比如说，为袁世凯是否伟人而要瞪眼的时候，你把大少爷生在福州，和二小姐已经定婚的照片翻开，指示给他们。他们一个看福州生的胖小子，一个看将要成为新娘子的二小姐，自然思想换了地方，一人问你一套话，而袁世凯或者不成为问题了。要不然，这个有很大的危险。假若你没有相片本子，而二位抓住袁世凯不撒手，你要往折中里一说，说二位各有各的理，他们一定都冲着你来了；寡不敌众，你没调停好，还弄一鼻子灰。你要是向着一边说话，不用说，那就非得罪一边不可，也许因此而飞起茶碗——在你家里，茶碗自然是你的。你要是一声不出，听着他们吵，赶到彼此已说无可说而又不想打架的时候，他们就会都抱怨你不像个朋友。你若是不分青红皂白而把客人一齐逐出去，那就更糟，他们也许在你的门口吵嚷一阵，而同声的骂你不懂交情。总之，你非预备两个本子不可！

赶到朋友多的时候，你只有一张嘴，无论如何也应酬不过来，相片本子可以替你招待客人。找那不爱说话的，和那顶爱说话的，把本子送过去；那位一声不出的可以不至死板板的坐在那里，那位包办说话的也不好再转着弯儿接四面八方的话。把这两极端安置好，你便可以从容对付那些中庸的客人了。这比茶点果子都更有效。爱说话的人，宁可牺牲了点心，也不放弃说话。至于茶，就更不挡事；爱说话的人会一劲儿的说，直等茶凉了，一口灌下去，赶紧接着再说。果子也不行，有人不喜欢吃凉的，让到了他，他还许摆出些谱儿来：“一向不大动凉的，不过偶尔的吃一个半个的，假如有玫瑰香葡萄之类！”你听，他是挖苦你没预备好果子。相片本子既比茶点省钱，又不至被人拒绝，大概谁也不会说，“一向讨厌看相片！”

相片里有许多人生的姿体，打开一本照相，你可以有许多带着感情的话。假若你现在的事由不如从前了，看着相片，你可以对友人说：“这是前十年的了，那时候还不像这么狼狈！”这种牢骚是哀而不伤的，因为现在狼狈，并不能抹杀过去的光荣，回忆永是甜美的，对于兄弟儿女，都能起这种柔善的感情：“看，这是当年的老六，多么体面，谁能想到他会……”你虽然依旧恨着老六，可是看着当年的照片，你到底想要原谅他。看着相片说些富有感情的话，你自己痛快，别人听着也够味儿。设若你会作诗的话，顶好在相片边题上些小诗，就更见出人生的味道。

不过，有些相片是不好摆进本子去的，你应当留神。歪戴帽或弄鬼脸的，甚至于扮成十三妹的相片，都可以贴上，因为这足以表示你颇天真，虽然你在平日是个完全的君子人，可是心田活泼泼的，也能像孩子般的淘气，这更见英雄的本色。至于背着尊夫人所接到的女友小照，似乎就不必公开的展览。爽直是可贵的，可是也得有个分寸。这个，你自然晓得；不过，我更嘱咐你一句：这类的相片就是藏起来也得要十分的严密，太太们对这种玩艺是特别注意的。

（原载1936年9月《逸经》第十三期）

婆婆话

一位友人从远道而来看我，已七八年没见面，谈起来所以非常高兴。一来二去，我问他有了几个小孩？他连连摇头，答以尚未有妻。他已三十五六，还作光棍儿，倒也有些意思；引起我的话来，大致如下：

我结婚也不算早，作新郎时已三十四岁了。为什么不肯早些办这桩事呢？最大的原因是自己挣钱不多，而负担很大，所以不愿再套上一份麻烦，作双重的马牛。人生本来是非马即牛，不管是贵是贱，谁也逃不出衣食住行，与那油盐酱醋。不过，牛马之中也有些性子刚硬的，挨了一鞭，也敢回敬一个别扭。合则留，不合则去，我不能在以劳力换金钱之外，还赔上狗事巴结人，由马牛降作走狗。这么一来，随时有卷起铺盖滚蛋的可能，也就得有些准备：积极的是储蓄俩钱，以备长期抵抗；消极的是即使挨饿，独身一个总不致灾情扩大。所以我不肯结婚。卖国贼很可以是慈父良夫，错处是只尽了家庭中的责任，而忘了社会国家。我的不婚，越想越有理。

及至过了三十而立，虽有桌椅板凳亦不敢坐，时觉四顾茫然。第一个是老母亲的劝告，虽然不明说："为了养活我，你牺牲了自己，我是怎样的难过！"可是再说硬话实在使老人难堪；只好告诉母亲：不久即有好消息。君子一言，驷马难追；一透口话，就满城风雨。朋友们不论老少男女，立刻都觉得有作媒的资格，而且说得也确是近情近理；平日真没想到他们能如此高明。最普遍而且最动听的——不晓得他们都是从哪儿学来的这一套？——是：老光棍儿正如老姑娘。独居惯了就慢慢养成绝户脾气——万要不得的脾气！一个人，他们说，总得活泼泼的，各尽所长，快活的忙一辈子。因不婚而弄得脾气古怪，自己苦恼，大家不痛快，这是何苦？这个，的确足以打动一个卅多岁，对世事有些经验的人！即使我不希望升官发财，我也不甘成为一个老别扭鬼。

那么经济问题呢？我问他们。我以为这必能问住他们，因为他们必不会因为怕我成了老绝户而愿每月津贴我多少钱。哼，他们的话更多了。第一，两个人的花销不必比一个人多到哪里去；第二，即使多花一些，可是苦乐相抵，也不算吃亏；第三，找位能挣些钱的女子，共同合作，也许从此就富裕起来；第四，就说她不能挣钱，而且多花一些，人生本来是经验与努力，不能永远消极的防备，而当努力前进。

说到这里，他们不管我相信这些与否，马上就给我介绍女友了。仿佛是我决不会去自己找到似的。可是，他们又有文章。恋爱本无须找人帮忙，他们晓得；不过，在恋爱期间，理智往往弱于感情；一旦造成了将错就错的局面，必会将恩作怨，糟糕到底。反之，经友人介绍，旁观者清，即使未必准是半斤八两，到底是过了磅的有个准数。多一番理智的考核，便少一些感情的瞎碰。双方既都到了男大当娶，女大当聘之年，而且都愿结婚，一经介绍，必定郑重其事的为结婚而结婚，不是过过恋爱的瘾，况且结婚就是结婚；所谓同居，所谓试婚，所谓解决性欲问题，原来都是这一套。同居而不婚，也得两人吃饭，也得生儿养女；并不因为思想高明，而可以专接吻，不用吃饭！

我没了办法。你一言，我一语，说得我心中闹得慌。似乎只有结婚才能心静，别无办法。于是我就结了婚。

到如今，结婚已有五年，有了一儿一女。把五年的经验和婚前所听到的理论相证，倒也怪有个味儿。

第一该说脾气。不错，朋友们说对了：有了家，脾气确是柔和了一些。我必定得说，这是结婚的好处。打算平安的过活必须采纳对方的意见，阳纲或阴纲独振全得出毛病；男女同居，根本需要民治精神，独裁必引起革命；努力于此种革命并不足以升官发财，而打得头破血出倒颇悲壮而泄气。彼此非纳着点气儿不可，久而久之都感到精神的胜利，凡事可以和平解决，夫妇俱可成圣矣。

这个，可并不能完全打倒我在婚前的主张：独身气壮，天不怕地不怕；结婚气馁，该瞅着的就得低头。我的顾虑一点不算多此一举。结了婚，脾气确是柔和了，心气可也跟着软下来。为两个人打算，绝不会像一人吃饱天下太平那么干脆。于是该将就者便须将就，不便挺起胸来大吹浩然之气，恋爱可以自由，结婚无自由。

朋友们说对了。我也并没说错。这个，请老兄自己去判断，假如你想结婚的话。

第二该说经济。现在，如果再有人对我说，俩人花钱不见得比一人多，我一定毫不迟疑的敬他一个嘴巴子。俩人是俩人，多数加 S，钱也得随着加 S。是的，太太可以去挣钱，俩人比一人挣的多；可是花得也多呀。公园，电影场，绝不会有“太太免票”的办法，别的就不用说了。及至有了小孩，简直的就不能再有什么预算决算，小孩比皇上还会花钱。太太的事不能再作，顾了挣钱就顾不了小孩，因挣钱而把小孩养坏，照样的不上算；好，太太专看小孩，老爷专去挣钱，小孩专管花钱，不破产者鲜矣。

自然小孩会带来许多快乐，作了父母的夫妻特别的能彼此原谅，而小胖孩子又是那么天真可爱。单单的伸出一个胖手指已足使人笑上半天。可是，小胖子可别生病；一生病，爸的表，娘的戒指，全得暂入当铺，而且昼夜吃不好，睡不安，不亚于国难当前。割割扁桃腺，得一百块！幸亏正是扁桃腺，这要是整个的圆桃，说不定就得上万！以我自己说，我对儿女总算不肯溺爱，可是只就医药费一项来说，已经使我的肩背又弯了许多。有病难道不给治么？小孩真是金子堆成的。这还没提到将来的教育费——谁敢去想，闭着眼瞎混吧！

有人会说喽，结婚之后顶好不要小孩呀。不用听那一套。我看见不少了，夫妻因为没有小孩而感情越来越坏，甚至去抱来个娃娃，暂时敷衍一下。有小孩才像家庭；不然，家庭便和旅馆一样。要有小孩，还是早些有的为是。一来，妇女岁数稍大，生产就更多危险；二来，早些有子女，虽然花费很多，可是多少能早些有个打算，即使计划不能实现，究竟想有个准备；一想到将来，便想到子女，多少心中要思索一番，对于作事花钱就不能不小心。这样，夫妇自自然然的会老成一些了，要按着老法子说呢，父母养活子女，赶到子女长大便倒过头来养活父母。假如此法还能适用，那么早有小孩，更为上算。假如父亲在四十岁上才有了儿子，儿子到二十的时候，父亲已经六十了；说不定，也许活不到六十的；即使儿子应用古法，想养活父亲，而父亲已入了棺材，哪能喝酒吃饭？

这个，朋友，假若你想结婚的话，又该去思索一番。娶妻需花钱，生儿养女需花钱，负担日大，肩背日弯，好不伤心；同时，结婚有益，有子也有乐趣，即使乐不抵苦，可是生命至少不显着空虚。如何之处，统希鉴裁！

至于娶什么样的太太，问题太大，一言难尽。不过，我看出这么点来：美不是一切。太太不是图画与雕刻，可以用审美的态度去鉴赏。人的美还有品德体格的成分在内。健壮比美更重要。一位爱生病的太太不大容易使家庭快乐可爱。学问也不是顶要紧的，因为有钱可以自己立个图书馆，何必一定等太太来丰富你的或任何人的学问？据我看，结婚是关系于人生的根本问题的；即使高调很受听，可是我不能不本着良心说话，吃，喝，性欲，繁殖，在结婚问题中比什么理想与学问也更要紧。我并不是说妇人应当只管洗衣作饭抱孩子，不应读书作事。我是说，既来到婚姻问题上，既来到家庭快乐上，就乘早不必唱高调，说那些闲盘儿。这是个实际问题，是解决生命的根源上的几项问题，那么，说真实的吧，不必弄一套之乎者也。一个美的摆设，正如一个有学问的摆设，都是很好的摆设，可是未见得是位好的太太。假若你是富家翁呢，那就随便的弄什么摆设也好。不幸，你只是个普通的人，那么，一个会操持家务的太太实在是必要的。假如说吧，你娶了一位哲学博士，长得也顶美，可是一进厨房便觉恶心，夜里和你讨论康德的哲学，力主生育节制，即使有了小孩也不会抱着，你怎办？听我的话，要娶，就娶个能作贤妻良母的。尽管大家高喊打倒贤妻良母主义，你的快乐你知道。这并不完全是自私，因为一位不希望作贤妻良母的满可以不嫁而专为社会服务呀。假如一位反抗贤妻良母的而又偏偏去嫁人，嫁了人又连自己的袜子都不会或不肯洗，那才是自私呢。不想结婚，好，什么主义也可以喊；既要结婚，须承认这是个实际问题，不必弄玄虚。夫妻怎不可以谈学问呢；可是有了五个小孩，欠着五百元债，明天的房钱还没指望，要能谈学问才怪！两个帮手，彼此帮忙，是上等婚姻。

有人根本不承认家庭为合理的组织，于是结婚也就成为可笑之举。这，另有说法，不是咱们所要谈的。咱们谈的是结婚与组织家庭，那么，这套婆婆话也许有一点点用，多少的备你参考吧。

（原载 1936 年 9 月 5 日《中流》创刊号）

闲　话

妇女有妇女的聪明与本事，用不着我来操心替她们计划什么。再说呢，我这人刚直有余，聪明可差点，给男友作参谋，已往往欠妥；自己根本不是女子，给她们出主意，更非失败不可。所以我一向不谈什么妇女问题；反之，有了难事，便常开个家庭会议，问策于母亲、姐姐，和太太。每开一次家庭会议，我就觉出男女的观点是怎样的不同，而想到凡事都须征求男女的意见，才能有妥善的办法。这倒不是谁比谁高明的问题，而是男女各有各的看法，明白了这种看法的不同，才能互相了解，于事有益。往小里说，一家中能各抒所见，管保少吵几次嘴；往大里说，一国中男女公民都有机会开口，政治一定良好，至少是不偏不倚，乾坤定矣。

所以今天我要对妇女讲几句话，并不强迫那位女士一定相信我这一套，而是愿意说出我的看法，也许可以作个参考。

我所要说的不是恋爱问题，因为我看恋爱问题是个最普遍而花哨的问题，写几本书也说不完全，不说一声也可以。我要说点更实际的切近的，不是什么主义，而是一点老实话。

恋爱是梦，最好的希望都在这个梦中。结婚以后，最好的希望像雪似的逐渐消释，梦也就醒过来，原来男女并不是一对天使，而是睁开眼得先顾油盐酱醋——两夫妇早晨煮鸡子吃，因为没有盐，很可以就此开打，而且可以打得很热闹。

谁能想到，当初一天发三封情书，到而今会为这么点小事而唱起武戏来呢？！可是人生原来如此，理想老和实际相距很远；事实的惊人常使一个理想者瞪眼茫然。婚前婚后是两个世界，隔着千山万水。男女在婚前都答应下彼此须能谅解，可是一到婚后非但不能谅解，而且越来越隔膜，甚至于吵闹打架。原因是在一个是男，一个是女，一切都不相同，怎能处处融洽。据我看，最大的毛病是双方都以爱为中心，而另创起一个世界来；这个世界只有这对男女，与一些可喜的花鸟山水。事实上呢，这个世界也许在蜜月里存在数日，绝不能成本大套的往下延续。过了蜜月，我们还得回到这个老世界来。老世界里，男的有男的一段历史，女的有女的一段历史，并不能因为一结婚而把这段历史一刀两断，与以前的一切不相往来。打算彼此了解，就得在此留神：男女必须承认家庭而外，彼此还都有个社会。

在几十年前，男的打外，女的打内，女的几乎一点管不着男的，除非是特别有本事，说翻了便能和丈夫打一气的。近来，情形可就不同了：男的已知道必尊重女的，女子呢就更明白怎样管束着男的。这本来是个好现象，可是家庭间的争吵与不安往往也就因为这个。我看见不止一次了，太太想尽力去争女权，把丈夫管得笔管一般直顺。哪知道这笔管一旦弯起来，才弯得奇怪！

现在的社会显然是个畸形的，虽然都吵嚷女权，可是女子实在没有得到什么。将来的社会，无疑的，是要平均的发展；一个人就是一个人，不管是男是女。不过，就是到了这个地步，我想男女恐怕是不能完全相同；性的变迁也许比别的都慢一些。用机器孵人已有人想到，倒还没人想使女子长胡子，男人生小孩；方法也许有，可是未免有点多此一举。那么，男女性既不易变，男的多少要比女的野一些，现在如是，将来也如是。真要是给男的都裹上小脚，老老实实的在家里看娃子，何不爽性变成女儿国，而必使男扮女装，抱着小脚哭一场？

所以，妇女们，你们必须知道男子不是个“家畜”，必须给他一些自由。自然，男子也不应当把女子看成家畜，是的；不过现在我们只说女子对男子所应有的了解，就不多说反面了。

我看见许多自居摩登的女子，以为非把男子用绳拴起像哈吧狗似的不足以表现自己的爱与摩登。他的朋友来了，桌上有果子他不敢随便让大家吃，唯恐太太不愿意。到了吃饭的时候，他得看太太的眼神才敢留友人吃饭，或是得到她的允许才能和大家出去吃小馆。朋友既不是瞎子，一回拘束，下次就不敢再来领教。这个，最教男子伤心。男子不能孤家寡人，他必须交友。对朋友，他喜欢大家不客气，桌上有果子拿起就吃，说吃饭大家站起就走。男子的粗野正是他的爽直。他不肯因陪太太而把朋友都冷淡了。家中虽有澡盆，及至朋友约去洗澡堂，他不肯拒绝。其余的事也是如此。就是不为图舒服，他也喜欢和男人们去洗澡看戏吃饭，因为男人在一处可以随便的说笑；有女子参加，他们都感到拘束。这自然一半是因为以前男女没有交际，所以彼此不会大大方方的在一块儿无拘无束的作事或娱乐；可是一半也因为男女的天性不同。在小时候，男孩或女孩占多数的时候，不就可以听到：“没有小子玩”或“不跟姑娘们玩”么？男子在婚前就有他的社会；婚后，这个社会还存在。一个朋友也许很不顺眼，可是他是男子的好友，你就不该慢待他。一个结了婚的男子总盼望他的好友太太敬重。这样，他才觉得好友与太太都能了解他，他才真能快乐。

我的一个好友住在天津。每逢我到天津，总是推门就进去；即使他没在家，他的太太也会给我预备好饭食与住处。后来，他的太太死去，他续了弦。我又因事到了天津，照旧推门进去。他在家呢。我约他去吃小馆，他看了看新太太——一位拿男人作家畜的女子。我告辞，他又看了看她，没留我。送我到门口，我看他眼中含着泪。第二天，他找到了我，拉着我的手，他说：“你必能原谅我，我知道我不愿意和她翻脸！可是，这样，我也活不下去！什么事没有她，她立刻说我不爱她，变了心。我不愿吵架，我只好作个有妻而没有朋友的人！”

据我的观察，这位太太实在不错。她的毛病是中了电影毒——爱的升华，绝岛艳迹，一口水要吞了他，两撮泥捏成一个……她相信这些，也实行这些，她自以为非常的高明，十二分的摩登。我的朋友出门去，她只给他一块钱带着，为是教他手中无钱，早早回家。不久，我的朋友就死了。

我一点没有意思说她应当完全负杀死他的责任，不过在他临危的时候，他确是说想他的头一位太太。我也一点没有意思说，结过婚的男子应当野调无腔的，把太太放在家里不管，而自己任意的在外瞎胡闹。不是，我所要说的，是男女必须互相信任，互相承认在家庭之外，彼此还都有个社会；谁也不应当拿谁作家畜。妇女是奴隶的时代已经过去了；电影片上，小说中，所形容的男哈吧狗，也过去了。即使以能调练哈吧狗为荣，为摩登的女子真能成功，充其极也不过有个哈吧狗男人而已。

（原载1936年9月6日天津《益世报·文艺周》）

我的理想家庭

一个二十多岁的小伙子，讲恋爱，讲革命，讲志愿，似乎天地之间，唯我独尊，简直想不到组织家庭——结婚既是爱的坟墓，家庭根本上是英雄好汉的累赘。及至过了三十，革命成功与否，事情好歹不论，反正领略够了人情世故，壮气就差点事儿了。虽然明知家庭之累，等于投胎为马为牛，可是人生总不过如此，多少也都得经验一番，既不坚持独身，结婚倒也还容易。于是发帖子请客，笑着开驶倒车，苦乐容或相抵，反正至少凑个热闹。到了四十，儿女已有二三，贫也好富也好，自己认头苦曳，对于年轻的朋友已经有好些个事儿说不到一处，而劝告他们老老实实的结婚，好早生儿养女，即是话不投缘的一例。到了这个年纪，设若还有理想，必是理想的家庭。倒退二十年，连这么一想也觉泄气。人生的矛盾可笑即在于此，年轻力壮，力求事事出轨，决不甘为火车；及至中年，心理的，生理的，种种理的什么什么，都使他不但非作火车不可，且作货车焉。把当初与现在一比较，判若两人，足够自己笑半天的！或有例外，实不多见。

明年我就四十了，已具说理想家庭的资格：大不必吹，盖亦自嘲。

我的理想家庭要有七间小平房：一间是客厅，古玩字画全非必要，只要几张很舒服宽松的椅子，一二小桌。一间书房，书籍不少，不管什么头版与古本，而都是我所爱读的。一张书桌，桌面是中国漆的，放上热茶杯不至烫成个圆白印儿。文具不讲究，可是都很好用，桌上老有一两枝鲜花，插在小瓶里。两间卧室，我独据一间，没有臭虫，而有一张极大极软的床。在这个床上，横睡直睡都可以，不论怎睡都一躺下就舒服合适，好像陷在棉花堆里，一点也不硬碰骨头。还有一间，是预备给客人住的。此外是一间厨房，一个厕所，没有下房，因为根本不预备用仆人。家中不要电话，不要播音机，不要留声机，不要麻将牌，不要风扇，不要保险柜。缺乏的东西本来很多，不过这几项是故意不要的，有人白送给我也不要。

院子必须很大。靠墙有几株小果木树。除了一块长方的土地，平坦无草，足够打开太极拳的，其他的地方就都种着花草——没有一种珍贵费事的，只求昌茂多花。屋中至少有一只花猫，院中至少也有一两盆金鱼；小树上悬着小笼，二三绿蝈蝈随意地鸣着。

这就该说到人了。屋子不多，又不要仆人，人口自然不能很多：一妻和一儿一女就正合适。先生管擦地板与玻璃，打扫院子，收拾花木，给鱼换水，给蝈蝈一两块绿王瓜或几个毛豆；并管上街送信买书等事宜。太太管做饭，女儿任助手——顶好是十二三岁，不准小也不准大，老是十二三岁。儿子顶好是三岁，既会讲话，又胖胖的会淘气。母女于做饭之外，就做点针线，看小弟弟。大件衣服拿到外边去洗，小件的随时自己涮一涮。

既然有这么多工作，自然就没有多少工夫去听戏看电影。不过在过生日的时候，全家就出去玩半天；接一位亲或友的老太太给看家。过生日什么的永远不请客受礼，亲友家送来的红白帖子，就一概扔在字纸篓里，除非那真需要帮助的，才送一些干礼去。到过节过年的时候，吃食从丰，而且可以买一通纸牌，大家打打“索儿胡”，赌铁蚕豆或花生米。

男的没有固定的职业；只是每天写点诗或小说，每千字卖上四五十元钱。女的也没事做，除了家务就读些书。儿女永不上学，由父母教给画图，唱歌，跳舞——乱蹦也算一种舞法——和文字，手工之类。等到他们长大，或者也会仗着绘画或写文章卖一点钱吃饭；不过这是后话，顶好暂且不提。

这一家子人，因为吃得简单干净，而一天到晚又不闲着，所以身体都很不坏。因为身体好，所以没有肝火，大家都不爱闹脾气。除了为小猫上房，金鱼甩子等事着急之外，谁也不急叱白脸的。

大家的相貌也都很体面，不令人望而生厌。衣服可并不讲究，都做得很结实朴素；永远不穿又臭又硬的皮鞋。男的很体面，可不露电影明星气；女的很健美，可不红唇卷毛的鼻子朝着天。孩子们都不卷着舌头说话，淘气而不讨厌。

这个家庭顶好是在北平，其次是成都或青岛，至坏也得在苏州。无论怎样吧，反正必须在中国，因为中国是顶文明顶平安的国家；理想的家庭必在理想的国内也。

（原载 1936 年 11 月 16 日《论语》第一百期）

有了小孩以后

艺术家应以艺术为妻，实际上就是当一辈子光棍儿。在下闲暇无事，往往写些小说，虽一回还没自居过文艺家，却也感觉到家庭的累赘。每逢困于油盐酱醋的灾难中，就想到独人一身，自己吃饱便天下太平，岂不妙哉。

家庭之累，大半由儿女造成。先不用提教养的花费，只就淘气哭闹而言，已足使人心慌意乱。小女三岁，专会等我不在屋中，在我的稿子上画圈拉杠，且美其名曰“小济会写字”！把人要气没了脉，她到底还是有理！再不然，我刚想起一句好的，在脑中盘旋，自信足以愧死莎士比亚，假若能写出来的话。当是时也，小济拉拉我的肘，低声说：“上公园看猴？”于是我至今还未成莎士比亚。小儿一岁整，还不会“写字”，也不晓得去看猴，但善亲亲，闭眼，张口展览上下四个小牙。我若没事，请求他闭眼，露牙，小胖子总会东指西指的打岔。赶到我拿起笔来，他那一套全来了，不但亲脸，闭眼，还“指”令我也得表演这几招。有什么办法呢？！

这还算好的。赶到小济午后不睡，按着也不睡，那才难办。到这么四点来钟吧，她的困闹开始，到五点钟我已没有人味。什么也不对，连公园的猴都变成了臭的，而且猴之所以臭，也应当由我负责。小胖子也有这种困而不睡的时候，大概多数是与小济同时发难。两位小醉鬼一齐找毛病，我就是诸葛亮恐怕也得唱空城计，一点办法没有！在这种干等束手被擒的时候，偏偏会来一两封快信——催稿子！我也只好闹脾气了。不大一会儿，把太太也闹急了，一家大小四口，都成了醉鬼，其热闹至为惊人。大人声言离婚，小孩怎说怎不是，于离婚的争辩中瞎打混。一直到七点后，二位小天使已困得动不的，离婚的宣言才无形的撤销。这还算好的。遇上小胖子出牙，那才真教厉害，不但白天没有情理，夜里还得上夜班。一会儿一醒，若被针扎了似的惊啼，他出牙，谁也不用打算睡。他的牙出利落了，大家全成了红眼虎。

不过，这一点也不妨碍家庭中爱的发展，人生的巧妙似乎就在这里。记得 Frank Harris 仿佛有过这么点记载：他说王尔德为那件不名誉的案子过堂被审，一开头他侃侃而谈，语多幽默。及至原告提出几个男妓作证人，王尔德没了脉，非失败不可了。Harris 以为王尔德必会说：“我是个戏剧家，为观察人生，什么样的人都当交往。假若我不和这些人接触，我从哪里去找戏剧中的人物呢？”可是，王尔德竟自没这么答辩，官司就算输了！

把王尔德且放在一边；艺术家得多去经验，Harris 的意见，假若不是特为王尔德而发的，的确是不错。连家庭之累也是如此。还拿小孩们说吧——这才来到正题——爱他们吧，嫌他们吧，无论怎说，也是极可宝贵的经验。

在没有小孩的时候，一个人的世界还是未曾发现美洲的时候的。小孩是科仑布，把人带到新大陆去。这个新大陆并不很远，就在熟习的街道上和家里。你看，街市上给我预备的，在没有小孩的时候，似乎只有理发馆，饭铺，书店，邮政局等。我想不出婴儿医院，糖食店，玩具铺等等的意义。连药房里的许许多多婴儿用的药和粉，报纸上婴儿自己药片的广告，百货店里的小袜子小鞋，都显着多此一举，劳而无功。及至小天使自天飞降，我的眼睛似乎戴上了一双放大镜，街市依然那样，跟我有关系的东西可是不知增加了多少倍！婴儿医院不但挂着牌子，敢情里边还有医生呢。不但有医生，还是挺神气，一点也得罪不得。拿着医生所给的神符，到药房去，敢情那些小瓶子小罐都有作用。不但要买瓶子里的白汁黄面和各色的药饼，还得买瓶子罐子，轧粉的钵，量奶的漏斗，乳头，卫生尿布，玩艺多多了！百货店里那些小衣帽，小家具，也都有了意义；原先以为多此一举的东西，如今都成了非它不行；有时候铺中缺乏了我所要的那一件小物品，我还大有看不起他们的意思：既是百货店，怎能不预备这件东西呢？！慢慢的，全街上的铺子，除了金店与古玩铺，都有了我的足迹；连当铺也走得怪熟。铺中人也渐渐熟识了，甚至可以随便闲谈，以小孩为中心，谈得颇有味儿。伙计们，掌柜们，原来不仅是站柜作买卖，家中还有小孩呢！有的铺子，竟自敢允许我欠账，仿佛一有了小孩，我的人格也好了些，能被人信任。三节的账条来得很踊跃，使我明白了过节过年的时候怎样出汗。

小孩使世界扩大，使隐藏着的东西都显露出来。非有小孩不能明白这个。看着别人家的孩子，肥肥胖胖，整整齐齐，你总觉得小孩们理应如此，一生下来就戴着小帽，穿着小袄，好像小雏鸡生下来就披着一身黄绒似的。赶到自己有了小孩，才能晓得事情并不这么简单。一个小娃娃身上穿戴着全世界的工商业所能供给的，给全家人以一切啼笑爱怨的经验，小孩的确是位小活神仙！

有了小活神仙，家里才会热闹。窗台上，我一向认为是摆花的地方。夏天呢，开着窗，风儿轻轻吹动花与叶，屋中一阵阵的清香。冬天呢，阳光射到花上，使全屋中有些颜色与生气。后来，有了小孩，那些花盆很神秘的都不见了，窗台上满是瓶子罐子，数不清有多少。尿布有时候上了写字台，奶瓶倒在书架上。大扫除才有了意义，是的，到时候非痛痛快快的收拾一顿不可了，要不然东西就有把人埋起来的危险。上次大扫除的时候，我由床底下找到了但丁的《神曲》。不知道这老家伙干吗在那里藏着玩呢！

人的数目也增多了，而且有很多问题。在没有小孩的时候，用一个仆人就够了，现在至少得用俩。以前，仆人“拿糖”，满可以暂时不用；没人作饭，就外边去吃，谁也不用拿捏谁。有了小孩，这点豪气乘早收起去。三天没人洗尿布，屋里就不要再进来人。牛奶等项是非有人管理不可，有儿方知卫生难，奶瓶子一天就得烫五六次；没仆人简直不行！有仆人就得捣乱，没办法！

好多没办法的事都得马上有办法，小孩子不会等着“国联”慢慢解决儿童问题。这就长了经验。半夜里去买药，药铺的门上原来有个小口，可以交钱拿药，早先我就不晓得这一招。西药房里敢情也打价钱，不等他开口，我就提出：“还是四毛五？”这个“还是”使我省五分钱，而且落个行家。这又是一招。找老妈子有作坊，当票儿到期还可以入利延期，也都被我学会。没功夫细想，大概自从有了儿女以后，我所得的经验至少比一张大学文凭所能给我的多着许多。大学文凭是由课本里掏出来的，现在我却念着一本活书，没有头儿。

连我自己的身体现在都会变形，经小孩们的指挥，我得去装马装牛，还须装得像个样儿。不但装牛像牛，我也学会牛的忍性，小胖子觉得“开步走”有意思，我就得百走不厌；只作一回，绝对不行。多嗜他改了主意，多嗜我才能“立正”。在这里，我体验出母性的伟大，觉得打老婆的人们满该下狱。

中秋节前来了个老道，不要米，不要钱，只问有小孩没有？看见了小胖子，老道高了兴，说十四那天早晨须给小胖子左腕上系一根红线。备清水一碗，烧高香三炷，必能消灾除难。右邻家的老太太也出来看，老道问她有小孩没有，她惨淡的摇了摇头。到了十四那天，倒是这位老太太的提醒，小胖子的左腕上才拴了一圈红线。小孩子征服了老道与邻家老太太。一看胖手腕的红线，我觉得比写完一本伟大的作品还骄傲，于是上街买了两尊兔子王，感到老道，红线，兔子王，都有绝大的意义！

（原载 1936 年 11 月 25 日《谈风》第三期）

归自北平

教书与作书各有困难。以此为业，都要受气。仿佛根本不是男儿大丈夫所当作的。借此升官发财，希望不多；专就吃饭而言，也得常杀杀裤腰带。我已有将及二十年的教书经验，书也写了十多本，这二者中的滋味总算尝透了些。拿这点资格与经历，我敢凭良心劝告别人：假如有别的路可走，总是躲着这两条为妙。就这二者而言，教书有固定的薪金，还胜于作个写家。写家虽不完全是无业游民，也差不许多。以文章说，我不敢自居为写家；以混饭说，我现在确是得算作一个。把这交待清楚，再说话才或者保险一些，不至于把真正的写家牵扯在内，而招出些是是非非。

不过，请放心，我并不想在这里道出我这样写家的一肚子委屈。我只要说一点无关紧要的小事。假若这点小事已足使我为难，别的自然不言而喻了。

今年暑后，我辞去教职，专心写作。并非看卖文是件甜事，而是只有此路可走，其余的路一概不通。

粗粗的看来，写家是满有自由的，山南海北无处不可安身。事实上一点也不这么样。我解去学校的事，马上就开了家庭会议：上哪儿去住呢？这个会议至今还没闭会，因为始终没有妥当的办法。

青岛的生活程度高，比北平——我在北平住过廿多年——要高上一倍。家庭会议的开始，大家似乎都以为有搬家的必要，而且必搬到北平。可是，一搬三穷；我没地方给全家找“免票”去，况且就是有人自动的送来，我也不肯用；我很佩服别人善用“免票”，而我自己是我自己。

可是，路费事小，日常开销事大；搬到了北平，每月用度可以省去一半，岂不还是上算着许多？

于是家庭会议派我作代表，上北平看看；我有整二年没回去了。在北平住了一星期，赶紧回来了。报告如下：北平的确是方便，而且便宜。但是正因其如此所以化钱才更多。车便宜，所以北平的友人都仿佛没有腿。饭便宜，所以大家常吃小馆。戏便宜，所以常去买票。东西便宜，所以多买。并不少化钱，可是便宜。在青岛，平均每月看一次电影，每年看一次戏，每星期坐一次车。贵，好呀，不看不听不坐，钱照旧在口袋里。日久天长，甘于寂寞，青岛海岸也足开心，用不着化钱买乐了。再说，北平朋友很多，一块儿去洗澡，看戏，上公园，闲谈，都要费时间。既仗着写作吃饭，怎能舍得工夫？还是青岛好，安静。

但是安是静不行呀。写家得有些刺激，得去多经验，得去多找材料。还是北平好吧？

没办法！有这么个地方才妙！便宜，方便，热闹而又安静。哪儿找去呢？

放下北平，我们想到上海，投稿方便，索稿费方便，而且生活紧张。可是我知道上海的生活程度是怎样的高，我也晓得一到那里我就得生病。生活紧张而自己心静，是个办法。我可是不行，人家乱，我就头晕。抹去上海！苏州很好，友人这么建议，又便宜又安静。那里一个朋友也没有，我去干吗呢？还有，我真怕南方那个天气，能整星期的不见太阳！我不到没有太阳的地方去！

最近，又想到了成都。和没想一样，假若有钱的话，巴黎岂不更好？

还是青岛好呀，居然会留住了我：多么可笑，多么别扭，多么可怜！

（原载 1936 年 12 月 1 日青岛《民众日报》）

搬　家①

一提议说搬家，我就知道麻烦又来了。住着平安，不吵不闹，谁也不愿搬动。又不是光棍一条，搬起来也省事。既然称得起“家”，这至少起码是夫妇两个，往往彼此意见不合，先得开几次联席会议，结果大家的主张不得不折衷。谁去找房，这个说，等我找到得几时，我又得教书，编讲义，写文章，而且专等星期去找；况且我男人家又粗心又马虎，还是你去吧。那个说，一个女人家东家进，西家出，“眼观六路耳听八方”都得看仔细，打听明白，就是看妥了，和房东办交涉也是不善，全权通交在一人身上，这个责任，确是不轻。

没有法子，只得第二天就去实行，一路上什么也引不起注意，就看布告牌上的招租帖，墙角上，热闹口上通都留神，这还不算。有的好房就不贴条子，也不请银行信托部来管，这可不好办。一来二去的自己有了点发现，凡是窗户上没有窗帘子，你就可拍门去问。虽然看不中意，但是比较起所看的房确是强的多。

住惯北平的房子，老希望能找到一个大院子。所以离开北平之后，无论到天津，济南，汉口，上海，以至青岛，能找到房子带个大院子，真是少有。特别是在青岛，你能找到独门独院，只花很少的租价，就简直可说没有。除非你真有腰包，可以大大的租上座全楼。

我就不喜欢一个楼，分楼上一家，楼下一家，或是楼分四家住。这样住在楼上的人多少总是占便宜的。楼下的可就倒霉。遇见清净孩子少的还好，遇见好热闹，有嗜好的，孩子多的，那才叫活糟。而且还注意同楼是不是好养狗。这是经验告诉我，一条狗得看新养的，还是旧有的。青岛的狗种，可属全世界的了，三更半夜，嚎出的声真能吓得你半夜不能安睡。有了狗群，更不得安生，决斗声，求爱声，乳狗声，比什么声音都复杂热闹。这个可不敢领教了！

其次看同楼邻居如何；人口，年龄，籍贯，职业，都得在看房之际顺口答音的，探听清楚。比如说吧，这家是南方人，老太太是湖北的，少奶奶是四川的，少爷是在港务局作事，孩子大小三个；这所楼我虽看的还合适，房

① 本篇发表时署名“非我”。

间大，阳光充足，四壁厕所厨房都干净，可是一看这家邻居，心就凉爽了。第一老太太是南方的我先怕。这并不是说对于南方的老太太有什么仇恨，而是对于她们生活习惯都合不来。也不管什么日子，黑天白日，黄钱白钱——纸钱——足烧一气，口中念念有词，我确是看不下去。再有是在门前买东西，为了一分钱，一棵菜，绝不善罢甘休买成功，必得为少一两分量吵嚷半天，小贩们脸红脖子粗的走开。少奶奶管孩子，少爷吊嗓子，你能管得着么？碰巧还架上贱价无线电，吵得你“姑子不得睡，和尚不得安”。所以趁早不用找麻烦。

论到职业上，确是重大问题。如果同楼邻居是同行，当然不必每天见面，“今天天气，哈哈哈”，或者不至于遭人白眼，扭头不屑于理“你个穷酸教书匠”，大有“道不同不相为谋”的气概。有时还特别显示点大爷就是这股子劲，看着不顺眼，搬哪！于是乎下班之后约些朋友打打小牌。越是更深人静，红中白板叫得越响，碰巧就继续到天亮，叫车送客忙了一大阵，这且不提。

你遇见这样对头最好忍受。你若一干涉，好，事情更来得重，没事先拉拉胡琴，约个人唱两出。久而久之，来个“坐打二簧”，锣鼓一齐响，你不搬家还等着什么？想用功到时候了，人家却是该玩的时候；你说明天第一堂有课，人家十时多才上班。你想着票友散了，先睡一觉，人家楼上孩子全起来了，玩橄榄球，拉凳子，打铁壶又跟上了。心中老害怕薄薄一层楼板，早晚是全军覆没，盖上木头被褥，那才高兴呢！

一封客客气气的劝告信，满希望等楼上的先生下了班，送了过去，发生点效力。一会儿楼上老妈子推门进来说，我们太太不认识字，老爷不在家，太太说不收这封信。好吧，接过来，整个丢进字纸篓里。自愧没作公安局长。

一个月后，房子才算妥当了，半年为期，没有什么难堪条件。回来对她一说，她先摇头，难道楼下你还没住够？我说，这次可担保，一定没有以前所受的流弊。房子够住，地点适宜，离学校，菜市，大街都近，而且喜欢遇到整齐的院子，又带着一个大空后院，练球，跳远，打拳都行。再说楼上只住老夫妇俩，还是教育界。她点了点头。

两辆大敞车，把所有的动产，在一早晨都搬了过去，才又发现门口正对着某某宿舍三个敞口大垃圾箱。掩鼻而过可也！

（原载 1936 年 12 月 10 日《谈风》第四期）

在青岛青年会的演讲[①]

白干事邀我到这边来，原规定是大伙坐下吃点东西，教我说个五六分钟的话，所以我预备的材料，一点也不新奇。我以前作过小学教员，小学校长，还作过督学，所以我对小学教员的情形，都知道……

今天我要说的是小学教育界的“苦处”，但“苦处”不如不说，说来恐怕有鼓吹革命的嫌疑。诸位有的不是教员，说来或者有点帮助。干小学教员，时间费得太多，劳力费得太大，他的学问，永远出卖，没有收入，不能“教学相长”，比仿给小学生判仿，若判上三年，恐怕他本人的字也退了步。因为平日事情多，精力用的也多，没有时间来再读书，这种现象，不但是教育界就连其他各界也是很危险的。再说社会，又不保险，不定那个时候失业。邮政局和银行确实办得不错，我早想作一次邮局或银行的经理，但终没有达到。记得有一个大官到某一省视察，见了一个虎背驼腰，鼻架眼镜的老警察，他立刻打了他一个嘴巴。若在外国呢？像这样的警察，早给他养老费，教他回家养老去了。但在中国，不但没有这种好的待遇，还挨了一嘴巴。干小学教员，也是没有保障，所以有一点好事，就“跳槽”。若以教育事业是神圣的上看呢，这种举动是不对的。若从待遇上和受的苦处上说，是应当的。但我不是劝人“跳槽”。若“跳槽”，没事做找我去，我可担不了。

我今天对诸位说，是怎么想法充实自己。记得十几年前，我作督学威风不小，到哪小学去，都很欢迎。月薪二百元。那时每月挣得二百元，就不容易。后来我一怒，辞职，跑到南开中学教书。只给咱五十元，咱一高兴，就干下去。一天上三个班，一星期就十八个钟头；还得改一百五六十本卷子，你想这样就没时间读书，别的事都不能作了，麻将也不打了。虽是这样忙，没有时间，但天天和书本接近，与自己有莫大的好处。比起当督学来，一本书也不念，以为督学是官，天天忙着交际应酬，还念什么书，那一股子劲歇了，所以我跑到南开是对的。若是干小学教员呢，天天盘算挣了钱，结婚。结了婚，生小孩，自想就是这样了。这态度是不对的，尤其在这国难期间，比仿学写字，不怕一天写一点钟，时候多了，就会写好，不要以为字写好了没用处……

① 本篇是作者 1937 年 1 月 10 日的演讲。

我在以前，五十二星期内，念过五十二本小说，还是在教完书，夜间念的，直累得闹肚子。当时觉得没有得到好处，后来我当了大学教授，以它们作了讲演的材料；创写小说套上它的式样，所以有知识粮食存着，不会没有用的。比仿在夜间学一点钟的外国文字，早上再念一点钟，日子久了，就会了外国文字，多一份眼睛，多得一些知识。

你们挣的钱，不过几十元，拿出来把它消耗在你所爱学的东西上，比积存要好的多。你想，在这混乱社会里生命不知何时就完，你若积钱预备娶儿媳妇，那你还是积着好。

今天随便一讲，一点也没预备，我想等到暖天再来讲一次最拿手的，或者你请我吃饭，我一定去，定有很多的话说。

（原载1937年1月11日青岛《正报》）

大明湖之春

北方的春本来就不长，还往往被狂风给七手八脚的刮了走。济南的桃李丁香与海棠什么的，差不多年年被黄风吹得一干二净，地暗天昏，落花与黄沙卷在一处，再睁眼时，春已过去了！记得有一回，正是丁香乍开的时候，也就是下午两三点钟吧，屋中就非点灯不可了；风是一阵比一阵大，天色由灰而黄，而深黄，而黑黄，而漆黑，黑得可怕。第二天去看院中的两株紫丁香，花已像煮过一回，嫩叶几乎全破了！济南的秋冬，风倒很少，大概都留在春天刮呢。

有这样的风在这儿等着，济南简直可以说没有春天；那么，大明湖之春更无从说起。

济南的三大名胜，名字都起得好：千佛山，趵突泉，大明湖，都多么响亮好听！一听到“大明湖”这三个字，便联想到春光明媚和湖光山色等等，而心中浮现出一幅美景来。事实上，可是，它既不大，又不明，也不湖。

湖中现在已不是一片清水，而是用坝划开的多少块“地”。“地”外留着几条沟，游艇沿沟而走，即是逛湖。水田不需要多么深的水，所以水黑而不清；也不要急流，所以水定而无波。东一块莲，西一块蒲，土坝挡住了水，蒲苇又遮住了莲，一望无景，只见高高低低的“庄稼”。艇行沟内，如穿高粱地然，热气腾腾，碰巧了还臭气烘烘。夏天总算还好，假若水不太臭，多少总能闻到一些荷香，而且必能看到些绿叶儿。春天，则下有黑汤，旁有破烂的土坝；风又那么野，绿柳新蒲东倒西歪，恰似挣命。所以，它既不大，又不明，也不湖。

话虽如此，这个湖到底得算个名胜。湖之不大与不明，都因为湖已不湖。假若能把“地”都收回，拆开土坝，挖深了湖身，它当然可以马上既大且明起来：湖面原本不小，而济南又有的是清凉的泉水呀。这个，也许一时作不到。不过，即使作不到这一步，就现状而言，它还应当算作名胜。北方的城市，要找有这么一片水的，真是好不容易了。千佛山满可以不算数儿，配作个名胜与否简直没多大关系，因为山在北方不是什么难找的东西呀。水，可太难找了。济南城内据说有七十二泉，城外有河，可是还非有个湖不可。泉，池，河，湖，四者俱备，这才显出济南的特色与可贵。它是北方唯一的“水城”，这个湖是少不得的。设若我们游湖时，只见沟而不见湖，请

到高处去看看吧，比如在千佛山上往北眺望，则见城北灰绿的一片——大明湖；城外，华鹊二山夹着湾湾的一道灰亮光儿

——黄河。这才明白了济南的不凡，不但有水，而且是这样多呀。

况且，湖景若无可观，湖中的出产可是很名贵呀。懂得什么叫作美的人或者不如懂得什么好吃的人多吧，游过苏州的往往只记得此地的点心，逛过西湖的提起来便念道那里的龙井茶，藕粉与莼菜什么的，吃到肚子里的也许比一过眼的美景更容易记住，那么大明湖的蒲菜，茭白，白花藕，还真许是它驰名天下的重要原因呢。不论怎么说吧，这些东西既都是水产，多少总带着些南国风味；在夏天，青菜挑子上带着一束束的大白莲花蓇葖出卖，在北方大概只有济南能这么“阔气”。

我写过一本小说——《大明湖》——在“一·二八”与商务印书馆一同被火烧掉了。记得我描写过一段大明湖的秋景，词句全想不起来了，只记得是什么什么秋。桑子中先生给我画过一张油画，也画得是大明湖之秋，现在还在我的屋中挂着。我写的，他画的，都是大明湖，而且都是大明湖之秋，这里大概有点意思。对了，只是在秋天，大明湖才有些美呀。济南的四季，唯有秋天最好，晴暖无风，处处明朗。这时候，请到城墙上走走，俯视秋湖，败柳残荷，水平如镜；唯其是秋色，所以连那些残破的土坝也似乎正与一切景物配合：土坝上偶尔有一两截断藕，或一些黄叶的野蔓，配着三五枝芦花，确是有些画意。“庄稼”已都收了，湖显着大了许多，大了当然也就显着明。不仅是湖宽水净，显着明美，抬头向南看，半黄的千佛山就在面前，开元寺那边的“橛子”——大概是个塔吧——静静的立在山头上。往北看，城外的河水很清，菜畦中还生着短短的绿叶。往南往北，往东往西，看吧，处处空阔明朗，有山有湖，有城有河，到这时候，我们真得到个“明”字了。桑先生那张画便是在北城墙上画的，湖边只有几株秋柳，湖中只有一只游艇，水作灰蓝色，柳叶儿半黄。湖外，他画上了千佛山，湖光山色，联成一幅秋图，明朗，素净，柳梢上似乎吹着点不大能觉出来的微风。

对不起，题目是大明湖之春，我却说了大明湖之秋，可谁教亢德先生出错了题呢！

（原载 1937 年 3 月《宇宙风》第三十七期）

文艺副产品

——孩子们的事情

自从去年秋天辞去了教职，就拿写稿子挣碗“粥”吃——“饭”是吃不上的。除了星期天和闹肚子的时候，天天总动动笔，多少不拘，反正得写点儿。于是，家庭里就充满了文艺空气，连小孩们都到时候懂得说：“爸爸写字吧？”文艺产品并没能大量的生产，因为只有我这么一架机器，可是出了几样副产品，说说倒也有趣：

（一）自由故事。须具体的说来：

早九点，我拿起笔来。烟吸过三枝，笔还没落到纸上一回。小济（女，实岁数三岁半）过来检阅，见纸白如旧，就先笑一声，而后说：“爸，怎么没有字呢？”

“待一会儿就有，多多的字！”

“啊！爸，说个故事？”

我不语。

“爸快说呀，爸！”她推我的肘，表示我即使不说，反正肘部动摇也写不了字。

这时候，小乙（男，实岁数一岁半，说话时一字成句，简当而有含蓄）来了，妈妈在后面跟着。

见生力军来到，小济的声势加旺：“快说呀！快说呀！”

我放下笔：“有那么一回呀——”

小乙：“回！”

小济：“你别说，爸说！”

爸：“有那么一回呀，一只大白兔——”

小乙：“兔兔！”

小济：“别——”

小乙撇嘴。

妈：“得，得，得，不哭！兔兔！”

小乙：“兔兔！”泪在眼中一转，不知转到哪里去了。

爸：“对了，有两只大白兔——”

小乙：“泡泡！”

妈："小济，快，找小盆去！"

爸："等等，小乙，先别撒！"随小济作快步走，床下椅下，分头找小盆，至为紧张，且喊且走，"小盆在哪儿？"只在此屋中，云深不知处，无论如何，找不到小盆。

妈曳小乙疾走如风，入厕，风暴渐息。

归位，小济未忘前事："说呀！"

爸："那什么，有三只大白兔——"等小乙答声，我好想主意。

小乙尿后，颇镇定，把手指放在口中。

妈："不含手指，臭！"

小乙置之不理。

小济："说那个小猪吃糕糕的，爸！"

小乙："糕糕，吃！"他以为是到了吃点心的时候呢。

妈："小猪吃糕糕，小乙不吃。"

爸说了小猪吃糕糕。说完，又拿起笔来。

小济："白兔呢？"

颇成问题！小猪吃糕糕与白兔如何联到一处呢？

门外："给点什么吃啵，太太！"

小济小乙齐声："太太！"

全家摆开队伍，由爸代表，给要饭的送去铜子儿一枚。

故事告一段落。

这种故事无头无尾，变化万端，白兔不定几只，忽然转到小猪吃糕糕，若不是要饭的来解围，故事便当延续下去，谁也不晓得说到哪里去，故定名为"自由故事"。此种故事在有小孩子的家中非常方便好用，作者信口开河，随听者的启示与暗示而跌宕多姿。著者与听者打成一片，无隔膜抵触之处。其体裁既非童话，也非人话，乃一片行云流水，得天然之美，极当提倡。故事里毫无教训，而充分运用着作者与听者的想象，故甚可贵。

（二）新蝌蚪文：

在以前没有小孩的时候，我写坏了稿纸，便扔在字纸篓里。自从小济会拿铅笔，此项废纸乃有出路，统统归她收藏。

我越写不上来，她越闹哄得厉害：逼我说故事，劝我带她上街，要不然就吃一个苹果，"小济一半，爸一半！"我没有办法，只好把刚写上三五句不像话的纸送给她："看这张大纸，多么白！去，找笔来，你也写字，好不好？"赶上她心顺，她就找来铅笔头儿，搬来小板凳，以椅为桌，开始写字。

她已三岁半，可是一个字不识。我不主张早教孩子们认字。我对于教养小孩，有个偏见——也许是"正"见：六岁以前，不教给他们任何东西；只劳累他们的身体，不劳累脑子。养得脸蛋儿红扑扑的，胳臂腿儿挺有劲，能蹦能闹，便是好孩子。过六岁，该受教育了，但仍不从严督促。他们有聪明，爱读书呢，好；没聪明而不爱读书呢，也好。反正有好身体才能活着，女的去作舞女，男的去拉洋车，大腿生活也就不错，不用着急。

这就可以想象到小济写的是什么字了：用铅笔一按，在格中按了个不小的黑点，然后往上或往下一拉，成个小蝌蚪。一个两个，一行两行，一次能写满半张纸。写完半张，她也照着爸的样子说："该歇歇了！"于是去找弟弟玩耍，忘了说故事与吃苹果等要求。我就安心写作一会儿。

（三）卡通演义：

因为有书，看惯了，所以孩子们也把书当作玩艺儿。玩别的玩腻，便念书玩。小乙的办法是把书挡住眼，口中嘟嘟嘟嘟；小济的办法是找图画念，口中唱着：一个小人儿，一个小鸟儿，又一个小人儿……

俩孩子最喜爱的一本是朋友给我寄来的一本英国卡通册子，通体都是画儿，所以俩孩子争着看。他们看小人儿，大人可受了罪，他们教我给"说"呀。篇篇是讽刺画儿，我怎么"说"呢？急中生智，我顺口答音，见机而作，就景生情，把小人儿全联到一处，成为一完整而又变化很多的故事。

说完了，他们不记得，我也不记得；明天看，明天再编新词儿。英国的首相。在我们的故事里，叫作"大鼻子"；麦克唐纳是"大脑袋"，由小乙的建议呢，凡戴眼镜儿的都是"爸"——因为我戴眼镜儿。我们的故事总是很热闹，"大鼻子叼着烟袋锅，大脑袋张着嘴，没有烟袋，大鼻子不给他，大脑袋就生气，爸就来劝，得了，别生气……"

卡通演义比自由故事更有趣，因为照着图来说，总得设法就图造事，不能三只四只白兔的乱说。说的人既须费些思索，故事自然分外的动听，听者也就多加注意。现在，小乙不怕是把这本册子拿倒了，也能指出哪个是英国首相——"鼻！"歪打正着，这也许能帮助训练他们的观察能力；自然，没有这种好处，我们也都不在乎；反正我们的故事很热闹。

（四）改造杂志：

我们既能把卡通给孩子讲通了，那么，什么东西也不难改造了。我们每月固定的看《文学》,《中流》,《青年界》,《宇宙风》,《论语》,《西风》,《谈风》,《方舟》；除了《方舟》是定阅的，其余全是赠阅的。此外，我们还到小书铺里去"翻"各种刊物，看着题目好，就买回来。无论是什么刊物吧，都是先由孩子们看画儿，然后大人们念字。字，有时候把大人憋住，怎念怎念不明白。画，完全没有困难。普式庚的像，罗丹的雕刻，苏联的木刻……我们都能设法讲解明白了。无论什么严重的事，只要有图，一到我们家里便变成笑话。所以我们时常感到应向各刊物的编辑道歉，可是又不便于道歉，因为我们到底是看了，而且给它们另找出一种意义来呀。

（五）新年特刊：

这是我们家中自造的刊物：用铜钉按在墙上，便是壁画；不往墙上钉呢，便是活页的杂志。用不着花印刷费，也不必征求稿件，只须全家把“画来——卖画”的卖年画的包围住，花上两三毛钱，便能五光十色的得到一大堆图画。小乙自己是胖小子，所以也爱胖小子，于是胖小子抱鱼——“富贵有余”——胖小子上树——摇钱树——便算是由他主编，自成一组。小济是主编故事组：“小叭儿狗会擀面”，“小小子坐门墩”，“探亲相骂”……都由她收藏管理，或贴在她的床前。戏出儿和渔家乐什么的算作爸与妈的，妈担任说明画上的事情，爸担任照着戏出儿整本的唱戏，文武昆乱，生末净旦丑，一概不挡，烦唱哪出就唱哪出。这一批年画儿能教全家有的说，有的看，有的唱，热闹好几个月。地上也是，墙上也是，都彩色鲜明，百读不厌。我们这个特刊是文艺、图画、戏剧、歌唱的综合；是国货艺术与民间艺术的拥护；是大人与小孩的共同恩物。看完这个特刊，再看别的杂志，我们觉得还是我们自家的东西应属第一。

好啦，就说到此处为止吧。

（原载 1937 年 5 月 1 日《宇宙风》第四十期）

投　稿

先声明，我并不轻视为投稿而作文章的人，因为我自己便指着投稿挣饭吃。

这，却挡不住我要说的话。投稿者可以就是文艺家，假若他的稿子有文艺的价值。投稿者也许成不了个文艺家，假若他专为投稿而投稿。专为投稿而投稿者，第一要审明刊物的性质，以期一投而中。刊物要什么文章，他便写什么文章，于是他少不得就不懂而假充懂，可以写非洲探险，也可以写家庭常识，而究其实则一无所知。第二要看清刊物所特喜的文字，幽默或严肃，激烈或温柔，随行市而定自己的喜怒哀乐，文字合格恰巧也就是感情的虚晃一刀，并无真实力量。有此二者，事不深知，文字虚浮，乃成毛病。

有志文艺的青年，往往以投稿为练习，东一小篇，西一小篇，留神刊物某某特辑的征文启事，揣摩着某某编辑所喜的风格，结果：东一小篇，西一小篇，都发表出来，而失去自己——连灵魂带文字一齐送给了模仿——投机，这是最吃亏的事。练习是必需的，但是这样以刊物编辑的标准为标准，只能把自己送了礼，而落下了一股子新闻气在笔尖上。编辑只管一个刊物，并非文艺之神，不可不知。

为拿稿费，自然也是投稿的动机之一——连我自己也这样，并不怎么可耻；吃饭本是人生头一件大事。但是越为要钱，便越紧追着编辑先生们，甚至有时造些谣言以博编辑的欢心及读者的一笑，这便连人格也丢了。

好文章到底是好文章，它总会一鸣惊人，连编辑也没法不打自己的嘴巴。使编辑先生瞪眼的东西而不被录用，那是编辑先生的错儿。使编辑先生搭拉着眼皮去看的东西，就是回回发表出来也没什么光荣。练习你自己的吧，不必管刊物和编辑。你要成一只会高飞的鹰，莫作被抽击才会转动的陀螺。

（原载 1937 年 5 月 15 日《北平晨报》）

《西风》周岁纪念

《西风》是我所爱读的月刊之一。每逢接到，我总要晚睡一两点钟，好把它读完；一向是爱早睡的，为心爱的东西也只好破例而不悔。

《西风》的好处是，据我看，杂而新。它上自世界大事，下至猫狗的寿数，都来介绍，故杂；杂仍有趣。它所介绍的这些东西，又是采译自最新的洋刊物与洋书，比起尊孔崇经那一套就显着另有天地，读了使人有赶上前去之感，而不盼望再兴科举，好中个秀才；故新。新者摩登，使人精神不腐。

这两种好处使我一拿起它来，便觉得我是拿起一本月刊。我心里并没有打算好什么是理想的月刊，不过仿佛以为月刊就和花草一样，一见到总能有些清新之感，使我爱那些颜色与香气，和叶儿上的那些露珠。《西风》，因为它是杂而新，就好像是刚买来的一些鲜花；拿起它来，我决不会想我这是要读一本什么圣经贤传，而必须焚香净虑的，摇头晃脑的，摆起酸腔臭架。不，我无须这样；我仿佛是得到一些鲜花，看它们，喜爱它们，而可以不必装蒜。在不装蒜之中，我可是得到许多好处，多知道了许多的事。所以，我觉得《西风》真是一本月刊；它决不会子曰然而的让我看些洋八股，决不会字里行间有些酸溜溜的味儿，使我怀疑莫非又上了什么洋当。

因为我爱它，所以希望它更好一点。我盼望它以后每期也介绍一两篇硬性的文章，如新出版的重要书籍的评判，如世界大事的——像西班牙的内战，苏联的清党——说明与预测，如哲学与艺术的新趋向——分量加重一些，或者可以免得公子哥儿们老想到这儿来找怎么系领带与吃西餐，小姐们老想到这儿来找西洋婚礼的装束打扮与去雀斑的办法。

近代文艺名著每年能介绍几篇也好，但长篇连载的东西不必限于文艺，自然科学与社会科学的名著也应当硬来一下——若是别的部分编得还是那么好，或者这硬来一下也不至于影响到销路。

更希望多加些照片。

《西风》万岁！

（原载 1937 年 9 月 1 日《西风》第十三期）

小型的复活（自传之一章）

"二十三，罗成关。"

二十三岁那一年的确是我的一关，几乎没有闯过去。

从生理上，心理上，和什么什么理上看，这句俗话确是个值得注意的警告。据一位学病理学的朋友告诉我：从十八到二十五岁这一段，最应当注意抵抗肺痨。事实上，不少人在二十三岁左右正忙着大学毕业考试，同时眼睛溜着毕业即失业那个鬼影儿；两气夹攻，身体上精神上都难悠悠自得，肺病自不会不乘虚而入。

放下大学生不提，一般的来说，过了二十一岁，自然要开始收起小孩子气而想变成个大人了；有好些二十二三岁的小伙子留下小胡子玩玩，过一两星期再剃了去，即是一证。在这期间，事情得意呢，便免不得要尝尝一向认为是禁果的那些玩艺儿；既不再自居为小孩子，就该老声老气的干些老人们所玩的风流事儿了。钱是自己挣的，不花出去岂不心中闹得慌。吃烟喝酒，与穿上绸子裤褂，还都是小事；嫖嫖赌赌，才真够得上大人味儿。要是事情不得意呢，抑郁牢骚，此其时也，亦能损及健康。老实一点的人儿，即使事情得意，而又不肯瞎闹，也总会想到找个女郎，过过恋爱生活；虽然老实，到底年轻沉不住气，遇上以恋爱为游戏的女子，结婚是一堆痛苦，失恋便许自杀。反之，天下有欠太平，顾不及来想自己，杀身成仁不甘落后，战场上的血多是这般人身上的。

可惜没有一套统计表来帮忙，我只好说就我个人的观察，这个"罗成关论"，是可以立得住的。就近取譬，我至少可以抬出自己作证，虽说不上什么"科学的"，但到底也不失"有这么一回"的价值。

二十三岁那年，我自己的事情，以报酬来讲，不算十分的坏。每月我可以拿到一百多块钱。十六七年前的一百块是可以当现在二百块用的；那时候还能花十五个小铜子就吃顿饱饭。我记得：一份肉丝炒三个油撕火烧，一碗馄饨带沃两个鸡子，不过是十一二个铜子就可以开付；要是预备好十五枚作饭费，那就颇可以弄一壶白干儿喝喝了。

自然那时候的中交钞票是一块当作几角用的，而月月的薪水永远不能一次拿到，于是化整为零与化圆为角的办法使我往往须当一两票当才能过得去。若是痛痛快快的发钱，而钱又是一律现洋，我想我或者早已成个“阔老”了。

无论怎么说吧，一百多圆的薪水总没教我遇到极大的困难；当了当再赎出来，正合“裕民富国”之道，我也就不悦不怨。每逢拿到几成薪水，我便回家给母亲送一点钱去。由家里出来，我总感到世界上非常的空寂，非掏出点钱去不能把自己快乐的与世界上的某个角落发生关系。于是我去看戏，逛公园，喝酒，买“大喜”烟吃。因为看戏有了瘾，我更进一步去和友人们学几句，赶到酒酣耳热的时节，我也能喊两嗓子；好歹不管，喊喊总是痛快的。酒量不大，而颇好喝，凑上二三知己，便要上几斤；喝到大家都舌短的时候，才正爱说话，说得爽快亲热，真露出点燕赵多慷慨悲歌之士的气概来。这的确值得记住的。喝醉归来，有时候把钱包手绢一齐交给洋车夫给保存着，第二日醒过来，于伤心中仍略有豪放不羁之感。

也学会了打牌。到如今我醒悟过来，我永远成不了牌油子。我不肯费心去算计，而完全浪漫的把胜负交与运气。我不看“地”上的牌，也不看上下家放的张儿，我只想象的希望来了好张子便成了清一色或是大三元。结果是回回一败涂地。认识了这一个缺欠以后，对牌便没有多大瘾了，打不打都可以；可是，在那时候我决不承认自己的牌臭，只要有人张罗，我便坐下了。

我想不起一件事比打牌更有害处的。喝多了酒可以受伤，但是刚醉过了，谁者不会马上再去饮，除非是借酒自杀的。打牌可就不然了，明知有害，还要往下干，有一个人说“再接着来”，谁便也舍不得走。在这时候，人好像已被那些小块块们给迷住，冷热饥饱都不去管，把一切卫生常识全抛在一边。越打越多吃烟喝茶，越输越往上撞火。鸡鸣了，手心发热，脑子发晕，可是谁也不肯不舍命陪君子。打一通夜的麻雀，我深信，比害一场小病的损失还要大得多。但是，年轻气盛，谁管这一套呢！

我只是不嫖。无论是多么好的朋友拉我去，我没有答应过一回。我好像是保留着这么一点，以便自解自慰；什么我都可以点头，就是不能再往“那里”去；只有这样，当清夜扪心自问的时候才不至于把自己整个的放在荒唐鬼之群里边去。

可是，烟，酒，麻雀，已足使我瘦弱，痰中往往带着点血！

那时候，婚姻自由的理论刚刚被青年们认为是救世的福音，而母亲暗中给我定了亲事。为退婚，我着了很大的急。既要非作个新人物不可，又恐太伤了母亲的心，左右为难，心就绕成了一个小疙瘩。婚约到底是废除了，可是我得到了很重的病。

病的初起，我只觉得浑身发僵。洗澡，不出汗；满街去跑，不出汗。我知道要不妙。两三天下去，我服了一些成药，无效。夜间，我作了个怪梦，梦见我仿佛是已死去，可是清清楚楚的听见大家的哭声。第二天清晨，我回了家，到家便起不来了。

“先生”是位太医院的，给我下得什么药，我不晓得，我已昏迷不醒，不晓得要药方来看。等我又能下了地，我的头发已全体与我脱离关系，头光得像个磁球。半年以后，我还不敢对人脱帽，帽下空空如也。

经过这一场病，我开始检讨自己：那些嗜好必须戒除，从此要格外小心，这不是玩的！

可是，到底为什么要学这些恶嗜好呢？啊，原来是因为月间有百十块的进项，而工作又十分清闲。那么，打算要不去胡闹，必定先有些正经事作；清闲而报酬优的事情只能毁了自己。

恰巧，这时候我的上司申斥了我一顿。我便辞了差。有的人说我太负气，有的人说我被迫不能不辞职，我都不去管。我去找了个教书的地方，一月挣五十块钱。在金钱上，不用说，我受了很大的损失；在劳力上自然也要多受好多的累。可是，我很快活；我又摸着了书本，一天到晚接触的都是可爱的学生们。除了还吸烟，我把别的嗜好全自自然然的放下了。挣的钱少，作的事多，不肯花钱，也没闲工夫去花。一气便是半年，我没吃醉过一回，没摸过一次牌。累了，在校园转一转，或到运动场外看学生们打球，我的活动完全在学校里，心整，生活有规律；设若再能把烟卷扔下，而多上几次礼拜堂，我颇可以成个清教徒了。

想起来，我能活到现在，而且生活老多少有些规律，差不多全是那一“关”的劳；自然，那回要是没能走过来，可就似乎有些不妥了。“二十三，罗成关”是个值得注意的警告！

著者略历

舒舍予，字老舍，现年四十岁，面黄无须。生于北平，三岁失怙，可谓无父。志学之年，帝王不存，可谓无君。无父无君，特别孝爱老母，布尔乔亚之仁未能一扫空也。幼读三百千，不求甚解。继学师范，遂奠教书匠之基。及壮，糊口四方，教书为业，甚难发财；每购奖券，以得末彩为荣，示甘于寒贱也。二十七岁，发愤著书，科学哲学无所懂，故写小说，博大家一笑，没什么了不得。三十四岁结婚，今已有一女一男，均狡猾可喜。闲时喜养花，不得其法，每每有叶无花，亦不忍弃。书无所不读，全无所获，并不着急。教书作事，均甚认真，往往吃亏，亦不后悔。如是而已，再活四十年也许能有点出息！

著有:《老张的哲学》,《赵子曰》,《二马》,《小坡的生日》,《猫城记》,《离婚》,《赶集》,《牛天赐传》,《樱海集》,《蛤藻集》,《骆驼祥子》,《火车集》,皆小说也。当继续再写八本，凑成二十本，可以搁笔矣。散碎文字，随写随扔；偶搜汇成集，如《老舍幽默诗文集》及《老牛破车》，亦不重视之。

（原载 1938 年 2 月 1 日《宇宙风》第六十期）

兔儿爷

我好静，故怕旅行。自然，到过的地方就不多了。到的地方少，看的东西自然也就少。就是对于兔儿爷这玩艺也没有看过多少种。

稍为熟习的只有北方几座城：北平，天津，济南，和青岛。在这四个名城里，一到中秋，街上便摆出兔儿爷来——就是山东人称为兔子王的泥人。兔儿爷或兔子王都是泥作的。兔脸人身，有的背后还插上纸旗，头上罩着纸伞。种类多，作工细，要算北平。山东的兔子王样式既少，手工也很糙。

泥人本有多种，可是因为不结实，所以作得都不太精细；给小儿女买玩艺儿，谁也不愿多花钱买一碰即碎的呀。兔儿爷虽也系泥人，但售出的时间只在八月节前的半个月左右，与月饼同为迎时当令的东西，故不妨作得精细一些。况且小儿女们每愿给兔儿爷上供，置之桌上，不像对待别种泥娃娃那么随便，于是也就略为减少碰碎的危险。这样，兔儿爷便获得较优越的地位，而能每年一度很漂亮的出现于街头。

中秋又到了，北平等处的兔儿爷怎样呢？

我可以想象到：那些粉脸彩衣，插旗打伞的泥人们一定还是一行行的摆在街头，为暴敌粉饰升平啊！

听说敌人这些日子，正在北平大量的焚书，几乎凡不是木板的图书都可以遭到被投入火里的厄运。学校里，人家里，都没有了书，而街头上到处摆出兔儿爷，多么好的一种布置呢！暴敌要的是傀儡呀！

友人来信，说平津大雨，连韭菜都卖到三吊钱（与重庆的“吊”同值）一束，粗粮也卖到一毛多一斤。谁还买得起兔儿爷呢？大概也就是在市上摆几天，给大家热闹热闹眼睛吧？

因而就想到那些高等汉奸，到时候，他们就必出来。正如桂花一开，兔子王便上市。他们的脸很体面，油光水滑的，只可惜鼻下有个三瓣子嘴，而头上有一对长耳朵。他们的身上也花花绿绿，足下登起粉底高靴。身腔里可是空空的，脊背有个泥团儿，为插旗伞之用；旗伞都是纸作的。他们多体面，多空虚，多没有心肝呢！他们唯一的好处似乎只在有两个泥膝，跪下很方便。

兔儿爷怕遇上淘气的孩子，左搬右弄，它脸上的粉，身上的彩，便被弄污；不幸而孩子一失手，全身便变成若干小片片了。孩子并不十分伤心，有钱便能再买一个呀。幸而支持过了中秋，并未粉碎；可又时节已过，谁还有心玩兔子王呢？最聪明的傀儡也不过是些小土片呀！那些带活气的兔子王，越漂亮，我就越替他们担心；小日本鬼子不但淘气，而且是世上最凶狠的孩子啊。兔子王的寿命无论如何过不去中秋，我真想为那些粉墨登场的傀儡们落泪了。

抗战建国须凭真实本领与浩然正气，只能迎时当令充兔子王的，不作汉奸，也是废物。那么，我们不仅当北望平津，似乎也当自省一下吧？

（原载 1938 年 10 月 30 日《弹花》第二卷第一期）

短　景

一

一个小小的征收局。九位职员，两三位工友。正屋中间，麻雀一桌。旁屋里，木床一张，灯枪俱全，略有薄雾。

月收二百元左右，十一二位的薪资、赌金、烟费，都出于此。

二

青年有为的一位校长，不善于词令，品学兼优。身上受伤，发乱唇颤，愤且惭。

几位年高有德的绅士，有嘴有财，决定赶走校长——因他不是本地人。

一大群男女学生，气壮声高，打完校长，结队游行，并贴各色纸的标语。

问学生：为何驱除校长？

答：绅士们都说他不好。

问绅士：校长怎不好？

答：校长家眷住在学生宿舍院中。

问：都有什么人？

答：校长的老母与夫人，还有俩小孩。

问：为何不可以住在校内？

答：无前例。且也，闺房之中有甚于画眉者。（老绅士极得意，白胡子左右摆动。）

问校长：你怎样？

答：没话可说。

三

大茶馆，晚间。茶客四十余人。屋深处，一方桌，上置绿瓦油灯，光如豆。一瘦子，单长衫，马褂，执书就灯，且读且讲——保定府的太守，把女儿嫁给了卖字画的白面书生。全场寂无声，瘦子的声音提高。忽似有所感，放下书，说：我们现在抗战……茶客只剩了十来位。

（原载 1939 年 2 月 1 日《新蜀报》）

在民国卅年元旦写出我自己的希望

（一）关于写作者：

（1）把长诗《剑北篇》写完。此篇已成二十八段，希望再写十二段，凑成四十段，于今年四月里全稿可以付印。

（2）试写歌剧，拟请茅盾先生设计，由我去试写，合撰一小型的歌剧。能否成功，完全没有把握。

（3）至少再写一本话剧：在绥西的友人嘱写话剧，以汉回蒙合作抗战为题。对蒙胞生活知道的不很多，须先去打听，并须搜集绥西抗战资料。

（4）也许写一两篇小说：这须看有无时间与材料。

（二）关于行旅者：

（1）须到成都去几天，希望在春间能办到。

（2）假若可能，愿再到北方去两三个月，搜取写作资料。

（三）关于金钱者：

（1）希望得节约储蓄券头奖，二十万元。以十万开一书店，以十万和朋友们花掉。

（2）若不能得二十万，则希望友人中有得之者，向他借用一些。

（四）关于身体者：

（1）希望比以前更强健，更能吃苦，且能饲鸡下蛋，以便每天有蛋吃，多些滋养。

（2）希望不打摆子，拟使蚊虫的嘴变为注射药针，叮在身上，不但不打摆子，且能消灭一切疾病。

（3）希望能打赤脚走路：坐车太贵，走路则省车资而又费鞋袜，鞋袜亦贵物也，故应练习赤脚行路，百无禁忌。

（五）关于设置者：

（1）巨大的烟碟：去岁买了一个汤盆当烟碟，而蓬子先生仍然看不见它，还把烟灰弹在地板上；今拟用洋灰筑池于屋中，或引起他的注意！

（2）添买被子：何容先生或别位先生来城访我，往往住下。一盖褥，一盖被，二人皆冷，而面子问题所在，在颤抖中互道不冷，似须矫正；添被子为最合理。

（3）购保险柜：为省花钱，接到信函，即将信封反糊再用。但糊好即被老鼠咬坏，极为伤心，故须有保险柜藏护之。

（原载 1941 年 1 月 1 日《新蜀报·蜀道》）

外行话

不知道为什么，中国内地的人民不会跳舞。因为不跳，歌谣音乐也就贫乏。礼乐之邦，于是，就很寂寞。噉，我明白了：恐怕“礼教之邦”一语比“礼乐之邦”还更切实吧。既讲礼教，则男女理应有别；杂在一处且歌且舞，当然是行不通的。

我不晓得是否应当提倡跳舞，因为我还不敢公然倡议打倒礼教。而且，民间的跳舞仿佛是与生活分不开的，设若在不需要舞蹈的，或本无舞蹈的社会里，硬插杠的去教大家非跳不可，似乎不易办到，而且也有点滑稽。

对表现主义，或什么主义的舞踊，我根本不懂，从国人根本不舞这一点看来呢，我觉得，有人热心的舞给大家看，倒也不错；不过，大家看而不舞，总难免有“与我无关”之感。这绝不是反对舞台上的舞踊表演，对于如何使人民生活活跃一些，非常的关心。

（原载 1941 年 6 月 6 日重庆《国民公报》“新舞踊特刊”）

别忙

近来看了不少青年朋友们写的小说。其中有很好的，也有很不好的。那些不好的，大概都犯了一个毛病，就是写得太慌忙。“世事多因忙里错”，作文章当然不是例外。文艺中的言语，须是言语的精华，必须想了再想，改了再改。有的人灵感一到，即能下笔万言，不再增减一字。这样人大概并不很多。而且，据我想，他之所以能下笔万言者，或者正因为他从前下过极大的工夫，一字一句，想了再想，改了再改，日久年长，工力到了家，他才可以不必多想多改，而下笔即有把握。灵感是虚无飘渺的东西，工夫才是真实可靠的；写文章不要太忙。

我看见这么一句：“张着严肃的脸”。脸不是嘴，怎会张开？不错，脸上的肌肉是可以松开一点或缩紧一点的，但松紧不就是开闭。再说，严肃的脸必是板起来的，绝不会张开。

毛病就在没有想过！

文艺中的语言第一要亲切。大家都说“板起面孔”，我就也用“板起面孔”。假若我用了“木起面孔”，人家便不会懂：虽然是木者板也，但毕竟是多此一举。第二要生动，这就是说：把亲切的语言用得最合适。比如说吧，抗战胜利之后，我回家去看老母亲，一见她老人家，我必只能叫出一声“妈”，而眼泪随着落下来。“妈”字亲切，而又用在了合适的时候，就必然生动。假若我见了母亲，而高声的叫“我的慈爱的，多年未见的老母啊”，便不亲切，也不生动，因为母子相见绝不是多用修辞的时候……

要想，要想，想哪个字最亲切，想哪个字最好用在什么地点与时间！这么一想，你便不只思索字眼，而是要揣摩人情了！从人情中想出来的字，才是亲切的、生动的、有感情的字。不要慌忙，要慢慢的来。想了又想，改了再改！这是工夫，工夫胜于灵感。

（原载1942年4月28日重庆《新民报晚刊》）

病

我是个“幺”儿子。母亲在生我的时候已四十二岁了。我还不到两岁，父亲即去世。母亲没有乳，只给我打一点面糊吃。父亲去世后，家更穷了，天天吃棒子面与咸菜。一直到十多岁，我老是多病，瘦弱得像一块不体面的皮糖。谁也想不到我能长大成人，我自己似乎也没有把握。

每逢病倒，母亲便请刘干妈来给我看看。刘干妈烧上高香，盘腿端坐炕上，然后打几个哈欠，神便附了她的体。神很和气，问长问短，然后不知怎样，便由手指间揉出一丸药来。吃了药，我有时候就好起来，有时候就不高兴好起来；但好与不好，总须送给神仙一吊钱。

夏天老生病，能够几天不吃东西——现在想起来，恐怕多半是饭太不好吃的缘故。

后来，有了施诊的医院，母亲便不大信神仙了，因为上医院比请神仙省点钱。卫生设施能减除迷信，不是吗?

九岁入私塾，十二岁入高等小学，小学毕业，本想去学手艺，可是我考中了师范学校。“师范”与“吃饭”差不多，既供给膳宿，且白给制服——要不是这样，我便绝对没有继续读书的希望。学校内有校医，治病方便，得以不死。

近来，又常生病，因想起童年的状况，也就照样的满不在乎!

（原载 1942 年 4 月《妇女新运》第四卷第四期）

在乡下

虽然刚住了几天，我已经感到乡间的确可喜。在这生活困难的时候，谁也恐怕不能不一开口就谈到钱；在乡间住，第一个好处是可以省下几文。头发长了，须跑出十里八里去理；脚稍微一懒，就许延迟一个星期；头发长了些，可是袋儿里也沉重了些。洗澡，更谈不到。到极热的时候，可以下河；天不够热的时候，皮肤外有一层可以搓卷着玩的泥，也显着暖和而有趣。这就又省了一笔支出。没有卖鲜果，糖食，和点心的；这不但可以省了钱，而且自然的矫正了吃零食的坏习惯。衣服须自己洗，皮鞋须自己擦。路须自己走——没有洋车。就是有，也不能在田埂儿上走。

除了省钱，还另有好多的精神胜利：平剧、川剧全听不到了，但是可以自己唱。在大黄角树下，随意喊吧，除了多管闲事的狗向你叫几声而外，不会有人来叫“倒好”的。话剧更看不到，可是自己可以写两本呀，有的是工夫！

书是不易得到的，但是偶然找来一本，绝不会像在城里时那样掀一掀就了事。在乡下，心里用不着惦记与朋友们定的约会，眼睛用不着时时的看表，于是，拿到一本书的时节，就可以愿意怎么读便怎么读；愿意把这几行读两遍，便读两遍；三遍就三遍；看那一行不大顺眼，便可以跟它辩论一番！这样，书仿佛就与人成了可以谈心的朋友，而不是书架上的摆设了。

院中有犬吠声，鸡鸭叫声，孩子哭声；院外有蛙声，鸟声，叱牛声，农人相呼声。但这些声音并不教你心中慌乱。到了夜间，便什么声音也没有；即使蛙还在唱，可是它们会把你唱入梦境里去。这几天，杜鹃特别的多，直到深夜还不住的啼唤；老想问问它们，三更半夜的唤些什么？这不是厌烦，而是有点相怜之意。

正在插秧的时候下了大雨，每个农人都面带喜色，水牛忙极了，却一点不慌，还是那么慢条斯理的，像有成竹在胸的样子。

晚上，油灯欠亮，蚊虫甚多；所以早早的就躲到帐子里去。早睡，所以就也早起。睡得定，睡得好，脸上就增加了一点肉——很不放心，说不一定还会变成胖子呢！

（原载 1942 年 5 月 25 日重庆《大公报·战线》）

母 鸡

一向讨厌母鸡。不知怎样受了一点惊恐，听吧，它由前院嘎嘎到后院，由后院再嘎嘎到前院，没结没完，而并没有什么理由；讨厌！有的时候，它不这样乱叫，可是细声细气的，有什么心事似的，颤颤微微的，顺着墙根或沿着田坝，那么扯长了声如怨如诉，使人心中立刻结起个小疙疸来。

它永远不反抗公鸡。可是，有时候却欺侮那最忠厚的鸭子。更可恶的是它遇到另一只母鸡的时候，它会下毒手，乘其不备，狠狠的咬一口，咬下一撮儿毛来。

到下蛋的时候，它差不多是发了狂，恨不能使全世界都知道它这点成绩；就是聋子也会被它吵得受不下去。

可是，现在我改变了心思！我看见了一只孵出一群小雏鸡的母鸡。

不论是在院里，还是在院外，它总是挺着脖儿，表示出世界上并没有可怕的东西。一个鸟儿飞过，或是什么东西响了一声，它立刻警戒起来：歪着头儿听；挺着身儿预备作战；看看前，看看后，咕咕的警告群雏要马上集合到它身边来！

当它发现了一点可吃的东西它咕咕的紧叫，啄一啄那个东西，马上便放下，教它的儿女吃。结果，每一只鸡雏的肚子都圆圆的下垂，像刚装了一两个汤圆儿似的，它自己却削瘦了许多。假若有别的大鸡来找食，它一定出击，把它们赶出老远；连大公鸡也怕它三分。

它教给鸡雏们啄食，掘地，用土洗澡；一天教多少多少次。它还半蹲着——我想这是相当劳累的——教它们挤在它的翅下，胸下，得一点温暖。它若伏在地上，鸡雏们有的便爬在它的背上，啄它的头或别的地方，它一声也不哼。

在夜间若有什么动静，它便放声号叫，顶尖锐，顶凄惨，使任何贪睡的人也得起来看看，是不是有了黄鼠狼。

它负责，慈爱，勇敢，辛苦，因为它有了一群鸡雏。它伟大，因为它是鸡母亲。一个母亲必定就是一位英雄！

我不敢再讨厌母鸡了！

（原载 1942 年 5 月 30 日《时事新报》）

三位先生

吴组缃先生的猪

从青木关到歌乐山一带等处，在我所认识的文友中要算吴组缃先生为最阔绰。他养着一口小花猪。据说，这小动物的身价，值六百元！

每次我去访组缃先生，必附带的向小花猪致敬，因为我与组缃先生核计过了：假若他与我共同登广告卖身，大概也不会有人出六百元来买！

有一天，我又到吴宅去。给小江——组缃先生的少爷——买了几个比醋还酸的桃子。拿着点东西，好搭讪着骗顿饭吃，否则就不太好意思了。一进门，我看见吴太太的脸比晚日还红。我心里一想，便想到了小花猪。假若小花猪丢了，或是出了别的毛病，组缃先生的阔绰便马上不存在了！一打听，果然是为了小花猪：它已绝食一天了。我很着急，急中生智，主张给它点奎宁吃，恐怕是打摆子。大家都不赞同我的主张。我又建议把它抱到床上盖上被子睡一觉，出点汗也许就好了；焉知道不是感冒呢？这年月的猪比人还娇贵呀！大家还是不赞成。后来，把猪医生请来了。我颇兴奋，要看看猪怎么吃药。猪医生把一些草药包在竹筒的大厚皮儿里，使小花猪横衔着，两头儿向后束在脖子上：这样，药味与药汁便慢慢走入里边去。把药包儿束好，小花猪的口中好像生了两个翅膀，倒并不难看。

虽然吴宅有此骚动，我还是在那里吃了午饭——自然稍微的有点不得劲儿！

过了两天，我又去看小花猪——这回是专程探病，绝不为看别人；我知道现在猪的价值有多大！小花猪的口中已无那个药包，而且也吃点东西了。大家都很高兴，我就又就棍打腿的骗了顿饭吃，并且提出声明：到冬天，得分给我几斤腊肉！组缃先生与太太没加任何考虑便答应了。吴太太说：“几斤？十斤也行！想想看，那天它要是一病不起……”大家听罢，都出了冷汗！

马宗融先生的时间观念

马宗融先生的表大概是，我想是一个装饰品。无论约他开会，还是吃饭，他总迟到一个多钟头，他的表并不慢。

来重庆，他多半是住在白象街的作家书屋。有的说也罢，没的说也罢，他总要谈到夜里两三点钟。假若不是别人都困得不出一声了，他还想不起上床去。有人陪着他谈，他能一直坐到第二天夜里两点钟。表、月亮、太阳，都不能引起他注意到时间。

比如说吧，下午三点他须到观音岩去开会，到两点半他还毫无动静。“宗融兄，不是三点，有会吗？该走了吧？”有人这样提醒他。他马上去戴上帽子，提起那有茶碗口粗的木棒，向外走。“七点吃饭。早回来呀！”大家告诉他。他回答声“一定回来”，便匆匆地走出去。

到三点的时候，你若出去，你会看见马宗融先生在门口与一位老太婆，或是两个小学生，谈话儿呢！即使不是这样，他在五点以前也不会走到观音岩。路上每遇到一位熟人，便要谈，至少，十分钟的话。若遇上打架吵嘴的，他得过去解劝，还许把别人劝开，而他与另一位劝架的打起来！遇上某处起火，他得帮着去救。有人追赶扒手，他必然的加入，非捉到不可。看见某种新东西，他得过去问问价钱，不管买与不买。看到戏报子，马上他去借电话，问还有票没有……这样，他从白象街到观音岩，可以走一天，幸而他记得开会那件事，所以只走两三个钟头！到了开会的地方，即使大家已经散了会，他也得坐两点钟。他跟谁都谈得来，都谈得很有趣，很亲切，很细腻。有人随便哼了一句二黄，他立刻请教给他；有人刚买一条绳子，他马上拿过来练习跳绳——五十岁了啊！

七点，他想起来回白象街吃饭，归路上，又照样的劝架，救火，追贼，问物价，打电话……至早，他在八点半左右走到目的地。满头大汗，三步当作两步走的，他走了进来。饭早已开过了。

所以，我们与友人定约会的时候，若说随便什么时间，早晨也好，晚上也好，反正我一天不出门，你哪时来也可以，我们便说“马宗融的时间吧”！

何容先生的戒烟

首先要声明：这里所说的烟是香烟，不是鸦片。

从武汉到重庆，我老同何容先生在一间屋子里，一直到前年八月间。在武汉的时候，我们都吸“大前门”或“使馆”牌；小大“英”似乎都不够味儿。到了重庆，小大“英”似乎变了质，越来越“够”味儿了，“前门”与“使馆”倒仿佛没了什么意思。慢慢的，“刀”牌与“哈德门”又变成我们的朋友，而与小大“英”，不管是谁的主动吧，好像冷淡得日甚一日。不久，“刀”牌与“哈德门”又与我们发生了意见，差不多要绝交的样子。何容先生就决心戒烟！

在他戒烟之前，我已声明过："先上吊，后戒烟！"本来吗，"弃妇抛雏"的流亡在外，吃不敢进大三元，喝么也不过是清一色（黄酒贵，只好吃点白干），女友不敢去交，男友一律是穷光蛋，住是二人一室，睡是臭虫满床，再不吸两枝香烟，还活着干吗呢？可是，一看何容先生戒烟，我到底受了感动，既觉自己无勇，又钦佩他的伟大；所以，他在屋里，我几乎不敢动手取烟，以免动摇他的坚决！

何容先生那天睡了十六个钟头，一枝烟没吸！醒来，已是黄昏，他便独自走出去。我没敢陪他出去，怕不留神递给他一枝烟，破了戒！掌灯之后，他回来了，满面红光，含着笑的，从口袋中掏出一包土产卷烟来。"你尝尝这个，"他客气地让我，"才一个铜板一枝！有这个，似乎就不必戒烟了！没有必要！"把烟接过来，我没敢说什么，怕伤了他的尊严。面对面的，把烟燃上，我俩细细地欣赏。头一口就惊人，冒的是黄烟，我以为他误把爆竹买来了！听了一会儿，还好，并没有爆炸，就放胆继续地吸。吸了不到四五口，我看见蚊子都争着向外边飞，我很高兴。既吸烟，又驱蚊，太可贵了！再吸几口之后，墙上又发现了臭虫，大概也要搬家，我更高兴了！吸到了半枝，何容先生与我也跑出去了！他低声地说："看样子，还得戒烟！"

何容先生二次戒烟，有半天之久。当天的下午，他买来了烟斗与烟叶。"几毛钱的烟叶，够吃三四天的，何必一定戒烟呢！"他说。吸了几天的烟斗，他发现了：（一）不便携带；（二）不用力，抽不到；用力，烟油射在舌头上；（三）费洋火；（四）须天天收拾，麻烦！有此四弊，他就戒烟斗，而又吸上香烟了。"始作卷烟者，其无后乎！"他说。

最近二年，何容先生不知戒了多少次烟了，而指头上始终是黄的。

（原载1942年6月22、23、24、25日《新民报晚刊·西方夜谈》）

文艺与木匠

一位木匠的态度，据我看，最好是：（一）要作个好木匠；（二）虽然自己已成为好木匠，可是绝不轻看皮匠，鞋匠，泥水匠，和一切的匠。

此态度适用于木匠，也适用于文艺写家。我想，一位写家既已成为写家，就该不管生活怎么苦，工作怎样繁重，还要继续努力，以期成为好的写家，更好的写家，最好的写家。同时，他须认清：一个写家既不能兼作木匠，瓦匠，他便该承认五行八作的地位与价值，不该把自己视为至高无上，而把别人踩在脚底下。

我有三个小孩。除非他们自己愿意，而且极肯努力，作文艺写家，我决不鼓励他们；因为我看他们作木匠，瓦匠，或作写家，是同样有意义的，没有高低贵贱之别。

假若我的一个小孩决定作木匠去，除了劝告他要成为一个好木匠之外，我大概不会絮絮叨叨的再多讲什么，因为我自己并不会木工，无须多说废话。

假若他决定去作文艺写家，我的话必然的要多了一些，因为我自己知道一点此中甘苦。

第一，我要问他：你有了什么准备？假若他回答不出，我便善意的，虽然未必正确的，向他建议：你先要把中文写通顺了。所谓通顺者，即字字妥当，句句清楚。假若你还不能作到通顺，请你先去练习文字吧，不要开口文艺，闭口文艺。文字写通顺了，你要“至少”学会一种外国语，给自己多添上一双眼睛。这样，中文能写通顺，外国书能念，你还须去生活。我看，你到三十岁左右再写东西，绝不算晚。

第二，我要问他：你是不是以为作家高贵，木匠卑贱，所以才舍木工而取文艺呢？假若你存着这个心思，我就要毫不客气的说：你的头脑还是科举时代的，根本要不得！况且，去学木工手艺，即使不能成为第一流的木匠，也还可以成为一个平常的木匠；即使不能有所创造，还能不失规矩的仿制；即使供献不多，也还不至于糟蹋东西。至于文艺呢，假若你弄不好的话，你便糟践不知多少纸笔，多少时间——你自己的，印刷人的，和读者的；罪莫大焉！你看我，已经写作了快二十年，可有什么成绩？我只感到愧悔，没有替人盖成过一间小屋，作成过一张茶几，而只是浪费了多少笔墨，谁也不曾得到我一点好处！高贵吗？啊，世上还有高贵的废物呢？

第三，我要问他：你是不是以为作写家比作别的更轻而易举呢？比如说，作木匠，须学好几年的徒，出师以后，即使技艺出众，也还不过是个默默无闻的匠人；治文艺呢，你可以用一首诗，一篇小说，而成名呢？我告诉你，你这是有意取巧，避重就轻。你要知道，你心中若没有什么东西，而轻巧的以一诗一文成了名，名适足以害了你！名使你狂傲，狂傲即近于自弃。名使你轻浮、虚伪。文艺不是轻而易举的东西，你若想借它的光得点虚名，它会极厉害的报复，使你不但挨不近它的身，而且会把你一脚踢倒在尘土上！得了虚名，而丢失了自己，最不上算！

第四，我要问他：你若干文艺，是不是要干一辈子呢？假若你只干一年半载，得点虚名便闪躲开，借着虚名去另谋高就，你便根本是骗子！我宁愿你死了，也不忍看你作骗子！你须认定：干文艺并不比作木匠高贵，可是比作木匠还更艰苦。在文艺里找黄金美人，你算是看错了地方！

第五，我要告诉他：你别以为我干这一行，所以你也必须来个“家传”。世上有用的事多得很，你有择取的自由。我并不轻看文艺，正如同我不轻看木匠。我可是也不过于重视文艺，因为只有文艺而没有木匠也成不了世界。我不后悔干了这些年的笔墨生涯，而只恨我没能成为好的写家。作官教书都可以辞职，我可不能向文艺递辞呈，因为除了写作，我不会干别的；已到中年，又极难另学会些别的。这是我的痛苦，我希望你别再来一回。不过，你一定非作写家不可呢，你便须按着前面的话去准备，我也不便绝对不同意，你有你的自由。你可得认真的去准备啊！

（原载 1942 年 8 月 16 日《时事新报》）

我是“听用”！①

我很想把自己的笔名，改为“听用”。

这几年来，我的身体总是不好，特别是在冬天爱闹病。所以，在最近几年，我一到冬天便“入蛰”，任凭谁把天说塌了半边，我也不写东西，因为不幸而病倒，别人并不能代付医药费。夏天，是我写作的时期。可是也写不出什么像样的东西，一来是心境不对，打不起精神，二来是听用问题为祟。

谁都来要文章，而且都说明要什么体裁，多少字，几时交卷。我仿佛一部全能的机器，只要有人定货，我就能一开马达，照样出货。我不能，因为我的确不是机器，一一照办。但是，至少也得回答人家，向人家道歉。每天都写一堆信！这且不提，再说，还时常接到喜帖和讣告呢。我的老母寿日我并没求谁送寿屏寿字。我的老母逝世，我也没麻烦谁写祭文挽联。谁的父母不是父母呢？父母大概不分什么头等二等，有的值得谀赞，有的不值得吧？可是，别人家的父母似乎都值得称颂，接到帖子而置之不理就得罪于人。“听用”啊！人家教我当“白板”，我就是“白板”；教我当“一条”，就得当“一条”；谁教咱是“听用”呢！

可是我还怎么写自己的东西呢？

近来文艺市场上，小说似乎缺货。我很想写出几个稍微像样的中篇来——长篇简直不敢希望。可是，从初春到如今，我还没有写成一篇。“听用”是没有自己的啊。谁都要稿，谁要的稿子都是“最急用”。我怎么办呢？马马虎虎的敷衍吧。给东家五百字，西家一千字，有话也说，没话也得说。于是五牛分尸，一块像样的肉也没剩下，还说什么文艺不文艺呢。

不会不当“听用”吗？哼！这年月可得罪得起人！

---

① 本篇作于1943年春。

筷　子

我听说过这样的一个笑话：有一位欧洲人，从书本上得到一点关于中国的知识。他知道中国人吃饭用筷子。有人问他：怎样用筷子呢？他回答：一手拿一根。

这是个可以原谅的错误。想象根据着经验。以一手持刀，一手持叉的经验来想象用筷子的方法，岂不是合理的错误么？

一点知识，最足误事。民族间的误会与冲突虽然有许多原因，可是彼此不相认识恐怕是重要的原因之一。筷子的问题并不很大，可是一手拿一根的说法，便近乎造谣。造谣就可以生事，而天下乱矣。据说：到今天为止，日本人还有相信中日之战是起于中国人乱杀日侨的呢。

还是以筷子来说吧。在一本西洋人写的关于中国的小说里有这么一段：一位西洋太太来到中国——当然是住在上海喽，她雇了一位中国厨师傅，没有三天，她把厨子辞掉了，因为他用筷子夹汤里的肉来尝着！在这里，筷子成了肮脏，野蛮的象征。

筷子多么冤枉！人类的不求相知，不肯相知，筷子受了侮辱。

自然，天下还有许多比筷子大着许多倍的事。可痛心的是天下有许多人知道这些事！牛羊知道的事很少，所以它们会被一个小儿牵着进屠场中。看吧，希特勒与墨索里尼曾把多少“人”赶到屠场去呀！

因此，我想，文化的宣传才是真正的建设的宣传，因为它会使人互相了解，互相尊敬，而后能互相帮忙。不由文化入手，而只为目前的某人某事作宣传，那就恐怕又落个一手拿一根筷子吧。

（原载 1943 年 3 月 18 日《前锋报·前锋副刊》第六十七期）

假若我有那么一箱子画

在各种艺术作品中，我特别喜爱图画。我不懂绘画，正如我不懂音乐。可是，假若听完音乐，心中只觉茫然，看罢图画我却觉得心里舒服。因此，我特别喜爱图画——说不出别的大道理来。

虽然爱画，我可不是收藏画。因为第一我不会鉴别古画的真假；第二我没有购置名作的财力；第三我并不爱那纸败色褪的老东西，不管怎样古，怎样值钱。

我爱时人的画，因为彩色鲜明，看起来使我心中舒服，而且不必为它们预备保险箱。

不过，时人的画也有很贵的，我不能拿一本小说的稿费去换一张画——看画虽然心里舒服，可是饿着肚子去看恐怕就不十分舒服了。

那么，我所有的画差不多都是朋友们送给我的。这画也就更可宝贵，虽然我并没出过一个钱。朋友们赠给的画，在艺术价值之外，还有友谊的价值呀！举两个例说吧：北平名画家颜伯龙是我幼年的同学。我很喜爱他的画，但是他总不肯给我画。定下结婚的时候，我决定把握住时机。“伯龙！”我毫不客气的对他说，“不要送礼，我要你一张画！不画不行！”他没有再推托，而给我画了张牧豕图。图中的妇人、小儿、肥猪，与桐树，都画得极好，可惜，他把图章打倒了！虽然图章的脚朝天，我还是很爱这张画，因为伯龙就是那么个一天到晚慌里慌张的人，这个脚朝天的图章正好印上了他的人格。这个缺陷使这张画更可贵！我不知道合于哪一条艺术原理，说不定也许根本不合乎艺术原理呢。谁管它，反正我就有这么种脾气！

第二个例子是齐白石大画师所作的一张鸡雏图。对白石翁的为人与绘画，我都“最”佩服！我久想能得到他的一张画。但是，这位老人永远不给任何人白画，而润格又很高；我只好“望画兴叹”。可是，老天见怜，机会来了！一次，我给许地山先生帮了点忙，他问我：“我要送你一点小礼物，你要什么？”我毫未迟疑的说：“我要一张白石老人的画！”我知道他与老人很熟识，或者老人能施舍一次。老人敢情绝对不施舍。地山就出了三十元

（十年前的三十元！据说这还是减半价，否则价六十元矣！）给我求了张画。画得真好，一共十八只鸡雏，个个精彩！这张画是我的宝贝，即使有人拿张宋徽宗的鹰和我换，我也不干！这是我最钦佩的画师所给，而又是好友所赠的！

当抗战后，我由济南逃亡出来的时候，我嘱告家中："什么东西都可放弃，这张画万不可失！"于是，家中把一切的家具与图书都丢在济南，而只抱着这十八只鸡雏回到北平。

去年，家中因北平的人为的饥荒而想来渝，我就又函告她们，鸡图万不可失！我不肯放弃此画，一来是白石老人已经八十多岁，二来是地山先生已经去世；白石翁的作品在北方不难买到，但是买到的万难与我所有的这一张相比！

妻得到信，她自己便也想得老人的一幅画。由老人的一位女弟子介绍，她送上四百元获到老人的六只虾，而且题了上款。那时候（现在也许又增高一倍了），老人的润格已是四百元一方尺，题上款加四百元，指定画题加倍，草虫（因目力欠佳）加倍，敷设西洋红加倍。

来到重庆，她拿出搁在箱里的六只虾，请朋友们看，于是重庆造了她带来一箱子白石翁的画之谣。

哎呀！假若我真有一箱白石翁的画够多么好呢！

一箱子！就说是二尺长，半尺高的一只箱吧，大概也可以装五百张！仿照白石老人自号三百石印富翁的例，假若我真有这么一箱，我应马上自称为五百白石翁画富人——我还没到五十岁，不好意思称"翁"，不但在精神上，就是以金钱计，我也确实应自号为"富"了。想想看，以二千元一张画说吧，五百张该合多少钱？

我就纳闷，为什么妻不拿那么多的钱买点粮食，（有钱，就是在北平，也还能吃饱）而教孩子们饿成那个鬼样呢？

且不管她，先说我自己吧。我若真有了那么一箱子画，该怎办呢？我想啊，我应该在重庆开一次展览会，一来是为给我最佩服的老画师作义务的宣传，以示敬意；二来是给大家个饱眼福的机会。在展览的时候，我将请徐悲鸿，林风眠，丰子恺诸先生给拟定价格，标价出售。假若平均每张售价一万元吧，我便有五百万的收入。收款了以后，我就赠给文艺界抗敌协会，戏剧界抗敌协会，美术界抗敌协会，音乐界抗敌协会各一百万元。所余的一百万元，全数交给文艺奖助金委员会，用以救济贫苦的文人——我自己先去申请助金五千元，好买些补血的药品，疗治头昏。

我想，我的计划实在不能算坏！可是，教我上哪里找那一箱子画去呢？

那么，假若你高兴的话，请去北碚，还是看一看我的十八只鸡雏和内人的六只虾吧！你一夸奖它们，我便欢喜，庶几乎飘飘然有精神胜利之感矣！

谢谢替我夸口的友人们，他们至少又给了我写一篇短文的资料！

1944年2月7日于北碚之头昏斋

（原载1944年2月11日《时事新报·青光》）

割盲肠记

六月初来北碚，和赵清阁先生合写剧本——《桃李春风》。剧本草成，“热气团”就来了，本想回渝，因怕遇暑而止。过午，室中热至百另三四度，乃早五时起床，抓凉儿写小说。原拟写个中篇，约四万字。可是，越写越长，至九月中已得八万余字。秋老虎虽然还很利害，可是早晚到底有些凉意，遂决定在双十节前后赶出全篇，以便在十月中旬回渝。

有什么样的环境，才有什么样的神经过敏。因为巴蜀“摆子”猖狂，所以我才身上一冷，便马上吃昆宁。同样的，朋友们有许多患盲肠炎的，所以我也就老觉得难免一刀之苦。在九月末旬，我的右胯与肚脐之间的那块地方，开始有点发硬；用手摸，那里有一条小肉岗儿。“坏了！”我自己放了警报：“盲肠炎！”赶紧告诉了朋友们，即便是谎报，多骗取他们一点同情也怪有意思！

朋友们的回答几乎是一致的——神经过敏！我申说部位是对的，并且量给他们看，怎奈他们还不信。我只好以自己的医学知识丰富自慰，别无办法。

过了两天，肚中的硬结依然存在。并且作了个割盲肠的梦！把梦形容给萧伯青兄。他说：恐怕是下意识的警告！第二天夜里，一夜没睡好，硬的地方开始一窝一窝的疼，就好像猛一直腰，把肠子或别处扯动了那样。一定是盲肠炎了！我静候着发烧，呕吐，和上断头台！可是，使我很失望，我并没有发烧，也没有呕吐！到底是怎回事呢?

十月四日，我去找赵清阁先生。她得过此病，一定能确切的指示我。她说，顶好去看看医生。她领我上了江苏医学院的附设医院。很巧，外科刘主任（玄三）正在院里。他马上给我检查。

“是！”刘主任说。

“暂时还不要紧吧？”我问。我想写完了小说和预支了一些稿费的剧本，再来受一刀之苦。

“不忙！慢性的！”刘主任真诚而和蔼的说。他永远真诚，所以绰号人称刘好人。

我高兴了。并非为可以缓期受刑，而是为可以先写完小说与剧本；文艺第一，盲肠次之！

可是，当我告辞的时候，刘主任把我叫住："看看白血球吧！"

一位穿白褂子的青年给我刺了"耳朵眼"。验血。结果！一万好几百！刘主任吸了口气："马上割吧！"我的胸中恶心了一阵，头上出了凉汗。我不怕开刀，可是小说与剧本都急待写成啊！特别是那个剧本，我已预支了三千元的稿费！同时，在顷刻之间，我又想到：白血球既然很多，想必不妙，为何等着受发烧呕吐等等苦楚来到再受一刀之苦呢？一天不割，便带着一天的心病，何不从早解决呢？

"几时割？"我问。心中很闹得慌，像要吐的样子。

"今天下午！"

随着刘主任，我去交了费，定了房间。

没有吃午饭。托青兄给买了一双新布鞋，因为旧的一双的底子已经有很大的窟窿。心里说：穿新鞋子入医院，也许更能振作一些。

下午一时。自己提着布袋，去找赵先生。二时，她送我入院——她和大夫护士们都熟识。

房间很窄，颇像个棺材。可是，我的心中倒很平静，顺口答音的和大家说笑，护士们来给我打针，敷消毒药，腰间围了宽布。诸事齐备，我轻轻的走入手术室，穿着新鞋。

屈着身。吴医生给我的脊梁上打了麻醉针。不很疼。护士长是德州的护士学校毕业的。她还认识我：在她毕业的时候，我正在德州讲演。这已是十年前的事了。她低声的说："舒先生，不怕啊！"我没有怕，我信任西医；况且割盲肠是个小手术。朋友们——老向，萧伯青，萧亦五，清阁，李佩珍……——都在窗外"偷"看呢，我更得挣扎着点！

下部全麻了。刘主任进来。吱——腹上还微微觉到疼。"疼啊！"我报告了一声。"不要紧！"刘主任回答。腹里捣开了乱，我猜想：刘主任的手大概是伸进去了。我不再出声。心中什么也不想。我以为这样老实的受刑，盲肠必会因受感动而也许自动的跳出来。

不过，盲肠到底是"盲肠"，不受感动！麻醉的劲儿朝上走，好像用手推着我的胃；胃部烧得非常的难过，使我再也不能忍耐。吐了两口。"胃里烧得难过呀！"我喊出来。"忍着点！马上就完！"刘主任说。我又忍着，我听得见刘主任的声音："擦汗！""小肠！""放进去！""拿钩子！""摘眼镜！"……我心里说："坏了！找不到！"我问了："找到没有？"刘主任低切的回答："马上找到！不要出声！"

窗外的朋友们比我还着急："坏了！莫非盲肠已经烂掉？"

我机械的，一会儿一问："找到没有？"而得到的回答只是："莫出声！"

苦了刘主任与助手们，室内没有电灯。两位先生立在小凳上，打着电棒。夹伤口的先生们，正如打电棒的始终不能休息片刻。整整一个钟头！

一个钟头了，盲肠还未露面！

我的鼻子上来了点怪味。大概是吴医生的声音：“数一二三四！”我数了好几个一二三四，声音相当的响亮。末了，口中一噎，就像刮大风在城门洞中喝了一大口风似的我睡过去，生命成了空白。

睁开眼，我恍惚的记得梁实秋先生和伯青兄在屋中呢。其实屋中有好几位朋友，可是我似乎没有看见他们。在这以前，据朋友们告诉我，我已经出过声音，我自己一点也不记得。我的第一声是高声的喊王抗——老向的小男孩。也许是在似醒非醒之中，我看见王抗翻动我的纸笔吧，所以我大声的呼叱他；我完全记不得了。第二次出声是说了一串中学时的同学的外号：老向，范烧饼，闪电手，电话西局……弄得大家都莫名其妙。生命在这时候是一片云雾，在记忆中飘来飘去，偶然的露出一两个星星。

再睁眼，我看见刘主任坐在床沿上。我记得问他：“找到没有？割了吗？”这两个问题，在好几个钟头以内始终在我的口中，因为我只记得全身麻醉以前的事。

我忘了我是在病房里，我以为我是在伯青的屋中呢。我问他：“为什么我躺在这儿呢？这里多么窄小啊！”经他解释一番，我才想起我是入了医院。生命中有一段空白，也怪有趣！

一会儿，我清醒；一会儿又昏迷过去。生命像春潮似的一进一退。清醒了；我就问：找到了吗？割去了吗？

口中的味道像刚喝过一加仑汽油，出气的时候，心中舒服？吸气的时候，觉得昏昏沉沉。生命好像悬在这一呼一吸之间。

胃里作烧，脊梁酸痛，右腿不能动，因打过了一瓶盐水。不好受。我急躁，想要跳起来。苦痛而外，又有一种渺茫之感，比苦痛还难受。不管是清醒，还是昏迷着，我老觉得身上丢失了一点东西。猛孤仃的，我用手去摸。像摸钱袋或要物在身边没有那样。摸不到什么，我于失望中想起：噢，我丢失的是一块病。可是，这并不能给我安慰，好像即使是病也不该遗失；生命是全的，丢掉一根毫毛也不行！这时候，自怜与自叹控制住我自己，我觉得生命上有了伤痕，有了亏损！已经一天没吃东西；现在，连开水也不准喝一口——怕引起呕吐而震动伤口。我并不觉得怎样饥渴。胃中与脊梁上难过比饥渴更厉害，可是也还挣扎去忍受。真正恼人的倒是那点渺茫之感。我没想到死，也没盼祷赶快痊愈，我甚至于忘记了赶写小说那回事。我只是飘飘摇摇的感到不安！假若他们把割下的盲肠摆在我的面前，我也许就可以捉到一点什么而安心去睡觉。他们没有这样作。我呢，就把握不到任何实际的东西，而惶惑不安。我失去了自信，不知道自己是干什么呢！因此我烦躁，发脾气，苦了看守我的朋友！

老向，璧如，伯青，齐致贤，席征庸诸兄轮流守夜；李佩珍小姐和萧亦五兄白天亦陪伴。我不知道怎样感激他们才好！医院中的护士不够用，饭食很苦，所以非有人招呼我不可。

体温最高的时候只到三十八度，万幸！虽然如此，我的唇上的皮还干裂得脱落下来，眼底有块青点，很像四眼狗。

最难过的是最初的三天。时间，在苦痛里，是最忍心的；多慢哪！每一分钟都比一天还长！到第四天，一切都换了样子；我又回到真实的世界上来，不再悬挂在梦里。

本应当十天可以出院，可是住了十六天，缝伤口的线粗了一些，不能完全消化在皮肉里；没有成脓，但是汪儿黄水。刘主任把那节不愿永远跟随着我的线抽了出来，腹上张着个小嘴。直到这小嘴完全干结我才出院。

神经过敏也有它的好处。假若我不“听见风就是雨”，而不去检查，一旦爆发，我也许要受很大很大的苦处。我的盲肠部位不对。不知是何原因，它没在原处，而跑到脐的附近去，所以急得刘主任出了好几身大汗。假若等到它汇了脓再割，岂不很危险？我感谢医生们和朋友们，我似乎也觉得感谢自己的神经过敏！引为遗憾的也有二事：（一）赵清阁先生与我合写的《桃李春风》在渝上演，我未能去看。（二）家眷来渝，我也未能去迎接。我极想看到自己的妻与儿女，可是一度神经过敏教我永远不会粗心大意，我不敢冒险！

（原载1944年3月《经纬》第二卷第四期）

“住”的梦

在北平与青岛住家的时候，我永远没想到过：将来我要住在什么地方去。在乐园里的人或者不会梦想另辟乐园吧。

在抗战中，在重庆与它的郊区住了六年。这六年的酷暑重雾，和房屋的不像房屋，使我会作梦了。我梦想着抗战胜利后我应去住的地方。

不管我的梦想能否成为事实，说出来总是好玩的：

春天，我将要住在杭州。二十年前，我到过杭州，只住了两天。那是旧历的二月初，在西湖上我看见了嫩柳与菜花，碧浪与翠竹。山上的光景如何？没有看到。三四月的莺花山水如何，也无从晓得。但是，由我看到的那点春光，已经可以断定杭州的春天必定会教人整天生活在诗与图画中的。所以，春天我的家应当是在杭州。

夏天，我想青城山应当算作最理想的地方。在那里，我虽然只住过十天，可是它的幽静已拴住了我的心灵。在我所看见过的山水中，只有这里没有使我失望。它并没有什么奇峰或巨瀑，也没有多少古寺与胜迹，可是，它的那一片绿色已足使我感到这是仙人所应住的地方了。到处都是绿，而且都是像嫩柳那么淡，竹叶那么亮，蕉叶那么润，目之所及，那片淡而光润的绿色都在轻轻的颤动，仿佛要流入空中与心中去似的。这个绿色会像音乐似的，涤清了心中的万虑，山中有水，有茶，还有酒。早晚，即使在暑天，也须穿起毛衣。我想，在这里住一夏天，必能写出一部十万到二十万的小说。

假若青城去不成，求其次者才提到青岛。我在青岛住过三年，很喜爱它。不过，春夏之交，它有雾，虽然不很热，可是相当的湿闷。再说，一到夏天，游人来的很多，失去了海滨上的清静。美而不静便至少失去一半的美。最使我看不惯的是那些喝醉的外国水兵与差不多是裸体的，而没有曲线美的妓女。秋天，游人都走开，这地方反倒更可爱些。

不过，秋天一定要住北平。天堂是什么样子，我不晓得，但是从我的生活经验去判断，北平之秋便是天堂。论天气，不冷不热。论吃食，苹果，梨，柿，枣，葡萄，都每样有若干种。至于北平特产的小白梨与大白海棠，恐怕就是乐园中的禁果吧，连亚当与夏娃见了，也必滴下口水来！果子而外，羊肉正肥，高粱红的螃蟹刚好下市，而良乡的栗子也香闻十里。论花草，菊花种类之多，花式之奇，可以甲天下。西山有红叶可见，北海可以划船——虽然荷花已残，荷叶可还有一片清香。衣食住行，在北平的秋天，是没有一项不使人满意的。即使没有余钱买菊吃蟹，一两毛钱还可以爆二两羊肉，弄一小壶佛手露啊！

冬天，我还没有打好主意，香港很暖和，适于我这贫血怕冷的人去住，但是“洋味”太重，我不高兴去。广州，我没有到过，无从判断。成都或者相当的合适，虽然并不怎样和暖，可是为了水仙，素心腊梅，各色的茶花，与红梅绿梅，仿佛就受一点寒冷，也颇值得去了。昆明的花也多，而且天气比成都好，可是旧书铺与精美而便宜的小吃食远不及成都的那么多，专看花而没有书读似乎也差点事。好吧，就暂时这么规定：冬天不住成都便住昆明吧。

在抗战中，我没能发了国难财。我想，抗战结束以后，我必能阔起来，唯一的原因是我是在这里说梦。既然阔起来，我就能在杭州，青城山，北平，成都，都盖起一所中式的小三合房，自己住三间，其余的留给友人们住。房后都有起码是二亩大的一个花园，种满了花草；住客有随便折花的，便毫不客气的赶出去。青岛与昆明也各建小房一所，作为候补住宅。各处的小宅，不管是什么材料盖成的，一律叫作“不会草堂”——在抗战中，开会开够了，所以永远“不会”。

那时候，飞机一定很方便，我想四季搬家也许不至于受多大苦处的。假若那时候飞机减价，一二百元就能买一架的话，我就自备一架，择黄道吉日慢慢的飞行。

（原载 1944 年 5 月《民主世界》第二期）

多鼠斋杂谈

一 戒酒

并没有好大的量，我可是喜欢喝两杯儿。因吃酒，我交下许多朋友——这是酒的最可爱处。大概在有些酒意之际，说话作事都要比平时豪爽真诚一些，于是就容易心心相印，成为莫逆。人或者只在“喝了”之后，才会把专为敷衍人用的一套生活八股抛开，而敢露一点锋芒或“谬论”——这就减少了我些脸上的俗气，看着红扑扑的人有点样子！

自从在社会上作事至今的廿五六年中，我不记得一共醉过多少次，不过，随便的一想，便颇可想起“不少”次丢脸的事来。所谓丢脸者，或者正是给脸上增光的事，所以我并不后悔。酒的坏处并不在撒酒疯，得罪了正人君子——在酒后还无此胆量，未免就太可怜了！酒的真正的坏处是它伤害脑子。

“李白斗酒诗百篇”是一位诗人赠另一位诗人的夸大的谀赞。据我的经验，酒使脑子麻木，迟钝，并不能增加思想产物的产量。即使有人非喝醉不能作诗，那也是例外，而非正常。在我患贫血病的时候，每喝一次酒，病便加重一些；未喝的时候若患头“昏”，喝过之后便改为“晕”了，那妨碍我写作！

对肠胃病更是死敌。去年，因医治肠胃病，医生严嘱我戒酒。从去岁十月到如今，我滴酒未入口。

不喝酒，我觉得自己像哑巴了：不会嚷叫，不会狂笑，不会说话！啊，甚至于不会活着了！可是，不喝也有好处，肠胃舒服，脑袋昏而不晕，我便能天天写一二千字！虽然不能一口气吐出百篇诗来，可是细水长流的写小说倒也保险；还是暂且不破戒吧！

二 戒烟

戒酒是奉了医生之命，戒烟是奉了法弊的命令。什么？劣如“长刀”也卖百元一包？老子只好咬咬牙，不吸了！

从廿二岁起吸烟，至今已有一世纪的四分之一。这廿五年养成的习惯，一旦戒除可真不容易。

吸烟有害并不是戒烟的理由。而且，有一切理由，不戒烟是不成。戒烟凭一点“火儿”。那天，我只剩了一支“华丽”。一打听，它又长了十块！三天了，它每天长十块！我把这一支吸完，把烟灰碟擦干净，把洋火放在抽屉里。我“火儿”啦，戒烟！

没有烟，我写不出文章来。廿多年的习惯如此。这几天，我硬撑！我的舌头是木的，嘴里冒着各种滋味的水，嗓门子发痒，太阳穴微微的抽着疼！——顶要命的是脑子里空了一块！不过，我比烟要更厉害些：尽管你小子给我以各样的毒刑，老子要挺一挺给你看看！

毒刑夹攻之后，它派来会花言巧语的小鬼来劝导：“算了吧，也总算是个老作家了，何必自苦太甚！况且天气是这么热；要戒，等到秋凉，总比较的要好受一点呀！”

“去吧！魔鬼！咱老子的一百元就是不再买又霉、又臭、又硬、又伤天害理的纸烟！”

今天已是第六天了，我还撑着呢！长篇小说没法子继续写下去；谁管它！除非有人来说：“我每天送你一包‘骆驼’，或廿支‘华福’，一直到抗战胜利为止！”我想我大概不会向“人头狗”和“长刀”什么的投降的！

三 戒茶

我既已戒了烟酒而半死不活，因思莫若多加几戒，爽性快快的死了倒也干脆。

谈再戒什么呢？

戒荤吗？根本用不着戒，与鱼不见面者已整整二年，而猪羊肉近来也颇疏远。还敢说戒？平价之米，偶而有点油肉相佐，使我绝对相信肉食者“不鄙”！若只此而戒除之，则腹中全是平价米，而人也决变为平价人，可谓“鄙”矣！不能戒荤！

必不得已，只好戒茶。

我是地道中国人，咖啡、蔻蔻、汽水、啤酒，皆非所喜，而独喜茶。有一杯好茶，我便能万物静观皆自得。烟酒虽然也是我的好友，但它们都是男性的——粗莽，热烈，有思想，可也有火气——未若茶之温柔，雅洁，轻轻的刺戟，淡淡的相依；茶是女性的。

我不知道戒了茶还怎样活着，和干吗活着。但是，不管我愿意不愿意，近来茶价的增高已教我常常起一身小鸡皮疙瘩！

茶本来应该是香的，可是现在卅元一两的香片不但不香，而且有一股子咸味！为什么不把咸蛋的皮泡泡来喝，而单去买咸茶呢？六十元一两的可以不出咸味，可也不怎么出香味，六十元一两啊！谁知道明天不就又长一倍呢！

恐怕呀，茶也得戒！我想，在戒了茶以后，我大概就有资格到西方极乐世界去了——要去就抓早儿，别把罪受够了再去！想想看，茶也须戒！

四 猫的早餐

多鼠斋的老鼠并不见得比别家的更多，不过也不比别处的少就是了。前些天，柳条包内，棉袍之上，毛衣之下，又生了一窝。

没法不养只猫子了，虽然明知道一买又要一笔钱，“养”也至少须费些平价米。

花了二百六十元买了只很小很丑的小猫来。我很不放心。单从身长与体重说，厨房中的老一辈的老鼠会一口咬两只这样的小猫的。我们用麻绳把咪咪拴好，不光是怕它跑了，而是怕它不留神碰上老鼠。

我们很怕咪咪会活不成的，它是那么瘦小，而且终日那么团着身哆哩哆嗦的。

人是最没办法的动物，而他偏偏爱看不起别的动物，替它们担忧。

吃了几天平价米和煮包谷，咪咪不但没有死，而且欢蹦乱跳的了。它是个乡下猫，在来到我们这里以前，它连米粒与包谷粒大概也没吃过。

我们总觉得有点对不起咪咪——没有鱼或肉给它吃，没有牛奶给它喝。猫是食肉动物，不应当吃素！

可是，这两天，咪咪比我们都要阔绰了；人才真是可怜虫呢！昨天，我起来相当的早，一开门咪咪骄傲的向我叫了一声，右爪按着个已半死的小老鼠。咪咪的旁边，不放着一大一小的两个死蛙——也是咪咪咬死的，而不屑于去吃，大概死蛙的味道不如老鼠的那么香美。

我怔住了，我须戒酒、戒烟、戒茶，甚至要戒荤，而咪咪——那么瘦小丑陋的小东西——会有两只蛙，一只老鼠作早餐！说不定，它还许已先吃过两三个蚱蜢了呢！

五 最难写的文章

或问：什么文章最难写？

答：自己不愿意写的文章最难写。比如说：邻居二大爷年七十，无疾而终。二大爷一辈子吃饭穿衣，喝两杯酒，与常人无异。他没立过功，没立过言。他少年时是个连模样也并不惊人的少年，到老年也还是个平平常常的老人，至多，我只能说他是个安分守己的好公民。可是，文人的灾难来了！二大爷的儿子——大学毕业，现在官居某机关科员——送过来讣文，并且诚恳的请赐挽词。我本来有两句可以赠给一切二大爷的挽词：“你死了不能再见，想起来好不伤心！”可是我不敢用它来搪塞二大爷的科员少爷，怕他说我有意侮辱他的老人。我必须另想几句——近邻，天天要见面，假若我决定不写，科员少爷会恼我一辈子的。可是，老天爷，我写什么呢？

在这很为难之际，我真佩服了从前那些专凭作挽诗寿序挣吃饭的老文人了！你看，还以二大爷这件事为例吧，差不多除了扯谎，我简直没法写出一个字。我得说二大爷天生的聪明绝顶，可是还“别”说他虽聪明绝顶，而并没著过书，没发明过什么东西，和他在算钱的时候总是脱了袜子的。是的，我得把别人的长处硬派给二大爷，而把二大爷的短处一字不题。这不是作诗或写散文，而是替死人来骗活人！我写不好这种文章，因为我不喜欢扯谎！

在挽诗与寿序等而外，就得算“九一八”，“双十”与“元旦”什么的最难写了。年年有个元旦，年年要写元旦，有什么好写呢？每逢接到报馆为元旦增刊征文的通知，我就想这样回复：“死去吧！省得年年教我吃苦！”可是又一想，它死了岂不又须作挽联啊？于是只好按住心头之火，给它拚凑几句——这不是我作文章，而是文章作我！说到这里，相应提出：“救救文人！”的口号，并且希望科员少爷与报馆编辑先生网开一面，叫小子多活两天！

六 最可怕的人

我最怕两种人：第一种是这样的——凡是他所不会的，别人若会，便是罪过。比如说：他自己写不出幽默的文字来，所以他把幽默文学叫作文艺的脓汁，而一切有幽默感的文人都该加以破坏抗战的罪过。他不下一番工夫去考查考查他所攻击的东西到底是什么，而只因为他自己不会，便以为那东西该死。这是最要不得的态度，我怕有这种态度的人，因为他只会破坏，对人对己都全无好处。假若他作公务员，他便只有忌妒，甚至因忌妒别人而自己去作汉奸；假若他是文人，他便也只会忌妒，而一天到晚浪费笔墨，攻击别人，且自鸣得意，说自己颇会批评——其实是扯淡！这种人乱骂别人，而自己永不求进步；他污秽了批评，且使自己的心里堆满了尘垢。

第二种是无聊的人。他的心比一个小酒盅还浅，而面皮比墙还厚。他无所知，而自信无所不知。他没有不可干的事，而一切都莫名其妙。他的谈话只是运动运动唇齿舌喉，说不说与听不听都没有多大关系。他还在你正在工作的时候来“拜访”。看你正忙着，他赶快就说，不耽误你的工夫。可是，说罢便安然坐下了——两个钟头以后，他还在那儿坐着呢！他必须谈天气，谈空袭，谈物价，而且随时给你教训：“有警报还是躲一躲好！”或是“到八月节物价还要涨！”他的这些话无可反驳，所以他会百说不厌，视为真理。我真怕这种人，他耽误了我的时间，而自杀了他的生命！

七 衣

对于英国人，我真佩服他们的穿衣服的本领。一个有钱的或善交际的英国人，一天也许要换三四次衣服。开会，看赛马，打球，跳舞……都须换衣服。据说：有人曾因穿衣脱衣的麻烦而自杀。我想这个自杀者并不是英国人。英国人的忍耐性使他们不会厌烦“穿”和“脱”，更不会使他们因此而自杀。

我并不反对穿衣要整洁，甚至不反对衣服要漂亮美观。可是，假若教我一天换几次衣服，我是也会自杀的。想想看，系钮扣解钮扣，是多么无聊的事！而钮扣又是那么多，那么不灵动，那么不起好感，假若一天之中解了又系，系了再解，至数次之多，谁能不感到厌世呢！

在抗战数年中，生活是越来越苦了。既要抗战，就必须受苦，我决不怨天尤人。再进一步，若能从苦中求乐，则不但可以不出怨言，而且可以得到一些兴趣，岂不更好呢！在衣食住行人生四大麻烦中，食最不易由苦中求乐，菜根香一定香不过红烧蹄膀！菜根使我贫血；“狮子头”却使我壮如雄狮！

住和行虽然不像食那样一点不能将就，可是也不会怎样苦中生乐。三伏天住在火炉子似的屋内，或金鸡独立的在汽车里挤着，我都想掉泪，一点也找不出乐趣。

只有穿的方面，一个人确乎能由苦中找到快活。“七七”抗战后，由家中逃出，我只带着一件旧夹袍和一件破皮袍，身上穿着一件旧棉袍。这三袍不够四季用的，也不够几年用的。所以，到了重庆，我就添置衣裳。主要的是灰布制服。这是一种“自来旧”的布作成的，一下水就一蹶不振，永远难看。吴组缃先生名之为斯文扫地的衣服。可是，这种衣服给我许多方便——简直可以称之为享受！我可以穿着裤子睡觉，而不必担心裤缝直与不直；它反正永远不会直立。我可以不必先看看座位，再去坐下；我的宝裤不怕泥土污秽，它原是自来旧。雨天走路，我不怕汽车。晴天有空袭，我的衣服的老鼠皮色便是伪装。这种衣服给我舒适、自由和亲切之感。它和我好像多年的老夫妻，彼此有完全的了解，没有一点隔膜。

我希望抗战胜利之后，还老穿着这种国难衣，倒不是为省钱，而是为舒服。

八 行

朋友们屡屡函约进城，始终不敢动。“行”在今日，不是什么好玩的事。看吧，从北碚到重庆第一就得出“挨挤费”一千四百四十元。所谓挨挤费者就是你须到车站去“等”，等多少时间？没人能告诉你。幸而把车等来，你还得去挤着买票，假若你挤不上去，那是你自己的无能，只好再等。幸而票也挤到手，你就该到车上去挨挤。这一挤可厉害！你第一要证明了你的确是脊椎动物，无论如何你都能直挺挺的立着。第二，你须证明在进化论中，你确是猴子变的，所以现在你才能手脚并用，全身紧张而灵活，以免被挤成像四喜丸子似的一堆肉。第三，你须有“保护皮”，足以使你全身不怕伞柄、胳臂肘、脚尖、车窗，等等的戳、碰、刺、钩；否则你会遍体鳞伤。第四，你要有不中暑发痧的把握，要有不怕把鼻子伸在有狐臭的腋下而不能动的本事……你须备有的条件太多了，都是因为你喜欢交那一千四百多元的挨挤费！

我头昏，一挤我就有变成爬虫的可能，所以，我不敢动。

再说，在重庆住一星期，至少花五六千元；同时，还得耽误一星期的写作；两面一算，使我胆寒！

以前，我一个人在流亡，一人吃饱便天下太平，所以东跑西跑，一点也不怕赔钱。现在，家小在身边，一张嘴便是五六个嘴一齐来，于是嘴与胆子乃适成反比，嘴越多，胆子越小！

重庆的人们哪，设法派小汽车来接呀，否则我是不会去看你们的。你们还得每天给我们一千元零花。烟、酒都无须供给，我已戒了。啊，笑话是笑话，说真的，我是多么想念你们，多么渴望见面畅谈呀！

九 帽

在“七七”抗战后，从家中跑出来的时候，我的衣服虽都是旧的，而一顶呢帽却是新的。那是秋天在济南花了四元钱买的。

廿八年随慰劳团到华北去，在沙漠中，一阵狂风把那顶呢帽刮去，我变成了无帽之人。假若我是在四川，我便不忙于去再买一顶——那时候物价已开始要张开翅膀。可是，我是在北方，天已常常下雪，我不可一日无帽。于是，在宁夏，我花了六元钱买了一顶呢帽。在战前它公公道道的值六角钱。这是一顶很顽皮的帽子。它没有一定的颜色，似灰非灰，似紫非紫，似赭非赭，在阳光下，它仿佛有点发红，在暗处又好似有点绿意。我只能用“五光十色”去形容它，才略为近似。它是呢帽，可是全无呢意。我记得呢子是柔软的，这顶帽可是非常的坚硬，用指一弹，它当当的响。这种不知何处制造的硬呢会把我的脑门儿勒出一道小沟，使我很不舒服；我须时时摘下帽来，教脑袋休息一下！赶到淋了雨的时候，它就完全失去呢性，而变成铁筋洋灰的了。因此，回到重庆以后，我总是能不戴它就不戴；一看见它我就有点害怕。

因为怕它，所以我在白象街茶馆与友摆龙门阵之际，我又买了一顶毛织的帽子。这一顶的确是软的，软得可以折起来，我很高兴。

不幸，这高兴又是短命的。只戴了半个钟头，我的头就好像发了火，痒得很。原来它是用野牛毛织成的。它使脑门热得出汗，而后用那很硬的毛儿刺那张开的毛孔！这不是戴帽，而是上刑！

把这顶野牛毛帽放下，我还是得戴那顶铁筋洋灰的呢帽。经雨淋、汗沤、风吹、日晒，到了今年，这顶硬呢帽不但没有一定的颜色，也没有一定的样子了——可是永远不美观。每逢戴上它，我就躲着镜子；我知道我一看见它就必有斯文扫地之感！

前几天，花了一百五十元把呢帽翻了一下。它的颜色竟自有了固定的倾向，全体都发了红。它的式样也因更硬了一些而暂时有了归宿，它的确有点帽子样儿了！它可是更硬了，不留神，帽檐碰在门上或硬东西上，硬碰硬，我的眼中就冒了火花！等着吧，等到抗战胜利的那天，我首先把它用剪子铰碎，看它还硬不硬！

十 狗

中国狗恐怕是世界上最可怜最难看的狗。此处之“难看”并不指狗种而言，而是与“可怜”密切相关。无论狗的模样身材如何，只要喂养得好，它便会长得肥肥胖胖的，看着顺眼。中国人穷。人且吃不饱，狗就更提不到了。因此，中国狗最难看；不是因为它长得不体面，而是因为它骨瘦如柴，终年夹着尾巴。

每逢我看见被遗弃的小野狗在街上寻找粪吃，我便要落泪。我并非是爱作伤感的人，动不动就要哭一鼻子。我看见小狗的可怜，也就是感到人民的贫穷。民富而后猫狗肥。

中国人动不动就说：我们地大物博。那也就是说，我们不用着急呀，我们有的是东西，永远吃不完喝不尽哪！哼，请看看你们的狗吧！

还有：狗虽那么找不着吃，（外国狗吃肉，中国狗吃粪；在动物学上，据说狗本是食肉兽。）那么随便就被人踢两脚，打两棍，可是它们还照旧的替人们服务。尽管它们饿成皮包着骨，尽管它们刚被主人踹了两脚，它们还是极忠诚的去尽看门守夜的责任。狗永远不嫌主人穷。这样的动物理应得到人们的赞美，而忠诚、义气、安贫、勇敢，等等好字眼都该归之于狗。可是，我不晓得为什么中国人不分黑白的把汉奸与小人叫作走狗，倒仿佛狗是不忠诚不义气的动物。我为狗喊冤叫屈！

猫才是好吃懒作，有肉即来，无食即去的东西。洋奴与小人理应被叫作“走猫”。

或者是因为狗的脾气好，不像猫那样傲慢，所以中国人不说“走猫”而说“走狗”？假若真是那样，我就又觉得人们未免有点“软的欺，硬的怕”了！

不过，也许有一种狗，学名叫作“走狗”；那我还不大清楚。

十一 昨天

昨天一整天不快活。老下雨，老下雨，把人心都好像要下湿了！

有人来问往哪儿跑？答以：嘉陵江没有盖儿。邻家聘女。姑娘有二十二三岁，不难看。来了一顶轿子，她被人从屋中掏出来，放进轿中；轿夫抬起就走。她大声的哭。没有锣鼓。轿子就那么哭着走了。看罢，我想起幼时在鸟市上买鸟。贩子从大笼中抓出鸟来，放在我的小笼中，鸟尖锐的叫。

黄狼夜间将花母鸡叼去。今午，孩子们在山坡后把母鸡找到。脖子上咬烂，别处都还好。他们主张还炖一炖吃了。我没拦阻他们。乱世，鸡也该死两道的！

头总是昏。一友来，又问：“何以不去打补针？”我笑而不答，心中很生气。

正写稿子，友来。我不好让他坐。他不好意思坐下，又不好意思马上就走。中国人总是过度的客气！

友人函告某人如何，某事如何，即答以：“大家肯把心眼放大一些，不因事情不尽合己意而即指为恶事，则人世纠纷可减半矣！”发信后，心中仍在不快。

长篇小说越写越不像话，而索短稿者且夥，颇郁郁！

晚间屋冷话少，又戒了烟，呆坐无聊，八时即睡。这是值得记下来的一天——没有一件痛快事！在这样的日子，连一句漂亮的话也写不出！为什么我们没有伟大的作品哪？哼，谁知道！

十二 傻子

在民间的故事与笑话里，有许多许多是讲兄弟三个，或姐妹三个，或盟兄弟三个，或女婿三个；第三个必定是傻子，而傻子得到最后的胜利。据说这种结构的公式是世界性的，世界各处都有这样的故事与笑话。为什么呢？因为人们是同情于弱者的。三弟三妹三女婿既最幼，又最傻，所以必须胜利。

和许多别种民间故事与笑话的含义一样，这种同情弱者的表示可也许是“夫子自道也”。这就是说：人民有一肚子委屈而无处去诉，就只好想象出一位“臣包文正”，或北侠欧阳春来，给他们撑一撑腰，吐一口气。同样的，他们制造出弱者胜利的故事与笑话，也是为了自慰；故事与笑话中的傻子就是他们自己。他们自己既弱且愚，可是他们讽刺了那有势力，有钱财，与有学问的人，他们感到胜利。

可是，这种讽刺的胜利到底是否真正的胜利，就不大好说。假若胜利必须是精神上的呢，他们大概可以算得了胜。反之，精神胜利若因无补于实际而算不得胜利，那就不大好办了。

在我们的民间，这种傻子胜利的故事与笑话似乎比哪一国都多。我不知道，我应当庆祝他们已经得到胜利，还是应当把我的“怪难过的”之感告诉给他们。

（原载1944年9月1、9、15、23日，11月5、11、15、20日，12月10、15、19、24日重庆《新民报晚刊·西方夜谈》）

文　牛

干哪一行的总抱怨哪一行不好。在这个年月能在银行里，大小有个事儿，总该满意了，可是我的在银行作事的朋友们，当和我闲谈起来，没有一个不觉得怪委屈的。真的，我几乎没有见过一个满意、夸赞他的职业的。我想，世界上也许有几位满意于他们的职业的人，而这几位人必定是英雄好汉。拿破仑、牛顿、爱因司坦、罗斯福，大概都不抱怨他们的行业“没意思”。虽然不自居拿破仑与牛顿，我自己可是一向满意我的职业。我的职业多么自由啊！我用不着天天按时候上课或上公事房，我不必等七天才到星期日；只要我愿意，我可连着有一个星期的星期日！

我的资本很小，纸笔墨砚而已。我的生活可以按照自己的意思安排，白天睡，夜里醒着也好，昼夜都不睡也可以；一日三餐也好，八餐也好！反正我是在我自己的屋里操作，别人也不能敲门进来，禁止我把脚放在桌子上。专凭这一点自由，我就不能不满意我的职业。况且，写得好吧歹吧，大致都能卖出去，喝粥不成问题，倒也逍遥自在；虽然因此而把妒忌我的先生们鼻子气歪，我也没法子代他们去搬正！

可是，在近几个月来，也不知怎么我也失去了自信，而时时不满意我的职业了。这是吉是凶，且不去管，我只觉得“不大是味儿！”心里很不好过！

我的职业是“写”。只要能写，就万事亨通，可是，近来我写不上来了！问题严重得很，我不晓得生了娃娃而没有奶的母亲怎样痛苦，我可是晓得我比她还更痛苦。没有奶，她可以雇乳娘，或买代乳粉，我没有这些便利。写不出就是写不出，找不到代替品与代替的人。

天天能写一点，确实能觉得很自由自在，赶到了一点也写不出的时节呀，哈哈，你便变成世界上最痛苦的人！你的自由，闲在，正是对你的刑罚；你一分钟一分钟无结果的度过，也就每一分钟都如坐针毡！你不但失去工作与报酬，你简直失去了你自己！

一夏天除了阴雨，我的卧室兼客厅兼饭堂兼浴室兼书房的书房，热得老像一只大火炉。夜间一点钟以后，我才能勉强的进去睡。睡不到四个小时，我就必须起来，好乘早凉儿工作一会儿；一过午，屋内即又成烤炉。一夏天，我没有睡足。睡不足，写的也就不多，一拿笔就觉得困啊。我很着急，但是想不出办法，缙云山上必定凉快，谁去得起呢！

入秋，我本想要“好好”的工作一番，可是天又霉，纸烟的价钱好像疯了似的往上涨。只好戒烟。我曾经声明说：“先上吊，后戒烟！”以示至死不戒烟的决心。现在，自己打了嘴巴。最坏的烟卖到一百元一包（二十枝；我一天须吸三十枝），我没法不先戒烟，以延缓上吊之期了；人都惜命呀！没有烟，我只会流汗，一个字也写不出！戒烟就是自己跟自己摔跤。整天的摔跤还怎能写字呢？半个月，没写出一个字！

烟瘾稍杀，又打摆子，本来贫血，摆子使血更贫。于是，头又昏起来。不留神，猛一抬头，或猛一低头，眼前就黑那么一下，老使人有“又要停电”之感！每天早上，总盼着头不大昏，幸而真的比较清爽，我就赶快的高高兴兴去研墨，期望今天一下子能写出两三千字来。墨研好了，笔也拿在手中，也不知怎么的，头中轰的一下，生命成了空白，什么也没有了，除了一点轻微的嗡嗡的响声。这一阵好容易过去了，脑中开始抽着疼，心中烦躁得要狂喊几声！只好把笔放下——文人缴械！一天如此，两天如此，忍心的、耐性的、敷衍自己：“明天会好些的！”第三天还是如此，我开始觉得：“我完了！”放下笔，我不会干别的！是的，我晓得我应当休息，并且应当吃点补血的东西——豆腐、猪肝、猪脑、菠菜、红萝卜等。但是，这年月谁休息得起呢？紧写慢写还写不出香烟钱怎敢休息呢？至于补品，猪肝岂是好惹的东西，而豆腐又一见双眉紧皱，就是菠菜也不便宜啊！如此说来，理应赶快服点药，使身体从速好起来，可是西药贵如金，而中药又无特效。怎办呢？到了这般地步，我不能不后悔当初为什么单单选择这一门职业了！唱须生的倒了嗓子，唱花旦的损了面容，大概都会明白我的苦痛：这苦痛是来自希望与失望的相触，天天希望，天天失望，而生命就那么一天天的白白的摆过去，摆向绝望与毁灭！

最痛苦是接到朋友征稿的函信的时节。

朋友不仅拿你当作个友人，而且是认为你是会写点什么的人。可是，你须向友人们道歉；你还是你，你也已经不是你——你已不能够作了！

吃的是草，挤出的是牛奶；可是，文人的身体并不和牛一样壮，怎办呢？

青年朋友们，假使你没有变成一头牛的把握，请不要干我这一行事吧；当你写不出字来的时候，你比谁的苦痛都更大！我是永不怨天尤人的人，今天我只后悔自己选错了职业——完全是我自己的事，与别人毫不相干。我后悔作了写家的正如我后悔“没”作生意，或税吏一样；假若我起初就作着囤积居奇，与暗中拿钱的事，我现在岂不正兴高采烈的自庆前程远大么？啊，青年朋友们，假使你健壮如牛，也还要细想一想再决定吧，即在此处，牛恐怕是永远没有希望的动物，管你，和我一样的，不怨天尤人。

（原载 1944 年 11 月《华声》第一卷第一期）

梦想的文艺

我盼望总会有那么一天，我可以随便到世界任何地方去，而没有人偷偷的跟在我的背后，没有人盘问我到哪里去和干什么去，也没有人检查我的行李。那就是我的理想世界！在那个世界里，我爱写什么便写什么，正如同我爱到何处去便到何处那样。我相信，在那个世界里，文艺将是讲绝对的真理的，既不忌讳什么而吞吞吐吐，也不因遵守标语口号而把某一帮一行的片面，当作真理。那时候，我的笔下对真理负责，而不帮着张三或李四去辩论曲直是非——他们俩最好找律师去解决那些鸡毛蒜皮的事。

那时候，我若到了德国，便直言无隐的告诉德国人，他们招待客人还太拘形式，使我感到不舒服。（德国人在那时候当然已早忘了制造战争，而很忠诚的制造阿司匹灵。）他们听了并不生气，而赶快去研究怎样可以不拘形式而把客人招待得从心眼里觉得安逸。同样的，我可以在伦敦讽刺英国的士大夫：他们为什么那样注意戴礼帽，拿雨伞，而不设法去消灭或减少伦敦的黑雾。那些有幽默感的英国人笑着接受了我的暗示，于是国会决议：每天起飞五千架重轰炸机往下洒极细的砂子，把黑雾过滤成白雾，而伦敦市民就一律因此增寿十年。

我的笔将是温和的，微微含笑的，不发气的，写出聪明的合理的话。我不必粗脖子红脸的叫喊什么，那样是会使文字粗糙，失去美丽的。我不必顾虑我的话会引来棍棒与砖头，除非我是说了谎或乱骂了人。那时候的社会上求真的习尚，使写家必须像先知似的说出警告，那时候人们的审美力的提高，使作家必须唱出他的话语，像春莺似的美妙。

昨天我听见一个四十多岁的汉子，对一个十九岁的学生说：

"你要真理？我的话便是真理！听从我的话便是听从真理！我这个真理会教你有衣有食，有津贴好拿！在我的真理以外，你要想另找一个，你便会找到监狱，毒刑，死亡！想想看，你才十九岁，青春多么可爱呀！"

这几句话使我颤抖了好大半天。我不晓得那个十九岁的孩子后来怎样回答，我一声没出。我可是愿意说出我的愿望，尽管那个愿望是永不会实现的梦想！

（原载 1944 年 12 月《抗战文艺》第九卷五、六期）

今年的希望

不知道怎么稀拉胡涂的又过了一年！年年在元旦都有一些雄心，想至少也要作出一件半件惊心动地的事，可是到除夕一清算，只是欠了一点钱，旁无可述；惨笑一下，听着放爆竹而已！

不过，认真的去悲观，或者足以引出自杀的危险；所以总应相机原谅自己，给自己找出可以继续活下去的理由与路子。人能一活就活几十年，大概就是因他会这样自欺吧？

去年有三件大事似乎值得报告出来。此三事都不惊天动地，可是说出来足以自欺欺人，倒仿佛我并没白活一年，而理应再活下去似的。去年，我戒了烟，戒了酒，并且写了三十多万字。戒酒是为了健康，戒烟却为了省钱。人能决心减少嗜好，省下钱来买几元美金，无论如何也得算识时务的！识时务的不就是英雄么？我值得活下去！只可惜美金还没能买，却也不伤心，我相信假若继续持戒，美金总会有那么一天来到手中的！恒心便是金矿！即使美金永远不来，我也还是不破戒。有许多友人戒了嗜好又去开戒，虽无大过，却总有立志不坚之辱，而觉得怪不好意思。我要胜过他们！他们得到舒服，我却得到优越之感！当他们喝得面红耳热的时候，或吸着副牌子“爱人”或“人头狗”的时候，我可以给他们一点带有规劝性的小讽刺；精神胜利是属于我的！因此，我决定：

卅四年我继续戒酒戒烟！

不过，假若朋友们送来“茅台”或“红糟”，我可也不拒绝。同样的，他们若给我几包“骆驼”或“华福”，我也不便一定板起脸孔，硬是不要。这不能说是我立志不坚，而应说是诱惑太大，况且友情比金子还更贵重，我不愿死后入圣庙，而生前伤了友情呵。

去年写成的三十多万字，有三十万是《四世同堂》的，其余的是一些短文的。本来想把《四世同堂》写到五十万字，可是因为打摆子与头昏和心境欠佳，就打了个很大的折扣。今年，我希望能再继续写下去，而且要比去年写的多。假若今年我能再写五十万，那就很可能的把这长篇小说在后年夏季写齐——原来想一共花两年的时间交卷，这样便须用二年半了。已写成的三十万字，说实话，是乱七八糟，不像东西。心有余而力不足，我只顾要写大东西，而忘记了自己没有那么大的力气。不过，无论怎样，我希望能够继续写下去，把它写成。那么，我决定：

今年继续写《四世同堂》。

说到这里，我恳求朋友们顶好不叫我写杂文。我的身体比从前差的很多了，双管齐下实在钉不住！况且，杂文本非所长，写不出什么道理来，何苦费力不讨好，耽误了自己的时间，而又不能使篇幅增光呢！

好吧，今年只希望不烟不酒，和好好的写《四世同堂》。若是还有别的希望，那就必是财源茂盛，人口平安！并谨以此两句吉祥话儿，送给一切朋友！

（原载 1945 年 2 月 1 日《南风》第一卷第一期）

大智若愚

学会了作文章，（文章不一定就是文艺），而后中了状元，而后无灾无病作到公卿，这恐怕是历来的文人的最如意的算盘。相传既久，心理就不易一时改变过来；于是在今天也许还有不少的人想用文章猎取利禄与声名。可是，这个心理必须改变，因为它正是把文艺置之死地的祸根。

要搞文艺就必先决定去牺牲。你要忘了个人的利益与幸福，你才能作一辈子文人，为文艺而生，为文艺而死。在物质享受上，稿费版税永远不能比囤积走私的来头大；在精神上，思想永远是自取烦恼的东西。相安无事便是一夜无话，文艺也就无从产生。不甘相安无事，你便必苦心焦虑的思索，而后把那最好的，最有价值的话说出来，而后你还要认真的去驳辩，勇敢的作真理的律师。这些，都给你带来痛苦，也许会要掉了脑袋。好话永远不甜蜜悦耳，而真理永远是用生命换得来的。

这样的说来，你假若想要以一半篇作品取个文艺者的头衔，从而展开一条小小的路径，去弄点钱花，娶个相当漂亮的太太，或且作一番与文艺无关的事业，则似乎大可不必，因为文艺最忌敷衍，最忌脚踩两只船；顶好卖什么吆喝什么，大不该只在“好玩”，或“方便”上耍些玄虚。

只要你一想到为文艺服役，你就须马上想到一切苦处，像要去作和尚那样斩尽尘根，硬是准备满身虱子连搔也不去搔一下！你要知道，凡是要救世的都须忘了自己，丧掉了自己的生命。

你要准备下那最高的思想与最深的感情，好长出文艺的花朵，切不可只在文字上用工夫，以文字为神符。文字不过是文艺的工具。一把好锯并不能使人变为好木匠。

即使那是真的，你也不要先去揣摩某人怎么仗着舅舅的力量而印出两本书，或某人怎么出巧计而作了编辑，从而千方百计的去仿效。文艺中无巧可取，你千万别自骗骗人！你知道，文艺者对别人是“大智”，对自己却是“大愚”！

（原载 1945 年 3 月《抗战文艺》第十卷第一期）

入 城

有五个月没进城了。乍一到城中，就仿佛乡下的狗来到闹市那样，总有点东西碰击着鼻子——重庆到底有多少人啊，怎么任何地方都磕头碰脑的呢？在街上走，我眼晕！

洋车又贵多了，动不动就是一百。我只好走路。可是走路又真不舒服，一来到处是人，挤得彼此都怪难过；二来是穿少了衣裳，怕冷，穿多了又走不动！我的棉袄真好，当我坐下写作的时候；及至来到城内，它可就变成了累赘，一走路我便遍体生津！

入城就赶上李可染先生的画展，运气真好！我顶喜欢他的作品。他本来会西洋画，近几年来又努力学习中国画，于是“温故知新”，他的国画就在理法上兼中西之长，而信笔挥来都能左右逢源。看完画，写了一篇短文交《扫荡副刊》发表，外行人总想假充内行，此一例也。

文艺界的友人这两天在城内的很多，大家许久未见，见面特别亲热。可是，在亲热之中，大家似乎都有那么一二小句要说而又不方便说的话，像：“怎样，喝一杯去？”或是“到我那里去吃饭，好不好？”谁都没有胆量约友人，也不愿友人约自己——这年月使人老先想到友人的经济状况！记得，六年前初到重庆的时候，无论怎样穷，大家总还有喝酒的钱。今天，哼，有个李白也得瘾死！

出版界好像都暂不印书，版税无望了！假若刊物也停止，我不晓得写家们还怎么活着！

因住在乡下，城中的话剧摸不着看，进城后听说一出戏须投资到一两百万，而是赔是赚全无把握。听罢此言，我倒盼望城里也没有话剧可看了——省得替友人们提心吊胆！

洪深、马宗融、靳以三教授都满面红光，大家都说：“教书恐怕还是阔事！”细一看，马教授的洋服里子已破成千疮百孔，洪教授的中山装里不是毛衣，不是羊毛的紧身，而是一件旧小棉袄！

在乡下，寂寞。在城里，又嫌太闹。城里乡下时常来往最好，可惜路费与舟车又不那么方便。假如早一点下手，发点国难财，有多么好？悔之晚矣！

（原载 1945 年 3 月《艺文志》第二期）

在火车上

俗语说："在家千日好，出外一时难。"因此，把交通事业办好，使出外的人不再望而生畏，实在是造福不浅。

专就铁路来说，解放后这几年的进步真是了不起的。首先是：列车按时开，按时到，误点的时候不多见。这值得表扬。其次是：大多数的列车服务员都和蔼可亲，认真服务。这也必须表扬。还有：车上多么干净啊！我们还有许多许多人没有把痰吐入痰盂，烟灰弹入烟灰碟或筒等等习惯。我想，这些人坐一次火车就会受到一次教育；你看，服务员们一会儿就过来洒扫拭抹一遍，既不说长道短，也不厌烦，就那么一次再一次地把旅客们随意弄脏的地方收拾干净。谁能不受感动呢？我每次坐车都愿向这些位服务员们致谢！

不过，我也有些小意见，写出来供有关的同志们参考：

第一：卧铺问题。我的腿有毛病，已不能表演鹞子翻身或鲤鱼打挺等武技；爬到"上铺"去，十分困难。可是，我每次去定卧铺，声明要"下铺"，得到的回答总是：上下不能预定，碰着什么是什么。这样，我拿到卧铺票之后，心中总是不安，不知有什么麻烦等着我。是呀，若是拿着上铺的票，而车上又没有下铺可换，我不就得预备拼出老命，往上爬吗？或是虽然拿到上铺的票，幸而有下铺可换，不也得预备下一套好话，详细说明我的病历，以期调换一下铺位吗？

当我在某些国家旅行的时候，不但卧铺可以预先选购，有的甚至连座位也可以事先定下——比如说，我要个吸烟室的靠窗座位，我就可以得到。

为什么我们的卖票处不能使旅客随心如意地去旅行，而叫他们去碰运气呢？

有一次，我在某国作短期旅行，我要第一晚的从甲地到乙地的一张下铺；次晨到达乙地后，我须换车到丙地，我要个由乙地到丙地的靠窗的座位；在丙地玩一白天，我再由丙地到丁地，仍要一个下铺过夜。我说出我的计划，只见卖票员拿起电话打了几次，而后向我递过票来，一切随我的心意。他是怎么搞的？我不知道。我可是知道他的确为我服了务。他没对我说：我只管卖票，不了解车上情况，你碰上什么是什么，不要就拉倒。

天大的困难也难不倒咱们，那么，为什么就连一张上铺或下铺也不能事先预定好呢？

第二：饭食贵而难吃。火车上的饭食，中外大致相同，都是贵而难吃。不过，我们的火车上的饭食是相当的贵而特别难吃。我向卖饭票的同志讨论过这个问题，他告诉我：连这样，还赔钱呢！

哎呀，饭既贵而难吃，又须赔钱，这是个严重的问题呀，为什么不费些心思研究研究，找些窍门呢？难道不值得吗？

可是，我和卖饭票的同志讨论的时候是在去年初秋，今年初秋乘车，我又遇到同样的饭食，足见问题并未解决，也许根本未曾考虑过。

改进的办法也许不容易由一两位干部想好，可是若能走群众路线，多听听旅客们的意见，或者就不难想出好法儿来。为什么不去试试呢？

第三：车上嘈杂，使人头疼，我并非神经衰弱的患者，我吃得消列车行驶的轮声、笛声等等。不过，这些声音已经不简单，为什么还叫我听我不愿意听，不需要听，也无须乎听的种种唱片呢？到了车上，我知多少多少旅客需要安静、休息。假若我要听京戏、大鼓等，我就应当到剧院去，不必到火车上来。我要看看书、跟旅伴们聊聊天，或睡会儿觉，我不喜欢听那些歌曲和音乐。火车上的干部无权强迫我，叫我非听不可。

在苏联，卧车上每间寝室有一个小收音机，旅客愿把它开开，就开开；要关上，就关上。旅客有旅客的自由。我们的车上可不这样，旅客听也得听，不听也得听，因为一截车上只有一个总开关。不错，我往往去把它关上，图片刻的安静；可是，服务员唯恐我感到寂寞，积郁成疾，马上又把它开开了。

是的，随时报告列车到达地点，提醒旅客准备下车，是有好处的。可是，这也不一定非此不可。比如说，卧车上人数较少，服务员不难记得旅客们在哪里下车，在到站以前，说一声就够了，何必机械化地大喊大叫呢？至于，刚一开车，就没结没完地报告列车全程行驶的概况，我看是多此一举。我没法记住全程中一共经过多少站，每站停多少分钟，我没有责任变成行车时间表。假若我关心某一站的情形，我会问服务员，他应当知道，我也容易记住，这不干脆吗？

还有更可怕的呢。我并不耳聋，但是听不清楚当日的新闻广播。对这种广播的技术问题，我不懂。我只知道这里若有技术问题的话，就是技术很不高明。中央……呼噜呼噜……北京……呼噜呼噜……。一呼噜起来就是半点钟啊，我的天！是打雷呢，还是干什么呢？我没有在车上听打雷的义务啊。我知道，这种广播是为使旅客们关心国家和天下大事，我感谢这种善意。可是，既叫我听，又不叫我听明白，这是何苦来呢？教条主义啊，跟打雷一样，既不悦耳，又没意义！谁也没法拦阻天上打雷，可是人为的雷也许可以设法改改吧？

我跟许多人谈过这个问题，他们也都不赞成车声、汽笛声，广播声，“雷声”，乱成一片。外宾们特别不喜欢听这一片响声！有不少人也向有关人员提过意见，可是直到如今，仍然是一片嘈杂，未曾稍减。为什么呢？难道有的旅客非在车上听那些声音不可么？当真这样，那就该举行旅客意见测验，看看到底有多少人赞成，多少人反对，这才是民主办法。假若多数旅客投同意票，愿意听节目；少数服从多数，我就在旅行前准备下头疼药，决无怨言。假若这只是干部们的主张，不是群众的要求与需要，那就未免太专制了，不是吗？

（原载 1956 年 10 月《旅行家》第十期）

闲　谈

今年我的“庄稼”歉收！

我的“庄稼”有两种。第一种是生产文学作品，就先说它吧：

今年上半年我特别忙：很多次要的事情暂且不提，单说顶大的就有：中国作家协会第二次理事会会议（扩大），我不但必须参加，而且得作报告；紧跟着就是全国话剧会演，我得去看戏、招待外宾，还得参加评选工作；紧跟着又是全国青年文学创作者会议，我不但必须参加，而且得作报告；我最怕作报告，报告比小说、话剧、相声都更难写的多！顺便说句笑话：假若对劳动纪律不强的作家有“处理”的必要，我想就顶好罚他们写报告；写过一次报告之后，他们必定会积极地去写小说什么的，以免再犯再罚。

紧跟着（要不然怎么会紧张呢）又是全国文化先进工作者代表会议和全国先进生产者代表会议，我都得参加，而且都得发言。我很惭愧，没能和文化先进工作者们去过团体生活！我知道有人不大满意我，可是，这时候，我已经每天早晨须到医院去，实在没法子分身。

是这么一回事：一位坐骨神经病的苏联专家来到北京讲学。我患此病已有八年之久，怎么也治不好。专家只在北京作短期停留，我怎肯坐失良机？这一上医院啊，就又来了一大串“紧跟着”。血、尿、眼睛、肺、心脏……全都检验，十分紧张。上楼下楼，跑前跑后，衣服脱了再穿，穿了再脱。眼镜子不对，好，赶快去配新的。腿、脊背须照像，照！照相之前得洗肠，洗！

一方面我要服从治疗纪律，叫我脱五次衣服，我不敢少脱一次；另一方面我又惦记着那些重要的会议，心里十分不安。有时候，急得我甚至想大吼一声：“告辞了，我去开会！”

可是，专家是那么和善可亲，我感激还感激不尽，怎能大吼一声而去呢？是的，专家实在可爱：他叫我脱袜子的时候，都先笑着说：屋里凉一点呀，不怕吧？

检查后，发现了我的血压原来也很高。专家嘱告中国大夫，一面给我治腿，一面也治血压。这样治疗一个多月，血压回跌。我决定去休息一下。我六年没有休息过了。于是就请了假，到东北汤岗子温泉疗养院去。这是个治腿病有名的疗养院。可是，我的主要目的是到那里去休息。一休息，我知道，血压必低落。血压没有高潮，就不会出大岔子。那么，再安心地治腿病，岂不顺理成章？我咬定牙关，决不拿笔，一天天吃了睡，睡了吃，专心地摹仿肥猪。

九月初我离开了疗养院。这样说来，前前后后一共九个月，我没写一个字！我的确写了些报告与发言，但那不算文学作品呀！

回到北京，我决定开始写作。可是，国庆前后，社会活动很多，不易拿起笔来。况且，休息三月之后，忽然紧张起来，血压又有波动，更不敢双管齐下，既写文章，又干事情。

紧跟着，就是鲁迅逝世二十周年纪念，我们请来二十多国的作家。作家得招待作家，这义不容辞。我就又忙起来。

事情多就不能写作，这言之成理，本可居心无愧。可是，我到底是作家。作家而不写作，究竟不大像话。况且，各方面是那么如饥如渴地需要作品啊。话剧缺乏剧本，戏曲缺乏剧本，曲艺缺乏曲词。搞话剧的朋友，正如搞戏曲和曲艺的朋友，都向我伸手要作品，有时候几乎要下跪！我怎么办呢？我难过，我也要向他们下跪！我应当向他们下跪，我是作家，是没有给他们写出东西的作家！

时间，时间，给我时间！给我够用的时间，我保证每年可以写出一本话剧，一本戏曲，和一本曲剧！可是……

十二月里，我也许出国。我要抓紧时间，在十一月里写一点什么。到底写什么，我心中有数，暂且不说。我要求报社、刊物编辑部和朋友们都不要问我，以免电话不停，意乱心慌，又须下跪！

我从去年就打算辞去一切职务，专心写作，可是各有关方面都不点头。在这里，我再一次呼吁：允许我这样作吧！我写不出伟大的作品，我知道。但是我也知道，我的确爱写、能写一点，而且写的多了，可能写出一两部像点样子的。我已经是五十八岁了，现在还不加劲写作，要等到何时呢？我又要下跪了！

现在该说我的第二种“庄稼”。说起来也很伤心！我的老哥哥会种菊花。他指挥，我们全家劳动，四五年来我们已积累了约一百种较比好的菊种。这是我们的骄傲。每到旧历九月，我们的街门总难关上，看花的人来往纷纷。看花人一伸出大指，我们的虚荣心就高升到一万多度，赔上几斤黄酒也不在乎！

我的腿不好，不能作激烈的运动。撑杆跳，踢足球等都没有我的份儿了。浇花、搬花等等恰好既不过劳，又能活动筋骨。这对我有很大的好处。“采菊东篱下，悠然见南山”固然是很好的诗句，却未曾道出每棵花下的土中都有种花人的汗珠儿这一事实与味道。

我见过这样的题画菊的句子：“尽三季之力，赏一月之花，吾不为也。”

这当然出自懒汉之口，哪晓得出汗的美味！

今年伏天雨大，邻家墙倒，正砸在我们的小小菊畦上！砸死三十多种，一百多棵菊秧！假若我们没出过汗，我们也不会为此损失而落几点泪！

剩下了还有百余棵，按时移入盆中。正在上盆之际，又下了大雨，所以叶子都受了伤。今年我的第二种“庄稼”也歉收！

两个歉收，使我闷闷不悦。希望明年是个丰年，文章增产，菊花繁茂！更希望明年全国风调雨顺，庄稼普遍丰收！

（原载 1956 年 11 月 30 日《文艺报》第二十二号）

文艺学徒

我想刻一块图章，上边用这么四个字——“文艺学徒”。

为什么呢？您看，每逢我写履历的时候，在职业栏中我只能填上“作家”二字。因为我的确是以写作为业。填完，我的脸就红起来，有时候甚至由红转绿。假若能够以“文艺学徒”代替“作家”，我一定会觉得舒服一些。

作家，这是个多么了不起的称号啊！一个作家应当同时也是个思想家；要不然，他就只能作个文匠或八股匠。我是不是个思想家呢？人总得诚实吧？好，既不该扯谎，我就必须连连摇头，以免自欺欺人。

再看，我们所处的是不是科学跃进的时代呢？一点不错，是的。要不怎么人造卫星与行星都陆续上了天呢？且不说天上的事吧，就专说地上人间，不是也由于科学的应用，人类的文化正起着很大的变化吗？难道一个作家应当对科学毫无所知，到工厂参观之后只交代一声：“那里的机器怒吼了”就行了吗？这就要自问：我懂科学吗？还是不该扯谎；那么，还是只好连连摇头！

赫鲁晓夫同志前些日子勉励苏联作家们须作重炮的射手。这就是说，作家们应作思想上的炮手，炮弹射的远，打的准，以便共产主义的建设大军冲上前去。假若我解释得无大错误，那就证明作家须同时也是思想家的说法倒还正确。

至于科学知识，在今天既已成为与我们的生活分不开的，作家就必须掌握一些。再说，作家对事物的分析，也必须运用科学方法，才能够正确。文艺作品的创作尽管独具规律，可是科学的分析方法还是极其重要的，非有不可的。事物分析未清，纵有生花之笔，也未见得能够尽到传播真理的责任。

哲学与科学，这么看来，简直是作家的左右手。

那么，作家就该努力学习哲学与科学，而忘了艺术吗？谁说的？我现在正要从艺术修养上查看查看自己。

作家也是艺术家吧？应该懂得点艺术吧？对！那么，我懂音乐吗？懂绘画吗？懂舞蹈吗？回答倒省事：都不懂！

好啦，外国的最好的芭蕾舞来了，我去鼓掌。怎么单鼓掌呢？这是实话。人家鼓掌，我也跟着鼓掌；我连领头儿鼓掌也不敢啊，怕鼓错了地方。看完了不写一段短文吗？哎呀，连鼓掌还须留着神，我怎么写文章呢？

过两天，又来了外国最有名的管弦乐队。这回，我写了文章。可惜，被刊物编辑部退回来了。我能怪编辑同志吗？我写的是：音乐很好，因为很响啊！

我的天，我是多么朴素的作家呀！可惜，这样的朴素差不多即等于无知啊！

有人也许说：你要求的太多了；音乐、绘画什么的对你有什么用处呢？

好，让咱们谈谈“用处”吧。您看，我的作品是不是写得有点干巴巴的？是！怎能不是呢？许多事情我不敢描写，包括对音乐、绘画、舞蹈等等的欣赏与享受，因为不懂啊。这就减少了作品内容的丰富多姿。知道的少，笔墨的活动便受了限制。再说，既不懂音乐，我的耳朵就不灵，写一首诗吧，缺欠音声之美，难以上口、悦耳。写一首歌吧，文字的安排是那么别扭，叫制谱者流汗不已，无法以音乐之美发挥语言之美。既不懂绘画，我就往往不善于取景，不会三言两笔描画出一段鲜明的景色来。不错，艺术各部门都各有自己的领域，各有自己的工具。可是它们也都能相互为用，产生更好的效果。在远古时代，诗歌、舞蹈、音乐本是三位一体的，后来才分了家。我们的戏曲，还保存着这个三位一体的好处。我们编写一出戏曲而不懂这三者的如何结合是不会写得出色的。

您看，京剧四大名旦不但在剧艺上各有创造，而且还都能写善画。记得梅兰芳大师说过，大意是：学点绘画，会运用五颜六色，大有助于舞台布景及服装的设计。这话对，看看他的行头是多么美丽而又合乎剧中人的身份啊！不但绘画学习的本身就是一种艺术享受，而且还能应用到舞台上去，这多么好啊！一位艺术家的生活越丰富，知道的越宽，就越敢放胆创造。

再看，余叔岩与言菊朋二位名须生吧。他们都精研韵律，所以他们能够唱得依字行腔，韵味深厚。他们“唱”，不扯着脖子乱“喊”。

说到这里，就非请出郭老来作证不可了。郭老是：诗人、科学家、古文字学家、历史学家、文学家、和平战士，萃于一身。他博学多闻，生活经验丰富，又掌握了科学分析的方法。他还善于鉴定古器。他喜爱观赏绘画，并且写得一笔好字。他有这么多本领，所以他对作家这个称号的确当之无愧！

咱们历史上的文人都讲究在诗文之外还学习琴棋书画，并争取上知天文，下晓地理。郭老承袭了这个传统，可比古人还高超许多。古人不大懂科学，郭老懂；古人只知真草隶篆，而郭老是甲骨文研究的专家。甲骨文是真草隶篆的老祖宗啊！没有郭老的历史知识、科学的考证方法，和诗人的想象，就创作不出郭老的那些部历史戏来。

齐白石大师也多么伟大呀：画好，诗好，刻印好，书法好。在他的一幅作品里，四妙咸备，样样表现着他终生勤学苦练、奋斗不懈的精神。

用上述的那些大师来衡量自己，是有好处的。是的，在他们的面前，我怎能不想以“文艺学徒”代替“作家”呢？

这篇小文本是为表示我自己的态度，可是我必须顺手提到两位给我来过信的青年。这两位青年只代表他们自己，不代表别人。一位是初中学生，告诉我：他要马上停学，专搞文艺创作，以便及早成为作家。您看，他的连历史、地理、物理、化学等基本知识都弃而不学的办法妥当吗？我不想多说什么。

另一青年来信控诉：我写了一篇小说，六次投稿，六次退回；这是怎么一回事？我知道，这位青年人求成心切，愿意一战成功。可是，检查自己一下，究竟自己都具备了那些当作家的条件，是不是比控告刊物编辑更聪明呢？即使那一篇小说被选用了，又怎样呢？随时努力从各方面充实自己，自有成功的那一天；随时发表可有可无的作品，尽管作了作家协会的会员，又有什么好处呢？我知道，作家的称号每每使我面红耳赤，我年已六十，也许连文艺学徒也当不好了。我切盼这位有志于文艺创作的青年，先放下当作家的虚荣心，而去真下一番苦工夫，从社会主义哲学思想上，科学知识上，艺术修养上，生活经验上，道德品质上，充实自己。创作出优秀的作品是勤学苦练，博学多闻的结果；反之，不事耕耘，但求收获，恐怕不会得到什么好结果。

（原载 1959 年《新港》八月号）

猫

猫的性格实在有些古怪。说它老实吧，它的确有时候很乖。它会找个暖和地方，成天睡大觉，无忧无虑。什么事也不过问。可是，赶到它决定要出去玩玩，就会走出一天一夜，任凭谁怎么呼唤，它也不肯回来。说它贪玩吧，的确是呀，要不怎么会一天一夜不回家呢？可是，及至它听到点老鼠的响动啊，它又多么尽职，闭息凝视，一连就是几个钟头，非把老鼠等出来不拉倒！

它要是高兴，能比谁都温柔可亲：用身子蹭你的腿，把脖儿伸出来要求给抓痒，或是在你写稿子的时候，跳上桌来，在纸上踩印几朵小梅花。它还会丰富多腔地叫唤，长短不同，粗细各异，变化多端，力避单调。在不叫的时候，它还会咕噜咕噜地给自己解闷。这可都凭它的高兴。它若是不高兴啊，无论谁说多少好话，它一声也不出，连半个小梅花也不肯印在稿纸上！它倔强得很！

是，猫的确是倔强。看吧，大马戏团里什么狮子、老虎、大象、狗熊，甚至于笨驴，都能表演一些玩艺儿，可是谁见过耍猫呢？（昨天才听说：苏联的某马戏团里确有耍猫的，我当然还没亲眼见过。）

这种小动物确是古怪。不管你多么善待它，它也不肯跟着你上街去逛逛。它什么都怕，总想藏起来。可是它又那么勇猛，不要说见着小虫和老鼠，就是遇上蛇也敢斗一斗。它的嘴往往被蜂儿或蝎子蜇的肿起来。

赶到猫儿们一讲起恋爱来，那就闹得一条街的人们都不能安睡。它们的叫声是那么尖锐刺耳，使人觉得世界上若是没有猫啊，一定会更平静一些。

可是，及至女猫生下两三个棉花团似的小猫啊，你又不恨它了。它是那么尽责地看护儿女，连上房兜兜风也不肯去了。

郎猫可不那么负责，它丝毫不关心儿女。它或睡大觉，或上屋去乱叫，有机会就和邻居们打一架，身上的毛儿滚成了毡，满脸横七竖八都是伤痕，看起来实在不大体面。好在它没有照镜子的习惯，依然昂首阔步，大喊大叫，它匆忙地吃两口东西，就又去挑战开打。有时候，它两天两夜不回家，可是当你以为它可能已经远走高飞了，它却瘸着腿大败而归，直入厨房要东西吃。

过了满月的小猫们真是可爱，腿脚还不甚稳，可是已经学会淘气。妈妈的尾巴，一根鸡毛，都是它们的好玩具，耍上没结没完。一玩起来，它们不知要摔多少跟头，但是跌倒即马上起来，再跑再跌。它们的头撞在门上，桌腿上，和彼此的头上。撞疼了也不哭。

它们的胆子越来越大，逐渐开辟新的游戏场所。它们到院子里来了。院中的花草可遭了殃。它们在花盆里摔跤，抱着花枝打秋千，所过之处，枝折花落。你不肯责打它们，它们是那么生气勃勃，天真可爱呀。可是，你也爱花。这个矛盾就不易处理。

现在，还有新的问题呢：老鼠已差不多都被消灭了，猫还有什么用处呢？而且，猫既吃不着老鼠，就会想办法去偷捉鸡雏或小鸭什么的开开斋。这难道不是问题么？

在我的朋友里颇有些位爱猫的。不知他们注意到这些问题没有？记得二十年前在重庆住着的时候，那里的猫很珍贵，须花钱去买。在当时，那里的老鼠是那么猖狂，小猫反倒须放在笼子里养着，以免被老鼠吃掉。据说，目前在重庆已很不容易见到老鼠。那么，那里的猫呢？是不是已经不放在笼子里，还是根本不养猫了呢？这须打听一下，以备参考。

也记得三十年前，在一艘法国轮船上，我吃过一次猫肉。事前，我并不知道那是什么肉，因为不识法文，看不懂菜单。猫肉并不难吃，虽不甚香美，可也没什么怪味道。是不是该把猫都送往法国轮船上去呢？我很难作出决定。

猫的地位的确降低了，而且发生了些小问题。可是，我并不为猫的命运多耽什么心思。想想看吧，要不是灭鼠运动得到了很大的成功，消除了巨害，猫的威风怎会减少了呢？两相比较，灭鼠比爱猫更重要的多，不是吗？我想，世界上总会有那么一天，一切都机械化了，不是连驴马也会有点问题吗？可是，谁能因耽忧驴马没有事作而放弃了机械化呢？

（原载 1959 年 8 月《新观察》第十六期）

我怎样投稿

文学创作不同于用机器制造物品，很难不出次品和残品。不断的创作即是不断的学习，作家没有毕业证书。建国十年来，我发表了不少作品，但是也扔掉过许多许多稿子。我的才能不够，所以常出废品。我可也有个长处：出了废品即扔在纸筐里，马上再写新的。这样，我就在写作中找到乐趣，写好了心中高兴，写坏了也不丧气。一位名将必争取打胜仗，可是也不怕吃败仗。一次吃亏，下次就会避免错误，得到胜利。

我老管我的作品叫习作。既是习作，当然可好可坏。有时候，我自己看不出它是好是坏；经刊物的编辑同志或剧团的导演看过，指出缺欠，我才恍然大悟。我就把稿子收回来，毛病小呢就进行修改，毛病大呢就干脆扔掉。这样，我不能保证本本出色，篇篇精彩，可是正因如此，我才积累了经验，逐渐获得进步。不怕失败，才能鼓起干劲。反之，我若敝帚千金，把写出来的东西一概视如珍宝，我就势必抱着废品掉眼泪，或者和编辑们吵架。这么伤心动气一定耽误许多时间，远不如扔掉废品，马上再写别的。我的办法使我心里舒畅，既不灰心，也不吵架。所以，在我投寄稿子的时候，我就往往注上："如不适用，祈代扔掉！"我不要求退稿，为是给编辑部少一些麻烦，我知道编辑们都很忙。我写了废品，已经对不起他们，若再多给他们添麻烦，心中就更不安了。况且，他们不肯发表我的次品或废品，是对读者负责，不是跟我过不去。岂但不是跟我过不去，而且对我有好处啊，叫我明白这次又没能尽职，下次要好好地干哪。

我的办法不一定妥当，但是它的确叫我老高高兴兴地不断写作，写的多也就可能出些较好的东西。这篇小文也须请编辑同志们注意："如不适用，祈代扔掉！"

（原载1960年《延河》一月号）